異端の皇女と女房歌人

式子内親王たちの新古今集

田渕句美子

角川選書
536

はじめに

　優れた文学が形となる時には、それ以前の枠組みがさまざまに突き破られる。新古今歌人たち、そして式子《しょくし／しきし》内親王や女房歌人たちは、途方もない何かを探りながら、それぞれ意志的に己れの歌の道を摑《つか》もうとした。そこにはどのような苦闘があったのだろうか。

『新古今和歌集』を生んだ新古今時代は、鎌倉時代における和歌の黄金期である。時の帝王である後鳥羽院《ごとばいん》の支配のもと、藤原定家《ふじわらのていか》や藤原良経《よしつね》をはじめ、多くの歌人たちがその才能を競い合いながら、宮廷歌壇で活躍した。だが歌人たちにとって、後鳥羽院歌壇で活動していくことは、並大抵のことではなかった。後鳥羽院はすべての歌人を自ら選び、歌人たちが詠む和歌にはすべて目を通していたと思われる。また、後鳥羽院の恩寵《おんちょう》はすぐさま不興に豹変《ひょうへん》するかもしれず、この時代を仮名日記に書いた源 家長《みなもとのいえなが》は繰り返し「恐ろし」と感じ、自らの才能に絶対の自信をもっていた藤原定家ですら、後鳥羽院を畏怖した。後鳥羽院の宮廷と歌壇は、厳しく、そして恐ろしいものであった。

　その後鳥羽院の招きに応じて、式子内親王、宮内卿《くないきょう》、俊成卿女《しゅんぜいきょうじょ／しゅんぜいきょうのむすめ》は、後鳥羽院歌壇に加わっていった。後鳥羽院が求めるものは才能、そして自らを鍛える修練であった。俊成卿女や宮内卿は、後鳥羽院の期待に恐れも抱いただろう。けれども彼女たちは厳しい歌の世界に自らを投じて、和歌に専心し、己をゆるませることなく、ただひたみちに歩んでいった。女性歌人たちは歌壇の装飾ではないし、その詠歌は風雅な遊芸でもない。その生涯と和歌を辿《たど》りなおすと、時代や社会の規制から脱け出ようとし、自らを賭《か》けて可能性を切り拓《ひら》いた姿が見えてくる。

式子内親王は皇女という枠を突き破って自らを解き放ち、題詠の世界をわがものとし、百首歌を舞台として、巧緻《こうち》で優艶《ゆうえん》な、時には荒ぶることばをもってさまざまな「私」を描き見せた。俊成卿女は長い生涯にわたり歌道家の専門歌人として詠歌し続け、最後まで歌人魂をもって誇り高く純粋に生きた。宮内卿は自らの詠歌を孤独に突き詰めてゆき、新古今時代を疾走して早世した。

当時の宮廷社会と宮廷和歌の世界には、眼に見えない制度や規範が多くあった。それを探り、そして歌人にかぶせられていたイメージをできるだけ取り外して、中世の空間と意識に戻りながら、考えてみたい。そこでは式子内親王、俊成卿女、宮内卿だけではなく、同じ時代を共に生きた女性たち、また二百年ほど前の時代や、百年ほど後を生きた女性たちも一部含めながら、広く捉えて考えていくことにしよう。

田渕句美子

目次

第四章　女性歌人たちの中世―躍動と漂流と―

＊歌集の本文・歌番号は原則として『新編国歌大観』によったが、表記等は私意によった。また他本により校訂した部分もある。
＊和歌や散文にはなるべく現代語訳をつけたが、必ずしも正確な逐語訳ではない。
＊二通りの読み方が通行している人名には、左右両側にルビをふった。

第一章　権力者と才女たち　―二百年をはさんで見る―

一　『源氏物語』の時代　―道長と女房文化―

一条天皇の時代

時は一条朝、『源氏物語』が生まれた時代から、話を始めてみよう。

一条《いちじよう》天皇は十一歳で元服し、内大臣藤原道隆《ふじわらのみちたか》の娘定子《ていし》（十五歳）が入内《じゆだい》、まもなく中宮となった。一条天皇は定子を深く愛した。定子の女房清少納言《せいしようなごん》が後に回想して執筆した『枕草子《まくらのそうし》』に、この頃の道隆一家（中関白家《なかのかんぱく》という）の華やかな日々が描写されている。しかしそれも長くは続かず、中関白家の凋落《ちようらく》が始まる。長徳《ちようとく》元年（九九五）関白道隆が急病で没し、その弟道兼《みちかね》も関白在任わずか七日で病死した。道隆の子伊周《これちか》・隆家《たかいえ》は道隆の弟道長《みちなが》と権力の座を争ったが、まもなく伊周らは失脚し、道長の世に移り変わった。一条天皇はなお定子を寵愛《ちようあい》し、修子《しゆうし》内親王に続いて、長保《ちようほう》元年（九九九）に第一皇子敦康《あつやす》親王が生まれた。しかし摂関政治の中心は既に藤原道長に完全に移っていた。この年、道長の娘彰子《しょうし》が十二歳で入内した。定子はその翌年、皇女出産の折に二十五歳の若さで没した。既に道長の権勢を脅かすものは何もなく、やがて彰子に敦成《あつひら》親王が生まれ、道長の娘たちが次々に天皇家に入内し、さらにそこに皇子が生まれていった。この安定して平和が続いた世に、平安朝最大の王朝文化が花開くのである。

中宮彰子には紫式部《むらさきしきぶ》が仕えたが、彰子にはそのほか伊勢大輔《いせのたいふ》、和泉式部《いずみしきぶ》とその娘小式部《こしきぶ》が仕え、道長室倫子《りんし》および彰子には赤染衛門《あかぞめえもん》が仕え、三条天皇中宮妍子《けんし》（道長二女）には若き日の相模《さがみ》が仕えていた。後宮のほかには、大斎院選子《おおさいいんせんし》内親王のもとに多くの女房歌人がいて、斎院サロンを形成し、後宮サロンとの交流も活発であった。

一条天皇は文雅を好んだが、女房たちの活躍は一条天皇の後宮に限定されているわけではない。一条天皇だけでは、『源氏物語』の時代は生まれなかっただろう。これほど集中的な女房文化の開花には、当時の最高権力者、藤原道長の存在が大きく寄与したのである。

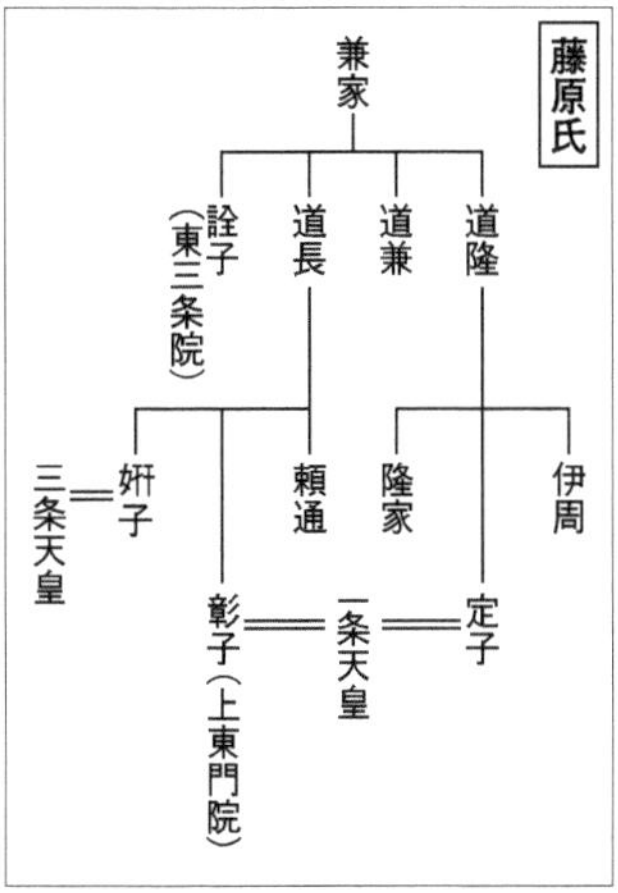

職業人としての女房たち

ここで、宮廷女房とは何かについて述べておこう。

女房とは、女性や妻をさす場合もあるが、本書では、天皇や后《きさき》・中宮、院や女院、親王や内親王などに仕える女性をさす。広義には摂関家から受領《ずりよう》階級に至る家々に仕える女性も含む。中でも宮廷に仕える女房は、当時における最先端のキャリアウーマンであり、家内で育てられてそのまま結婚する女性とは、行動も意識も異なっていた。とは言え、后がねの姫君として深窓で育てられても、父が早世したり政争に敗北したりすると女房となることがあり、彼女たちは高貴の女房として別格であった。たとえば先にあげた藤原道兼の娘、伊周の娘などである。また上流貴族の娘であっても、庶腹の場合は女房となることも多い。けれども宮廷女房の多くを占めるのは、中流貴族の娘たちである。

宮廷女房の仕事は、主君（女主人）の衣食住の世話だけではない。絶えず訪れる男性貴族たちの応対・取り次ぎが重要な仕事であるが、さらに手紙などの受け取りや返事の代筆・歌の代作、主君の命を伝える女房奉書の執筆、禄物《ろくもつ》などの配慮、娯楽などのお相手、主君が年少の場合は主君の教育もある。そして宮廷行事への参加、遊宴などの接待、行幸・行啓の供奉《ぐぶ》など、多岐にわたっていた。女房の人数もさまざまだが、中宮彰子の場合、中宮付きの女房は三十余人で、その下にさらに侍女・童・召使などが多数いた。彼女たちは宮中や御所で起居を共にしながら主人に仕えていた。このほかに、実家に住んでいて時に応じて出仕する女房もいた。女房には、内侍など公的な役職の女房と、中宮などが私に任用した女房とがいて、入り交じって仕えていたと見られる。紫式部は後者にあたる。

主君への取り次ぎ・媒介を行う業務は、宮廷社会の中で大きな意味をもっていた。貴族たちはそれぞれ親しい女房を持ち、その女房に取り次ぎを頼んだ。そうした女房との親交や、発言力の強い女房と親しいことが有利であったことなどは、中世に至るまでの日記・記録などにうかがえる。

また宮廷女房の中にも身分の高下・階層があり、身分高く主君の側近でもある数人の上臈女房と、多くの中臈女房及び侍女たちなどがいた。

宮廷女房は、俸給のためだけに出仕するのではない。一応朝廷からの給付はあったが、従者を含めた女房の宮廷生活維持には不十分であった。十世紀後期以降の女房給与制は脆弱《ぜいじゃく》かつルーズであり、内裏女房であっても朝廷は彼女たちの生活をしっかり保証していなかったと見られる（吉川真司）。内裏や院、後宮などの宮廷女房たちは行事等への参加も多く、それに伴う衣装などの支出は甚大であり、経済的な後援者（父兄、夫、恋人など）を持つことが必要不可欠であった。そして後援者は、その女房からさまざまな情報を入手したり、主君に口添えしてもらうといったことができたのである。

宮廷女房の生活はいわば同僚女房たちとの共同体である上に、男性上流貴族と接することが多く、その生活は絶えざる緊張に満ちていた。こうした宮廷女房の生活は、北の方・姫君など家の中の女性とは非常に隔たるものだった。鎌倉時代中期に女房であった阿仏尼《あぶつに》が、娘に書いた『阿仏《あぶつ》の文《ふみ》』という消息（手紙）は、阿仏尼が娘に女房の心得などを具体的に説いたものである。女房の意識や実態を知る上で大変面白い資料だが、その中に次のような一節がある。

同じ宮仕をして、人に立ち交り候へども、我が身の器量に従ひて、畏《かしこ》き君にも思し召し許され、かたへの人にも所おかるるものにて候ふ。おもてをさらし、人によしあし沙汰せられたるばかりにて、何の思ひ出としも候はず。

（同じ宮仕えをして、人々に立ち交じっておりましても、自分の器量・才能に応じて、畏《おそ》れ多き主君にもお認めいただき、傍輩《ほうばい》たちにも一目おかれるものでございます。女房勤めとは、顔を人前にさらし、何かと他人によって良い悪いと見定められ噂《うわさ》されてしまうばかりですから、こうしたことがなければ、何の良い思い出ともなりません。）

だから自分の能力と教養をよく磨きなさい、という訓戒がこのあと続いている。当時の女房にとって、特に己の才学を自負するわけではない女房にとっては、宮廷社会の集団の中に自分が置かれ、容貌《ようぼう》だけではなく、自分の教養、能力などすべてが人にさらされてしまうことが、最もつらいことだったのだろう。

女房文学の誕生

そうしたつらさを経験しつつも、同時に女房たちは、宮廷社会の最上層部を眼前に見、天皇や后に接し、最高貴族や廷臣たちと交わり、宮廷文化の洗練を学ぶとともに、歴史・社会について深く考えたり、人間を省察したりして文学の契機を摑《つか》んだ。そこから王朝女房文学の数々が生まれたのである。これは王朝女房文学だけではなく、女房歌人たちの活躍においても、そして中世においても、全く同様であったであろう。

いずれにしても、そこに権力者の後援がなければ、当時の社会で、また後世で、広く読者を獲得することはむずかしい。王朝時代にその役割を果たした人物こそ、藤原道長であった。

後宮女房文化の隆盛は、後宮の后妃が競い合う中で、后妃の後援者（父の家）がそれぞれの文化サロンを華やかにして天皇の関心を引くための後宮政策であったと言われる。それもあるだろうが、后妃同士が競うのはこの時代に限ったことではない。しかも中関白家が没落し、道長が栄華を不動のものにした後に、『枕草子』『紫式部日記』が完成され、『源氏物語』が書き継がれ、『和泉式部日記』が書かれ、『栄花《えいが》物語』が編纂《へんさん》されている。道長の文化に対する深い理解と支援が、これらを導き出したと見られる。また、こうした女房文学が摂関期に最盛をみたのは、女房たちが独自の政治権力をもった中宮や皇后（彰子など）に仕えたことによって、女房たちも政治の表舞台に立つことになり、その文学も緊張感を増して社会的意義が大きくなったためとも言われている（古瀬奈津子）。

藤原道長は、政治家としては格別の革新的政治業績はないが、文化的な業績は極めて多大である（目崎徳衛）。学問や漢詩文を愛好し、漢文学を再興して大いなる隆昌の時代を築いた。道長邸は、一条朝における漢詩文隆盛の場であった。また勅撰集の世界でも、このころ公任撰

『拾遺抄《しゅういしょう》』を増補して、第三勅撰集『拾遺集』が成ったが、近年の説により、『拾遺集』は花山《かざん》院親撰だが、強力な後援者として藤原道長が想定されている（近藤みゆき）。『拾遺集』の生みの親が、道長であったことになる。また仏教文化を保護し、法成寺《ほうじょうじ》などの寺院を創建した。多くの書籍を蒐集《しゅうしゅう》し、また書跡を重んじてその芸術的価値を高めた。道長は、傍らの棚厨子二双に二千余巻の書物をおいていたという（『御堂関白記《みどうかんぱくき》』）。そして、最も顕著な文化的結実が、女房たちによる宮廷仮名文学の隆盛である。

道長と後宮女房たち

紫式部は『源氏物語』を執筆したが、その執筆活動を後援したのは、中宮彰子とその父藤原道長であった。『紫式部日記』に、紫式部の局に置いてあった『源氏物語』草稿を道長が持って行ってしまったと嘆く場面があるが、これはパトロンならではの行動であろう。『紫式部日記』中に道長が紫式部と密接に関わる形で何度も登場しているのは偶然ではない。そして『紫式部日記』には主家礼讃《らいさん》の基本姿勢があり、皇子出産という慶事を中心に描くが、これも道長の要請によって執筆したものとも言われている。

赤染衛門は道長室倫子と娘彰子に仕えた女房で、歌人であり、『栄花物語』正編の編者かともされる。編者は誰であれ女房であることは間違いない。『栄花物語』はおそらく多くの女房たちが協力して執筆したものを集約した書物であり、『紫式部日記』がそのまま使われている部分もある。道長一家に仕えた女房たちの一大ネットワークによって正編が誕生し得たのである（加藤静子）。道長の栄華を礼讃する姿勢が貫かれ、道長没後、時を経ない頃の成立である。

和泉式部は王朝を代表する女房歌人として知られている。『和泉式部日記』は帥宮《そちのみや》との恋を書き綴った物語的な日記であるが、これも道長のすすめによる執筆であるとの説もある。帥宮の没後、寛弘六年（一〇〇九）頃、帥宮とも親しく和泉式部の才能をよく知っていた道長の招請によって、和泉式部は娘小式部とともに中宮彰子のもとに出仕した。寛仁二年（一〇一八）頼通《よりみち》大饗《だいきょう》屏風《びょうぶ》では女性としてただ一人和歌作者に選ばれていることにも道長の高い評価がうかがわれ、和泉式部の後半生は道長の庇護《ひご》のもとに展開したのである（近藤みゆき）。

『女房三十六人歌合絵』の紫式部
（清原雪信画）

そしてもう一つ、『御堂関白集』は、道長の歌は四分の一にも満たないし、道長が自撰したものでもない。道長・倫子夫妻、その娘中宮彰子、妍子、その祖母や周辺の人々の動向が中心であり、書き手はおそらく道長夫妻か中宮彰子に仕えた女房である（平野由紀子）。

このように、これら才能ある女房たち、書く女房たちの中心にはまさしく道長がいて、その後援のもとに、これらの文学が成立に至っている。道長は文化全般に卓越した見識を示したが、既にあった漢文学や勅撰集などに留まらず、女房による文化の新たな可能性に注目して、才能ある女房たちを集中的に登用した。まだ世界のどこにも女性による文学の集中的な成熟がない時代に、早くも十〜十一世紀に、女性たちによる宮廷文学を花開かせたのである。

中でも『源氏物語』は、高度な文学的達成である。西欧では十九世紀以降にあらわれる長編心理小説と比されることもある。物語としてそのまま読まれるだけではなく、平安中期以降の日本文学の韻文と散文の両方に、深く広い影響を及ぼした。新古今時代においても、『源氏物語』の本歌取り（物語取り）という形で、極めて複雑な方法と意識のもとで受容され、再生されていった。それについてはまたあとで述べることにしよう。

二百年の後に

この平安中期に顕著な文化的な事蹟《じせき》を残したのは、皇后・中宮に仕えた「宮の女房」、つまり定子や彰子に仕えた後宮の女房たちである。これに対して、天皇に仕える内裏の女房、すなわち「内の女房」は、典侍をはじめとする公的な女房であるが、平安中期には彼女たちの文化的事蹟はさほど目立たない。しかし次第に変化して、院政期以降では、後宮の女房たちの文学は衰退し、かわって天皇に仕える女房たちの文学が表に登場し、院・女院の女房たちもそれに加わっている。女房日記もそれにあわせて、『紫式部日記』『枕草子』に代表される後宮女房の日記・随筆は消えていき、『讃岐典侍日記《さぬきのすけにっき》』『たまきはる』『弁内侍日記《べんのないしにっき》』『とはずがたり』のように、天皇に仕えた内侍の日記、および院・女院に仕えた女房の日記が隆盛していくこととなる（岩佐美代子）。

一条朝には、あらゆる分野にわたって優れた人材が輩出したことは、大江匡房《おおえのまさふさ》の『続本朝往生伝《ぞくほんちょうおうじょうでん》』や『今鏡《いまかがみ》』『古事談《こじだん》』などで強調されている。一条朝は西暦で言うと一〇〇〇年前後だが、ちょうど二百年後の一二〇〇年に後鳥羽院《ごとばいん》歌壇が劇的に始まった。この後鳥羽院時代にも、多くの人材が輩出するとともに、多様な文化が結実した。和歌、連歌、説話、史書、日記、随筆などの文学、琵琶など音楽、蹴鞠《けまり》など武芸、公事《くじ》や儀礼など、さまざまな領域で大きな実りがあった。新古今時代は後鳥羽院という権力者が招来させたものである。藤原道長がまさしくそうであったように、この帝王は、さまざまな文化に深い理解を示し、有能な人材を広く登用し、男性だけではなく才能ある女性たちをも呼び寄せて激励し、その才能を花開かせ、いわば稀代《きたい》のプロデューサーとして、この時代を作り上げた。

このように、さまざまな文化が集中的に花開いたこと、ある権力者の力が大きく働いてその時代を形成したこと、その際に女性による宮廷文学の新たな可能性を認識してその道を先導し、才能ある女性たち、才女たちを登用してその文学的達成を促したなどの点で、平安時代中期の一条天皇・道長の時代と、鎌倉時代初めの後鳥羽院時代とは共通する面が多い。しかもそれぞれが平安・鎌倉期の文学史上に輝く奇跡のような時代なのである。

二　後鳥羽院の時代へ　―帝王がひらいた黄金期―

御子左家の女房たち

藤原俊成《しゅんぜい》《としなり》は平安末期から鎌倉初期に歌壇を先導した歌人であり、その子が藤原定家《ていか》である。この家を御子左家《みこひだりけ》という（巻末系図参照）。院政期（平安時代末期）から鎌倉時代にかけて、天皇・上皇の庇護のもと、歌道家（歌道師範家）が歌壇を統率した。歌道家として当初は六条家（藤原。六条藤家とも呼ばれる）が優勢であったが、俊成・定家の努力によってしだいに御子左家が六条家をしのぎ、後鳥羽院に認められて、歌道家としての地位を確立した。『新古今集』以降は、御子左家が代々の勅撰集の撰者を担い、歌道家として多くの歌人たちを輩出した。現在の冷泉《れいぜい》家に至る和歌の家である。御子左家の人々は、和歌を詠むだけの専門職にいたわけではなく、それぞれ宮廷や摂関家などに仕える貴族・官人なのだが、宮廷和歌をとりしきる歌道宗匠家というアイデンティティを持つことによって、家の繁栄をはかっていたのである。中世以降、和歌だけではなく、さまざまな学芸・技芸においてそうした家があった。

ところで俊成には多くの娘がいて、それぞれ院や女院、内親王家の女房となって活躍した。後白河院《ごしらかわいん》に信任された重鎮女房の京極《きょうごく》、二条院《にじょういん》に仕えた兵衛督《ひょうえのかみ》、高松院《たかまついん》に仕えた新大納《だいな》言《ごん》、上《じょう》西門院《さいもんいん》に仕えた五条《ごじょう》、式子《しょくし》《しきし》内親王に仕えた前斎院女別当《さきのさいいんのにょべっとう》・前斎院大納《だいな》言《ごん》、八条院《はちじょういん》に仕えた坊《ぼう》門《もん》・三条《さんじょう》・権《ごんの》中納言・按察《あぜち》・中納言（健御前《けんごぜん》）、承明門院《しょうめいもんいん》に仕えた中納言など、実に多い。俊成はこのように各御所に娘たちを出仕させて配置しておき、さまざまな情報を得たり、人脈を作ったりしていた。俊成には複数の妻妾《さいしょう》がいたので、母が違う娘も多いが、彼女たちは初出仕の者を世話したり、養女関係を結んだりして、強固な結びつきをもって互いに支え合って出仕していた。御子左家は和歌の家だが、他方では「女房の家」とも言えるほどに、女房になった女性が多い。

女房は宮廷政治の動きのすぐ側にいる。御簾《みす》の外にいる男性貴族よりも、次にあげる『たまきはる』にあるように、御簾の中で主君に接して日々勤める女房は、内密な話を直接見聞する機会が多かった。そうした最新情報を家に知らせたり、家のためにさまざまな働きかけをすることは、彼女たちの重要な仕事であり、そのようにして御子左家を支えていたのである。

彼女たちは幼い時から、いずれ女房となり出仕できるように、慎重に教育されたであろう。俊成の妻妾は、六条院宣旨《ろくじょういんのせんじ》（顕良女《あきよし》）、美福門院加賀《びふくもんいんのかが》（親忠女《ちかただ》）、皇嘉門院備前《こうかもんいんびぜん》内侍など、女房であった女性が多く、母が娘に、女房の仕事内容やふるまい方、知識や教養などを教えたと想像される。中でも美福門院加賀は、『源氏物語』や和歌に親炙《しんしゃ》し、文学に深く通じていた。御子左家の隆盛には、こうした女性たちの力が大きく寄与している。その中で、和歌に優れた才能をあらわした俊成卿女《しゅんぜいきょうじょ／しゅんぜいきょうのむすめ》が、新古今時代の御子左家を代表する女房歌人として活躍していく。

はじめ院政期の歌壇を制していた歌道家の六条家には、家を代表するような女房歌人はおらず、そうした女房歌人を育てる意図もなかったとみられる。この時代において、宮廷歌壇を制する歌道家には、男性歌人だけではなく歌壇で活躍できる女性の歌人が必要と考えたのは、俊成であったのではないか。そして俊成の薫陶を受けた俊成卿女を嚆矢《こうし》として、その後、各世代において女房歌人が育てられ、歌壇で活躍していく。そしてある意味で俊成の意を引き継ぎ、御子左家だけではなく、広く院歌壇そのものに女性歌人・女房歌人が必要と考えて集め育てたのが、新古今歌壇を率いた若き後鳥羽院であった。

健御前が聞いた後鳥羽帝の即位秘話

『たまきはる』（『建春門院中納言日記』『健御前日記』）という女房日記があり、その作者は藤原俊成の娘、健御前（女房名は中納言）である。健御前は、女房として長いキャリアをもった人である。若いころ建春門院（後白河院の妃）に仕え、その没後は好子《こうし》内親王（後白河院皇女）、八条院（鳥羽院の皇女）に仕え、さらに春華門院《しゆんかもんいん》（後鳥羽院皇女）に仕えた（巻末系図参照）。

『たまきはる』には、「遺文」と呼ばれる後半があり、そこに後鳥羽天皇即位時の秘話がある。寿永《じゆえい》二年（一一八三）七月、平氏は安徳天皇を伴って都を離れ、西国に下向した。当時健御前は八条院に仕えていた。八月、あすにはもう次の天皇が定まるらしいと世情が緊張する中、八条院のもとへ異母兄の後白河院が訪れ、八条院と内々の会話をした。

院渡らせおはしますとて、人々は立ち退《の》けど、分きて立てられずは、おぼつかなき事や聞くと、さかしく憎き心の中に思ひて、言ふかひなく心なき人になり果てて立たぬを、少納言殿といふ老尼のかたはらいたしと思ひて、通りに立ちて招き騒ぎしがおかしけれど、心得ぬ様に見もやらで居たり。御前には、はばからぬ人とて三位殿、近衛殿ぞ残り候はれし。女院、「御位はいかに」と申させをはします御返事に、「高倉の院の四宮」と仰せ事ありしをうち聞きしに、さほど数ならぬ身の心中に、夜の明けぬる心地せしこそおかしけれ。女院、「木曾は腹立ち候まじきか」と申させおはします。「木曾は何とかは知らん。あれは筋の絶えにしかば。これは絶えぬ上に、よき事の三有て」と仰せ事あり。「三は何事」と申させをはします。「四にならせ給ふ、朔旦の年の位、この二は鳥羽の院、四の宮はまろが例《れい》」と仰せ事ありしを聞きて、少納言殿なを招きしかば、今心得たるやうにて立ちにき。さて局に行きて、うち臥したりし。

八条院の信頼厚い上臈《じょうろう》女房の二人を残してほかの女房たちは退いた。しかし健御前は、好奇心のあまり、同僚の老尼の少納言が頻りに手招きするのに気付かぬふりをして居残り、八条院と後白河院の会話を聞いた。健御前はこの春に八条院に出仕したばかりであったから、新参でわからぬふりをしていたのだろう。八条院が「次の天皇は誰ですか」と尋ね、後白河院は、「四宮（後鳥羽天皇）である」と答え、選んだ理由を、「四歳であり、瑞祥である朔旦冬至の年の即位というのが鳥羽院と同じで、第四皇子の即位が私後白河院と同じという三つの吉事がある」と語った。健御前はそれを聞いたところで、今初めて少納言の手招きに気付いたように立ち上がり、局に戻った。

宮廷や女院の女房はこうした話を主君と同席して聞くことが多い。健御前はこれを書きとどめたものの、公開には憚《はばか》り多いと考え、『たまきはる』本編から削除し、そうした性格の数編を別にしておいた（これが「遺文」）。健御前の同母弟で健御前と親しかった定家が、健御前の死後に「遺文」を含む遺稿を発見し、特に公開を憚る一編には「この事、殊に憚りあり。早く破却すべし」と書き入れたが、幸い「遺文」も現在まで残った。そのおかげで、後鳥羽天皇即位の折の後白河院と妹八条院との緊迫したやりとりを、今私たちは知ることができる。

そしてこの幼帝後鳥羽天皇こそが、やがて新古今時代を形成し、その過程で多くの女性歌人たちの才能を開花させてゆくのである。

後鳥羽院歌壇の形成へ

先にも触れたように、平安末期の歌壇を制していたのは六条藤家であった。その中心は藤原清輔《きよすけ》であったが、治承《じしょう》元年（一一七七）に清輔が没すると、御子左家の俊成が清輔にかわって摂関家である九条兼実《くじょうかねざね》の歌道師範となり、次第に勢力を伸ばし、後白河院の信任を得て、第七勅撰集『千載和歌集《せんざいわかしゅう》』を撰進した。その後も守旧派である六条家と、革新的な新風和歌をめざす御子左家の競り合いは続き、九条家歌壇で激しく対抗し合った。建久《けんきゅう》期の九条家歌壇は、兼実の子良経《よしつね》《りょうけい》が中心となり主催し、良経家歌壇とも呼ばれる。良経は、兄良通《よしみち》の死後、摂関家の嫡男となり、やがて当主となって、社会的には定家の主人であり、和歌の上ではパトロン、かつ歌友であった。良経家歌壇では、本歌取りの深化、歌ことばの拡大、新たな歌題の設定など、さまざまな試みが行われていった。良経は歌人としては俊成・定家や藤原家隆《いえたか》らと近く、優れた新風和歌の担い手であった。家隆は生涯定家の良きライバルとして活躍する歌人である。また兼実の弟慈円《じえん》も歌人であり、甥《おい》の良経を支えた。良経が主催した建久四年（一一九三）頃の『六百番歌合』は、良経家歌壇における最大の催しであり、新旧両派がぶつかり合い、互いへの激しい論難が行われたが、新風和歌による秀歌が数々生み出されて、のちに『新古今集』に三十四首もの歌が採られた。

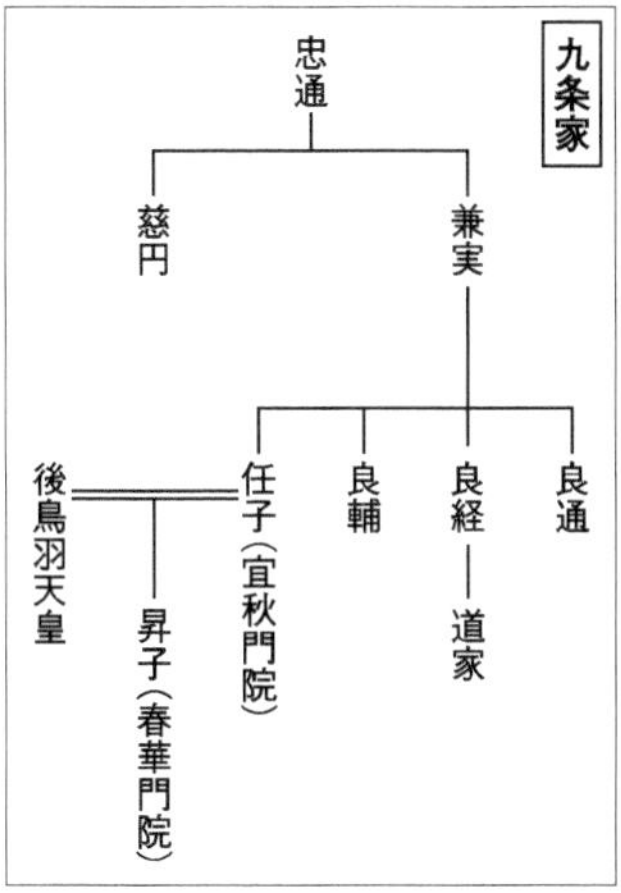

良経は建久六年に内大臣となる。ところが翌建久七年、九条家の政敵である源通親《みなもとのみちちか》が、後鳥羽天皇（当時十七歳）を背後で動かして関白兼実を罷免し、天台座主《ざす》慈円を辞めさせ、良経は内大臣のままだったが籠居《ろうきょ》した。これを建久の政変と言う。この建久の政変で九条家は失脚し、パトロンを失った歌壇はしばしの間、火が消えたようになった。けれども九条家歌壇においてすでに熟成していた新風和歌は、

次にあらわれる歌壇の主を待っていた。

　建久九年（一一九八）、後鳥羽天皇は譲位して上皇となり、しだいに通親の支配から脱け出て、自らの意思を強くあらわしていく。翌正治《しようじ》元年（一一九九）、通親を内大臣とするが、籠居中の良経を左大臣に昇進させて出仕を促し、九条家を表舞台に復帰させた。同二年（一二〇〇）、和歌に興味を抱き始めていた後鳥羽院は百首歌を催す。これが『正治院初度百首』である。その定家や良経らの和歌を見て魅了された後鳥羽院は、自ら怒濤《どとう》の如く詠歌に邁進《まいしん》して、またたくまに上達する。こののち歌壇の支配者として数々の歌合・歌会を行い、次々に才能ある歌人たちを取り立てていった。これが新古今時代の始まりである。類《たぐ》い稀《まれ》な若き帝王によって、和歌の黄金期が始まり、そして『新古今集』の完成へと至っていく。

　その『新古今集』で、当代の優れた女性歌人として高く評価されたのは、式子内親王、そして女房歌人の俊成卿女と宮内卿《くないきよう》である。三人とも、後鳥羽院が新古今歌壇に招き寄せた人々である。本書では、当時における内親王や女房のあり方・意識に注意を払いながら、この三人の生涯と和歌を中心に、その周辺の女房たちや、その後の流れを含めて辿《たど》っていきたい。

第二章　式子内親王 ―後鳥羽院が敬愛した皇女―

一　若きころの式子 ―斎院として、内親王として―

式子内親王の誕生

式子《しょくし／しきし》内親王は後白河《ごしらかわ》天皇の第三皇女で、藤原季成《すえなり》女成子《せいし》（高倉三位《たかくらさんみ》）を母として、久安《きゅうあん》五年（一一四九）に生まれた。式子が八歳の保元《ほうげん》元年（一一五六）に保元の乱がおき、三年後の平治《へいじ》元年（一一五九）、十一歳で斎院に卜定《ぼくじょう》されるが、その直後に平治の乱があり、平家の時代となる。やがて治承四年（一一八〇）の三十二歳の時に以仁《もちひと》王の乱と頼朝《よりとも》挙兵、寿永二年（一一八三）には後白河院による平家追討の院宣、その二年後の三十七歳のときに平家滅亡、というように、式子の生涯はそのまま中世初頭の動乱期に重なる。そしてその時代の中心にいたのが、父後白河院であった。

後白河院は鳥羽《とば》天皇の第四皇子だが、はじめは即位とは無関係な存在であり、気ままに今様に耽溺《たんでき》して喉をつぶすまで歌い続けたという。やがて思いがけずに天皇となり、第一皇子の二《に》条《じよう》天皇に譲位して上皇となって、そののち天皇五代にわたって院政をとり、さまざまな勢力がせめぎ合う中で上皇として頂点にあって、時代を動かした。

式子の読み方は、「しょくし」と「しきし」の二通りが通行している。女性の名は本来は訓読みであったようだが、殆《ほと》んどの場合どう読んだかわからないので、現在は音読することが一般的となっている。音読で漢音は「しょくし」、呉音は「しきし」となるが、今日では慣用的に漢音で音読することが多い。江戸時代の版本などで「しよくし」と読み仮名を振るものもある。中世当時においてどのように呼ばれていたかは、「式子」を当時仮名で書き記した文献がない限りわからないのだが、こうした高貴な人の実名は日記などでは殆ど書かれない。

ところで、式子は第三皇女、そして内親王だが、皇女（姫宮）と内親王とは同じ意味ではない。皇女は天皇の娘すべてをさすが、内親王は、母の身分や寵愛《ちようあい》の深さ、同母兄弟の地位などにより、皇女の中から内親王とすべき姫宮に対して天皇から詔が出される（親王宣下《しんのうせんげ》という）。また、賀茂斎院と伊勢斎宮に卜定される皇女は内親王である必要があり、卜定の直前に親王宣下されることが多い。式子はこれにあたる。宣下を受けると家政機関である内親王家が作られ、基本的な経済基盤も保証された。内親王とはされない皇女も多い。これは親王も同じで、式子内親王の弟である以仁王は、親王宣下が得られず、皇子ではあるが親王ではなかった。

母とはらから

式子内親王の母の高倉三位は、権大納言藤原季成の娘、藤原成子である。成子は閑院流の末流の家の出身であり、父季成は待賢門院《たいけんもんいん》の異母弟だが、権大納言が極官であって、さほど活躍した人物ではない。成子は、放埒《ほうらつ》に今様に熱中していた頃の若き雅仁《まさひと》親王（後白河院）の寵愛を受けて、久安三年（一一四七）から仁平《にんぺい》元年（一一五一）の五年の間に次々と五人の子をもうけた。上から、亮子《りょうし》内親王、好子《こうし》内親王、式子内親王、守覚法親王《しゅかくほっしんのう》、以仁王《もちひとおう》である。成子の年齢は、後白河院より一歳年長であった。なお休子《きゅうし》内親王については、『本朝皇胤紹運録《こういんしょううんろく》』に母成子とあり、式子の同母妹とされてきたが、これは誤りで、田中本「帝系図」（国立歴史民俗博物館蔵）や『愚昧記《ぐまいき》』などによって、休子の母は坊門《ぼうもんの》局《つぼね》（平信重女《のぶしげのむすめ》）であることが明らかとなった（伴瀬明美）。

『女房三十六人歌合絵』の式子内親王
（清原雪信画）

亮子内親王はのちの殷冨門院《いんぷもんいん》である。後白河院の第一皇女として重んじられ、安徳《あんとく》、後鳥羽《ごとば》、順徳《じゅんとく》という三人の天皇の准母《じゅんぼ》となり、文治《ぶんじ》三年（一一八七）女院となった。その女院御所は、殷冨門院大輔《たいふ》という著名な女房歌人を中心に、和歌や文芸の場となっていた。

守覚法親王は後白河院の第二皇子で、仁和寺御室《にんなじおむろ》となり、天皇家のために多くの御修法《みずほう》を勤仕した高僧で、後白河院、続いて後鳥羽院を支え、当時の仏教界における巨大な存在であった。膨大な著作を残し、その仁和寺御所は仏教、記録、和歌、音楽等の文化の一大拠点であった。

以仁王は第三皇子で、後白河院妹の八条院《はちじょういん》の猶子となった。親王宣下のないままに元服し、不遇であった。それは後白河院の寵妃で憲仁《のりひと》親王（後の高倉《たかくら》天皇）の母建春門院《けんしゅんもんいん》の「御そねみ」を受けたためと『平家物語』で語られている。以仁王は才学や人望があり、皇位を望み得るような人物であったが、高倉天皇が位につき、続いてその皇子が即位し（安徳天皇）、皇位の可能性は完全に断たれ、さらに後白河院が平家によって退けられた事などがあって、平家に抗して治承四年（一一八〇）に挙兵し、敗死した。しかしその平家追討の令旨が、源氏挙兵、平家滅亡に繋《つな》がったことはよく知られている。このような皇子女たちを産んだのが成子であった。

ところで、後白河院の寵愛並びなかった建春門院の死後、晩年の後白河院が寵愛した女性は、丹後局《たんごのつぼね》と呼ばれた従二位高階栄子《たかしなのえいし》で、政治にも口入《くにゅう》し、「法皇の無双の寵女」「近日の朝務、偏《ひとへ》にかの唇吻《しんぷん》にあり」（『玉葉』）と言われ、楊貴妃《ようきひ》にもたとえられて、無双の権勢を誇っていた。栄子所生の覲子《きんし》内親王（宣陽門院《せんようもんいん》）は、後白河院の没後、莫大《ばくだい》な遺領である長講堂領を伝領し、富裕で有名であった。けれども宣陽門院は母の権勢と庇護《ひご》に包まれて、宣陽門院自身の存在感は薄く、個性もうかがわれない。

成子は、寵妃でもなく権勢の女性でもない一女房に過ぎないし、成子を描写するものはわずかしか残らないが、その所生の皇子女たちが、それぞれに歴史に名前を刻み、個性的な足跡を残していることを思うと、成子が聡明《そうめい》で優れた人であったことがうかがい知られるようだ。

賀茂の斎院

式子内親王は、平治元年（一一五九）十月に賀茂斎院に卜定《ぼくじょう》され、約二年は宮中に設けられた初斎院で潔斎し、応保《おうほう》元年（一一六一）四月に斎院として本院（斎院御所をさす。紫野院・紫野斎院とも言う）に移り、以後八年余り、賀茂社に奉仕する生活を送った。そして嘉応《かおう》元年（一一六九）に急な病気のため退下《たいげ》した。二条天皇、六条《ろくじょう》天皇、高倉天皇の御代のはじめまでにあたり、平家隆盛の時代である。

伊勢斎宮と賀茂斎院は、いずれも王権を守護するために、未婚の内親王（または天皇の孫娘である女王）がつとめるものである。斎院・斎宮をあわせて斎王とも言う。斎宮は伊勢神宮を天皇に代わって祭祀《さいし》し、斎院は王城鎮護の神である賀茂社の祭祀に奉仕する。斎宮は、天皇の代替わりごとに卜定されるが、斎院は天皇が替わっても必ずしも交替しない。しかし斎院は承《じょう》久《きゅう》の乱後に廃絶し、斎宮も衰退して鎌倉末期に廃絶した。

斎院御所があった場所は、雲林院《うりんいん》（現在は大徳寺）に近く、近くを有栖《ありす》川が流れていたという。一説に、現在の上京区大宮通西、廬山寺《ろざんじ》通の北、櫟谷七野神社《いちいだにななのじんじゃ》のあたりかと推定されている。現在この境内には「賀茂斎院跡」という碑が建てられている。船岡山の南方、現在の西陣の中央部に位置しているが、この一帯が紫野であり、およそこの付近に紫野院があったことは確かである。斎院御所の内院には神殿・寝殿など、外院には斎院司・客殿などがあった。

斎院となった内親王は初斎院での潔斎の後、この紫野の斎院御所に住み、賀茂社の祭祀の際に奉仕する。最大の祭事は毎年四月に催される賀茂祭（葵祭《あおい》）である。斎院は祭りの前日に賀茂川で御禊《ごけい》を行い、紫野院に戻り、当日は紫野院を出御し、祭使（奉幣のため朝廷から遣わされる勅使）の行列と合流し、賑々《にぎにぎ》しく一条大路を東行して下社と上社に参る。その夜は上賀茂社に設けられた神館《かんだち》に泊まり、翌日は「祭のかへさ」と呼ばれる行列をなして、紫野院に戻る。平安京最大のイベントである。ほかにも夏越《なごし》の祓《はらえ》、相嘗《あいなめ》祭などの神事にも奉仕する。

式子は十一歳で斎院に卜定され、十三歳で紫野の斎院御所に入り、二十一歳まで、斎院としての生活を過ごした。このことは式子の生涯を考える上では重要だが、皇女としてはとりわけ特別なこととは言えない。斎院をつとめるのは数年という場合が多いが、式子の前に在任した怡子《いし》内親王は、二十五年もの間、賀茂斎院をつとめた。後鳥羽院時代には、後鳥羽院皇女礼子《れいし》内親王（のちの嘉陽門院《かようもんいん》）が、元久《げんきゅう》元年（一二〇四）から八年間、賀茂斎院であった。

むしろ伊勢斎宮の方が、都とは隔絶された生活であった。式子と同母姉妹である亮子内親王と好子内親王はともに斎宮となり、亮子は十一歳から一年間、好子は十三歳から五年間、都から遠い伊勢で斎宮をつとめた。同時代にほかにも多くいるが、たとえば高倉院皇女の潔子《けっし》内親王が十二年間、後鳥羽院皇女の粛子《しゅくし》内親王が約九年間、それぞれ伊勢斎宮をつとめている。

それに比べると、洛中《らくちゅう》にある紫野の斎院御所は、宮廷・後宮とは別の文化拠点ともなった。平安時代中期、大斎院《おおさいいん》として知られる選子《せんし》内親王は五十七年もの間、天皇五代にわたって賀茂斎院をつとめた。そこには女房歌人が多く、華やかで清雅な大斎院サロンを形成しており、中宮定子や中宮彰子の後宮サロンと相互に交流し合い、殿上人たちも寄り集まっていた。さらに、大斎院選子のもとには「歌司」と「物語司」が置かれ（『大斎院前御集』）、書写や収集が行われていた。また六条斎院禖子《ばいし》内親王は、斎院時代に約十五回の歌合を開催した。これは藤原頼《より》通《みち》・源師房《もろふさ》らが後援しているのだが、姉祐子《ゆうし》内親王の女房や後冷泉《ごれいぜい》天皇後宮の女房たちも加わっている。斎院は、宮廷文化圏とも交流しつつ、独自の文化的な場として機能していた。この後にも、斎院御所（本院）での風雅な贈答や場面を伝える和歌は、勅撰集・私家集などに多く見られる。『後二条師通記《もろみちき》』には、斎院令子《れいし》内親王のために、和歌会、小弓、蹴鞠《けまり》、管弦の会などが催され、殿上人たちも参集し、蹴鞠のあと酒肴《しゅこう》が供されたことなども見える。

斎院が、閉鎖的な空間で人里遠く離れた場であったというイメージは、適当とは言えない。紫野の自然があり、神殿があるから清浄な雰囲気だが、都の中心にも近く、宮中の緊張感はないため自由さがあり、女主人と女房が主体であるから華やぎもある風雅の場、そして権勢ある後援者がいれば一層活発に文化活動が展開される場、それが斎院文化圏であった。これは式子内親王の時代にも同様であったと見られる。

斎院文化圏として

式子内親王が斎院であった時にも、紫野の斎院御所では、しばしば女房や貴族たちの雅遊があった。藤原実家《さねいえ》の家集『実家集』に、次のような歌がある。

故大納言実国卿のいまだ宰相の中将と聞こえし時、花見むといざなはれしを、障る事ありて遅く行きたりしかば、雲林院の方へと人言ひしに、そなたをさして行きたるに、斎院に参りて、人々、花の歌今見合はせんとせし程なり。ただあらむよりはとて、深くも思はず

春風は花さそふらし波の上に消えせぬ雪の有栖川かな（三四）

女房琴ひきなどして遊びて、更けゆく程にまかり出でしに、この度は徒然なるにとて、集まりのりたるに、大宮少しやり過ぐす程に、本院より侍を走らせて言ひたる歌

心ざし引く方ならぬ花なればいかなる言の葉にもとまらず（三五）

返りごと

言の葉も花もひく方しかはあれど家路を長く忘るべしやは（三六）

これは式子が十三歳から十六歳頃のできごとである。桜が盛りの季節、斎院御所に上流貴族

たちが花見に参上し、斎院女房や貴族たちが花の歌を詠み合い、女房が琴をひいて、夜更けまで詩歌管弦に時を過ごし、退出した貴族たちの車が大宮あたりを過ぎた頃、斎院御所の女房たちが、帰る人々への恨みごとを戯れに詠んだ歌を侍に持たせて走らせ、それにまた実家が返しの歌を送るという、王朝物語のような華やかな場面が描き出されている。

また藤原実家の兄実定《さねさだ》の家集『林下集《りんげしゅう》』にも、式子内親王が斎院であった時期の、斎院女房と実定との贈答歌などがある。実家らはみな閑院流の人々であり、式子の母成子と同じ一族である。外戚《がいせき》である閑院流の人々は、式子と生涯にわたって交流があり、後見的役割を果たしていた。

斎院の女房たち

斎院女房と貴族たちとのやりとりのほかに、女房同士の贈答歌もある。『建礼門院右京大夫《けんれいもんいんうきょうのだいぶ》集《しゅう》』に、このような歌がある。

大炊御門《おほゐのみかど》の斎院、いまだ本院におはしましし比《ころ》、かの宮の中将の君のもとより、

御垣《みかき》のうちの花とて、折りて賜《た》びて

標《しめ》のうちは身をもくだかず桜花惜しむ心を神にまかせて（七三）

かへし

標《しめ》のほかも花とし言はん花はみな神にまかせて散らさずもがな（七四）

「大炊御門《おほゐのみかど》の斎院《さいいん》」とは式子のこと。紫野の斎院御所に式子がいたころ、その女房である中《ちゅう》将君《じょうのきみ》から、ごく若い頃の建礼門院右京大夫に、斎院の庭の桜の枝が送られてきた。「斎院御所の内では、身を砕くように花を心配することはありません。桜が散るのを惜しむ心は神の思《おぼ》し召しにお任せしています」という歌が添えられていた。それに対して右京大夫は、「斎院御所の外でも、桜という桜はみな神にお任せして散らないようにしてほしいものです」と返歌した。この中将君（式子内親王家中将）は、『千載集』（釈教・一二三七）に歌がある女房である。

ところで、この歌の後には「この中将の君の、清経の中将に物いふと聞きしを、程なく同じ宮の内なる人に思ひ移りぬと聞きしかば」とあり、中将君は、平重盛《たいらのしげもり》の子である清経《きよつね》の恋人であったが、清経は同じく式子の女房である別の女性に心を移してしまったと言う。つまり、式子の斎院御所には、平家の貴公子が出入りして、ある女房を恋人とし、さらに別の女房に寵愛を移し、それが噂《うわさ》となって知られているということがわかる。なお、後代のものだが『平家公《きん》達草紙《だちそうし》』（東京国立博物館本）に、平重衡《しげひら》が「大炊御門の前斎院御所へ、常に参りて遊びければ」とあり、寿永二年（一一八三）七月の平家都落の際には鎧《よろい》姿で別れを告げに行き、恋人であった中将君と中納言君が悲しむという場面が書かれている。これは大炊御門殿のことである。若き式子内親王が生活した紫野の斎院御所は、世間から隔絶した、閉鎖的な空間ではない。

貴族たちが訪れ、女房たちも訪れを誘いかけ、和歌を詠み合い送り合い、出入りする貴公子と女房とに恋愛関係が生じることもよくあるような、風雅で華やぎのある御所であった。そして、斎院時代の式子の周囲には、題詠の和歌を詠み『続詞花集《しょくしか》』などに入集《にっしゅう》した女房たちもいた。こうした中で式子の詠歌が涵養《かんよう》されていったとみられる。

母の歌

さて、近年に新たに冷泉家で発見された『言葉和歌集《げんよう》』は、惟宗広言《これむねのひろとき》撰の私撰集で、広言は歌人で今様《いまよう》の上手でもあり、後白河院にも近い人である。その集に式子に関わる歌がある。

本院の藤盛りなりけるを、心あらん人に見せばやと女房申しあひたりければ、
高倉三位の御許へよみて奉りける　前斎院帥
見せばやな色もかはらぬこのもとの君まつがえにかかる藤波（雑上・二五四）
返し　高倉三位
標《しめ》のうちにのどけき春の藤波は千歳をまつにかかるとを知れ（二五五）

これも式子が斎院として紫野院にいた頃の贈答であり、式子に仕えた帥《そち》という女房の歌である。斎院御所の藤が盛りに咲いて美しく、「これを情趣を解する方にお見せしたいわね」と女

房が口々に言い合い、結局、高倉三位のもとに歌を送った。高倉三位は式子の母、藤原成子。女房たちが成子へ歌を送ったのは、式子の意を汲《く》んでのことであっただろうが、成子が「心あらん人」と書かれていることに、成子の人となりがしのばれる。

「このもと」は「木の下《もと》」「子の許《もと》」との掛詞。「お見せしたいものです。内親王さまがいらっしゃる斎院御所は色も不変の松のもとにありますが、松にかかる藤は、あなたを待って美しく咲いています」という意。式子の様子を伝え、斎院御所へお越し下さいと誘う。高倉三位の返歌は「斎院御所の内でのどかな春に咲く藤は、私を待っているのではなく、千歳を待つように松にかかっているのだとごらんなさいませ」という意。才知ある女房同士の巧みな贈答歌である。帥の贈歌は式子と母成子を思いやって訪問を誘い、成子の返歌は斎院という場を言祝《ことほ》ぎつつ、誘いを辞退して、王権の長久を祈るのが斎院であるからよろしくと、婉曲《えんきょく》に娘式子の支えを頼んだ。成子の人柄がうかがわれる貴重な資料である。また『言葉集』には式子内親王が帥と交わした贈答歌があり、式子が帥に琵琶《びわ》をひくように言う場面が描かれている。

賀茂祭を回想する歌

賀茂祭が行われる四月は時鳥《ほととぎす》が鳴き始める季節である。神山《かみやま》は上賀茂社の東南にある山々をさし、神がいます場所。神館《かんだち》は先に述べたように、賀茂祭の夜に斎院や祭使らが泊まる仮屋で、上賀茂社に建てられた。

いつきの昔を思ひ出でて

ほととぎすその神山の旅枕ほのかたらひし空ぞ忘れぬ（『新古今集』雑・一四八六）

式子内親王

（その昔、神山に旅寝する私に、時鳥がほのかに声を聞かせてくれたあの日の空の景色を、今も忘れることはない。）

詞書にある通り、式子内親王が、斎院であった昔を回想して詠んだ歌である。「そのかみ」（昔という意）と、「神山」とが、美しい掛詞をなす。仮屋の神館に一晩宿ることを旅寝にたとえて「旅枕」と詠む。「旅枕」は清新な歌ことばで、式子は好んで詠み、四首あるが、ちょうど同時代前後に定家《ていか》、慈円《じえん》、良経《よしつね》らが何度も詠んでおり、特に定家に多く、これらは互いに影響をもちつつ詠まれたものである。斎院は一年に一度だけ、賀茂祭の日に神館に宿るが、そこで神のいます神山でひそやかに声を響かせた時鳥を、その声が響いてきた神々しい空を、忘れ得ぬこととして心に刻み、回想する。「聞かばやなその神山の時鳥ありし昔のおなじ声かと」（『後拾遺集』夏・一八三）は類歌で、斎院禖子内親王に仕えた皇后宮美作《きさいのみやのみまさか》が斎院の頃を回想して、今神館にいる女房に送った歌だが、式子の歌は、その時空そのものを呼び起こす。句頭で「ほ」「そ」「ほ」「そ」が繰り返され、句頭では巧《たく》まずして「お」母音が続き、やわらかい音調で流れるように詠む。静かな音楽のように美しい。

また式子は、神館の初夏の曙《あけぼの》をこのようにも詠んでいる。

斎院に侍りける時、神館にて　　　　式子内親王

忘れめや葵を草に引き結び仮寝の野辺の露のあけぼの（『新古今集』夏・一八二）

（忘れることがあろうか。葵を結んで草枕として旅寝した野辺の、露がしとどに置いた清らかな曙の景色を）

この歌でも仮屋である神館に宿ることを「仮寝」と言う。「葵」には「逢《あ》ふ日」が響く。十四文字の下句に五文字の「の」を連ねてやわらかい音調でたたみかける。この歌は式子の第一の百首の夏歌に含まれていて、おそらく後の回想の歌であろうと推定されている。「露のあけぼの」は、この頃の詠としては、定家の「やすらはでねなまし月に我なれて心づからの露の明ぼの」（『拾遺愚草員外』四〇五）と慈円の「見せたらばおどろく程の袂《たもと》かなしのだの森の露の曙」（『拾玉集』一八二五）があるだけで、いずれも建久年間の詠である。どちらが前かわからないが、彼らの間で互いに影響関係がある表現である。つまり、かつての「私」、斎院であった頃を回想して詠まれた歌でも、それは建久期の流行表現に彩られている。

そしてこの式子の歌に影響を受けて、後に定家は次のような歌を詠んだ。定家にとって、神館の歌と言えば式子の歌がまず思い出されたのであろう。

葵草仮寝の野辺のほととぎす暁かけてたれをとふらむ（『千五百番歌合』夏一・六九三）

承元二年、祭使神館にとまりたる朝、言ひつかはしける　前中納言定家

思ひやる仮寝の野辺の葵草きみを心にかくる今日かな（『続古今集』夏・一九二）

神館での斎院女房の歌

前掲の『新古今集』一四八六の次に、賀茂祭の祭使と女房が交わした和歌が置かれている。

左衛門督家通、中将に侍りける時、祭の使にて神館にとまりて侍りける暁、斎院の女房の中よりつかはしける　読人しらず

たち出づる名残あり明の月影にいとどかたらふ時鳥かな（一四八七）

返し　左衛門督家通

いく千代とかぎらぬ君が御代なれど猶惜しまるる今朝のあけぼの（一四八八）

藤原家通《いえみち》はこの賀茂祭の祭使であり、斎院式子内親王やその女房たち、関係者とともに神館に泊まった。その暁方に、式子の女房の中から家通に、「出立される今、名残惜しい有明の月の光のもとで、ますます声を響かせる時鳥ですね。お名残惜しいことです」と歌を詠みかけた。

それに対して家通は、「幾千年も限りなく続く御代ですから、（また参ることも）ありましょうが、それでもやはり名残が惜しまれる今朝の曙です」と返した。家通は俊成《しゅんぜい》の娘の一人である高松院新大納言《たかまついんのしんだいなごん》の夫である。式子のもとには高松院新大納言の姉妹（つまり俊成の娘）二人が女房として仕えていた。歌を詠みかけたのはその二人のどちらかであったかもしれない。

賀茂祭の日に、神館で斎院の女房と祭使とが歌を交わすことはよくあったようである。平安時代のものだが、一首あげておこう。

祭りの使にて、神館の宿所より斎院の女房につかはしける　藤原実方朝臣
ちはやぶるいつきの宮の旅寝には葵ぞ草の枕なりけり（『千載集』雑上・九七〇）

恋歌ではないが、「葵」と「逢ふ日」とを響かせて女房への挨拶とし、「ここ神館の旅寝では、葵が草の枕だったのですね」の意。式子の「忘れめや…」の歌は、この実方の歌を先蹤《せんしょう》とし、そこから「葵を草に引き結び」と詠んだのである。

斎院を退下する

嘉応元年（一一六九）七月二十四日、式子は病気により斎院を退下した。斎院は退下した後に志賀の唐崎《からさき》で御禊の儀式を行う。その時の歌が『千載集』にある。

賀茂のいつきかはり給て後、唐崎の祓へ侍りける又の日、双林寺の御子のもとより、
昨日何事かなど侍りける返事につかはされ侍りける　　式子内親王
みたらしや影絶えはつる心地して志賀の浪路に袖ぞ濡れこし（『千載集』雑上・九七三）
（祓えをしていた賀茂社の御手洗川《みたらし》に映っていた姿が、すっかり消えてしまうような気がして、最後の祓えをした志賀の波路に、涙も流れて袖《そで》が濡《ぬ》れてきてしまいました。）

式子内親王の歌のうち、詠歌年次が判明する歌としては、これが最も早い。「双林寺の御子」とは鳥羽院皇女、後白河院異母妹で、「あや御前」「高陽院姫宮《かやのいんのひめみや》」「双林寺《そうりんじ》姫宮」と呼ばれ、このころ出家して双林寺に隠棲《いんせい》した。「きのうの御禊はいかがでしたか」と問われた時の返歌で、斎院時代への惜別の念を叔母に訴えた歌であるが、「影絶えはつ」という表現に注目しよう。「絶え果つ」はふつう「道」「跡」「契り」などに対して詠まれる。「影」、それも自分の姿に対して言うものは他にほとんどなく、これまでの自分の存在や命が一瞬かき消えてしまうような強い響きをもつ。初学ゆえかもしれないが、こうした特異な詞《ことば》は式子の歌に散見される。
そして『千載集』には、斎院を退下して、数年を経た後の式子の歌を載せている。

賀茂のいつきおりたまひてのち、祭りのみあれの日、人の葵を奉りて侍りけるに書き

つけられて侍りける　　　　　　前斎院式子内親王

神山の麓になれし葵草引きわかれても年ぞ経にける（『千載集』夏・一四七）

（神山の麓で馴《な》れ親しんだ葵草よ。私が斎院を退き、別れ別れになって、もう何年も経ったことです。）

退下した後に、賀茂祭の前のみあれの神事の日に、ある人が葵を奉《たてまつ》ったところ、その葵に式子が書き付けた歌。「あやめ草」は引き抜いて根を比べるから「引きわかれ」と詠むことはあるが、「葵草」を「引きわかれて」と言うのはこれ以前に詠まれていない。恐らくこれは『源氏物語』の初音巻にある明石姫君から母明石君への歌、「引きわかれ年は経れども鶯の巣立ちし松の根を忘れめや」から学んだと見られ、神山の葵草と自分を母娘の別れにたぐえている。

退下後の生活

斎院退下後、式子内親王は、三条殿、父後白河院御所である法住寺殿の萱《かやの》御所、八条院御所の八条殿、後白河院御所の押小路殿、藤原（吉田）経房《つねふさ》の勘解由小路《かでのこうじ》邸、そして後白河院の御所で式子が伝領した大炊御門殿などに住んだ。このうち三条殿は、従来言われていた、成子と以仁王が住んだ三条高倉邸ではなく、外戚三条実房《さねふさ》の三条万里小路《までのこうじ》邸である（高柳祐子）。

後白河院が崩御したのは建久三年（一一九二）であるが、それまで式子は後白河院の庇護下にあったと言えよう。後見人としては三条実房らのほか、吉田経房がいた。経房は後白河院の信頼厚い近臣で、誠実廉直な実務官僚で、歌人でもあり、自邸でも何度か歌合・歌会などを開催している。また経房の母は俊成ときょうだいであり、経房は定家のいとこにあたる。

式子は、後白河院の崩御に際して、大炊御門殿・白川の常光院と荘園《しようえん》二、三箇所を伝領しており、経済的には安定していた。またこれ以前、文治元年（一一八五）には准后《じゆごう》となっており、准后は年官・年爵という昇進の推薦の権利を持つことから、いっそう人々が周囲に集まっていた。時々イメージされるような、隠遁《いんとん》し世に忘れられた皇女ではない。内親王が准后になった後には、その先に准母、そして女院になるという道が開かれていた。俊成は、式子内親王家が姉亮子（後の殷冨門院）に次ぐ力を持つ存在であったからこそ、早くから式子内親王家に娘たちを女房として出仕させ、定家も家司《けいし》として出仕させたと考えられる。定家が式子に仕えたのは二〇年に及ぶ。そして定家も、子女の光家《みついえ》や因子《いんし》を連れて、式子に拝謁させている。

しかし、皇女として不遇であったとは言えなくとも、保元・平治の乱や源平動乱の時、他のすべての人々と同じように、式子も世の動きに対して心痛していたであろう。特に、治承四年（一一八〇）五月、同母弟以仁王は挙兵して敗死した。姉亮子内親王は、以仁王の三条高倉邸に居住しており、軍勢に囲まれた時、以仁王は脱出していたが、亮子も危うく逃れ出た（『明《めい》月記《げつき》』）。「女房等は裸形にて東西馳《は》せ走る」（『山槐記《さんかいき》』）という状態であったという。

乱世の体験を、式子は歌に詠んでいない。しかし自らが見聞した動乱や戦《いくさ》に関することを歌に詠まないのは、この時代の宮廷の人としては当然のことで、俊成も定家も詠んでいない。戦乱などは王権をゆるがすものであるから、宮廷和歌の世界では詠まれないし、勅撰集にも採られないのである。西行は詠んだが、それは宮廷の埒外にいる僧侶《そうりょ》だから可能なことである。式子が戦乱に触れないのを、例えば現実の拒否や沈潜などと、特別視することはできない。

さてここで、この時代の内親王が置かれていた立場について、考察を加えておこう。

院政期から鎌倉期の皇女と女院

天皇の娘である内親王は、平安期においては結婚した皇女もあり、斎院や斎宮を退下した後に結婚した例もある。天皇の妃《きさき》になることが多いが、臣下の男性と結婚した例もある。だが院政期（平安末期）以降は、内親王が結婚することは稀《まれ》になり、原則として不婚である。鎌倉時代の内親王で結婚した例も若干あるが、相手はほぼ天皇・上皇に限られる。

一方、女院《にょいん》《にょういん》とは、天皇の母・准母・三后・准后・内親王などの中から、上皇（院）に准じた待遇を受け、院号を与えられた女性をさす。平安中期、一条天皇の母藤原詮子《せんし》が、東三条院の称号を受けたのに始まり、当初は母后だけだったが、院政期以降はしだいに対象が拡大し、内親王も対象となっていった。院政期から鎌倉時代のもう一つの特徴は、皇女が不婚のまま、弟や甥《おい》などにあたる年少の天皇の「准母」となって立后するのが多いことである。こうして准母となった皇女たちは、多くがのちに女院となっている。これはかつて斎院か斎宮をつとめていた皇女が多い。式子も正治二年（一二〇〇）に東宮守成《もりなり》親王（後の順徳天皇）の准母になることが内定していたが、病気にかかり逝去してしまった。健在であれば准母となり、やがて順徳天皇の即位時には女院となった可能性が高いのである（三好千春）。

ところで、院政期から鎌倉時代に、権勢ある女院に対して、天皇家の莫大な荘園財産を女院領として相続させるという方法がとられた。それは不婚の皇女を女院として王権の周辺におき、莫大な天皇家領を保持させ、王権の中枢とは総体的な距離を保って、中枢部の争いと無縁であるようにするためであったと推定されている（野村育世）。八条院領（八条院は鳥羽院《とばいん》と美福門《びふくもん》院《いん》の愛娘《まなむすめ》で、父母から伝領）、宣陽門院領（宣陽門院は後白河院の愛娘で、父から伝領）などが莫大なものであって有名だが、式子内親王の同母姉である殷冨門院も、父後白河院から一部の所領を伝領している。八条院ら莫大な荘園領を伝領した女院たちは、極めて富裕で、社会的・政治的・文化的に大きな影響力をもっていた。

この女院たちのもとには、財産を譲られる候補となる猶子（擬制的な親子関係を結んだ子。養子）たちがいて、色々な思惑が交錯しており、何かあると誰かが誰かを呪詛《じゅそ》したとの噂が立つのである。式子内親王は八条院と同居していた時期があり、その時は八条院に庇護される立場にいた。富裕な八条院が庇護した人は多く、以仁王もその一人であり、その死後、以仁王の姫宮、九条良輔《よしすけ》（兼実の子）、春華門院《しゅんかもんいん》（後鳥羽院皇女）などが次々に八条院の猶子となった。あとで述べるが、八条院の側にいた時、式子にも暗い事件が訪れることになる。

二　和歌への情熱と精進　―式子の百首歌と贈答歌―

俊成と式子内親王

　式子内親王が、いつからどのようにして歌を詠み始めたのか、それを明確に語るものはない。けれども前節で述べたように、式子の斎院御所の生活では、女房や貴族たちの風雅な贈答が行われ、数人の女房は題詠の和歌を詠み、女房たち以外にも周辺には歌詠む人々がいた。同母姉殷冨門院の御所には殷冨門院大輔などの女房歌人がいた。また、式子は数年間八条院と同居していたが、八条院に仕えていた六条という女房歌人が、式子内親王の和歌に刺激や影響を与えたかと推定されており、両者の和歌には少なからぬ類似が見出《みいだ》されると言う（田仲洋己）。

　本格的に詠歌を学び始めた式子の導き手であったのは、藤原俊成であった。俊成の命で定家が初めて式子の御所に挨拶に行ったのは治承五年（一一八一）正月なので、俊成が式子に和歌を指導していたのはそれ以前からである。そして俊成は、文治四年（一一八八）奏覧の『千載集』に、式子の歌、それもいくつかの百首（62ページで後述）の歌を中心に、計九首を入れた。式子はこのとき四十歳。三年前に准后となっていた。九首というのは『千載集』当代女性歌人では最多であり、勅撰集に初めての入集として極めて多く、定家の八首を上回る。俊成の式子への評価の高さを示しているが、おそらくそれは唐突なものではなく、それ以前に、俊成は何年にもわたって詠歌を指導し、式子のいくつかの百首歌の詠草を持っていたと想像される。

俊成の娘二人は式子内親王に仕えた女房であり、女房名は女別当《にょべつとう》（前斎院女別当）と大納言（前斎院大納言）である。斎院の斎院司には男女官が配され、女官の長が女別当である。前斎院女別当は、年齢的にも式子より数年年長であり、斎院時代から式子に長く仕えた重鎮の女房であった。前斎院大納言はそれよりはるかに若く、名を龍寿御前《りゅうじゅごぜん》という。定家の四歳上の同母姉であり、式子の薨去《こうきょ》まで長く仕えていた。式子が長年にわたって歌を詠み続け、自ら研鑽《けんさん》を重ねていたその側近くにあって、この女房たちは式子を助け、詠草を俊成や定家に伝えたり、歌書を集めたり書写したりする役割をも担っていたかもしれないと想像される。

ところで『古来風体抄《こらいふうていしょう》』は、藤原俊成著の歌論書で、初撰本と再撰本とがあるが、初撰本は建久八年（一一九七）七月の成立である。ある貴人のために書かれたものだが、それが式子内親王なのか、守覚法親王なのか、両説がある。ただし、どちらに献呈されたものであっても、同母の姉弟であるから、すぐに写されて伝わったと想像される。

建久四年（一一九三）、七十九歳の俊成は、愛妻の美福門院加賀を喪《うしな》い、その悲しみを九首の哀傷歌に詠んだ（『長秋草』）。式子内親王はおそらく女房の大納言（俊成と加賀の娘）を通してその歌を見たのではないか。式子は俊成に慰める歌、それも俊成の九首に唱和する九首を含む十一首を送った。俊成は驚きつつ深く感謝して返歌した。内親王という高貴の女性から、身分の離れた臣下の男性に私的な歌をわざわざ送ることはしないのが普通だが、式子はこうした規範には拘泥せず、真情を伝えることに躊躇《ちゅうちょ》しなかったのであろう。この前年の建久三年に、式子も父後白河院を喪っていた。

『明月記』に見える定家と式子内親王

このころの式子の動静をもっともよく伝えているのは、定家の漢文日記『明月記』である。はじめて定家が式子内親王の三条邸に参上したのは、治承五年(一一八一)正月三日のことで、俊成の命によるものであった。もちろん直接会ったわけではないが、その時の印象を定家は「薫物馨香芬馥たり《たきものけいかうふんぷく》」とのみ記す。この後、式子に対して個人的なことや感情的な部分を記すことは一切ない。同年九月二十七日条の「御弾箏《だんさう》の事ありと云々《うんぬん》」が、定家が式子の箏を聞いた記事と解釈する論もあるが、「云々」とあるから、定家は聞いておらず、俊成から伝え聞いた話なのである。

現存する『明月記』の記事だけで定家が式子の御所へ参上したのは百回近いが、この二〇年の『明月記』は失われた部分も多く、実際はその数倍であったのではないか。けれども、内裏や院御所のほかに、仕えている摂関家・女院・内親王などの御所にも参候し、家司として諸事をつとめるのが、廷臣の日常であった。定家は八条院のもとへも足繁く参上しているが、それと同様のことなのである。正治元年(一一九九)以後の式子は病がちで、定家は式子の病状について逐一『明月記』に記しているが、それは主家に参候する者として当然であり、個人的な感情とは言えない。九条兼実の病や体調についても逐一記しており、式子だけが特別ではない。特に正治二年十月、東宮守成親王を式子の猶子とすることが内定し（後述）、定家は家司としてそのために奔走したから、実現のためには、式子の病状は大きな関心事であった。

定家と式子の間に恋愛関係があったとする論では、『定家小本』や伝式子内親王消息文《しょうそこぶみ》などをあげるが、前者は資料的に不確かであり、後者は恋愛とは無関係である（藤平春男）。

以上のように、定家との間に恋愛関係があったとか、定家が若い頃から憧憬《しょうけい》的恋情を抱いていたと推測する説は肯定し難いのである。この後に述べていくけれども、そうした推定には、式子が皇女としては非常に異例に激しい恋歌を詠んでいることが大きく影響しているが、それはすべて題詠の歌であって、それを現実の恋の反映と考えるのはむずかしい。

藤原定家図（冷泉家時雨亭文庫蔵）
鎌倉時代

けれどもその一方で、定家（式子より十三歳年下）は式子の人柄や歌才に、敬愛の念を抱いていたとも思われる。直接会わなくとも、これほど参候していれば邸《やしき》の女主人の人柄は伝わってくるに違いない。『明月記』を読むと、定家は非常に気難しい人物であって、気に入らないことがあると、自分が仕える後鳥羽院や良経に対しても、日記の中でちらっと（もしくははっきりと）批判的に言うことが多いのだが、式子に対して批判的な言辞は特に記していない。そして『新古今集』『新勅撰集』に多くの和歌を入れることで、式子の和歌に対して深い敬意をあらわしている。それは式子も同じであって、互いに男女や年齢を超えた敬愛の心情を抱いていたのであろう。だがそれは恋愛とは無関係のものである。

個性と逸脱の皇女

定家は式子の御所について、このように述べている。『明月記』正治二年（一二〇〇）閏《うるう》二月十三日条で、定家の嵯峨山荘の近くに死人の頭部があったので、本来なら穢《けが》れのため参上できないところだが、式子の御所は「この御所、本より穢れを忌まれず」（式子の御所は、もとから穢れを忌むことをなさらない）、だから構わないだろうと考えて、そのまま参上している。また正治二年十二月七日条では、式子がいよいよ重体となった時、「この御辺は、本より御信受無ければ、惣《そう》じて御祈無し。今日は人々申すにより、形の如く御祈等を行はる」（式子のところでは、式子がもとから加持祈禱《きとう》をお信じにならないので、いつもは祈禱を行わないが、今日は周囲の人々が主張して、形通りに行った）と述べているのである。

かつては斎院として神に仕えた皇女が、この頃には穢れを忌まず、加持祈禱を信じないという、特異な価値観を持っていたことがわかる。また建久五年（一一九四）に、仁和寺の守覚法親王の弟子で、異母弟にあたる道法法親王から、真言の入門の行法である十八道を受けたり、また当時の新興宗教である専修念仏の法然から受戒したりしている。この法然の恋人であったという説は、資料的に信憑《しんぴょう》するのはむずかしい。けれども、こうしたことから、内親王としては、非常に特異で個性的な皇女であり、従来の慣習や伝統に縛られず、自己の価値観や意志を貫く女性であったことがうかがえる。

飛び交う呪詛と託宣

前にも触れたが、後白河院や八条院などの周辺で、この時期には十件近くの呪詛《じゅそ》と託宣の事件が起きている。天皇家の所領や地位などをめぐる人々の欲望や嫉妬《しっと》ゆえの争いが、呪詛したという噂や、後白河院の託宣があったという形であらわれるのである。特に後白河院の寵妃であった丹後局（宣陽門院母）が関与した面が大きい。

晩年の式子は、三度も呪詛や託宣の事件に巻き込まれた。建久二年（一一九一）ごろ、式子が八条院の八条殿に同居していた頃、莫大な天皇家領である八条院領の相続をめぐり、式子が、八条院とその猶子である以仁王姫宮を呪詛したという噂が立った。そこで式子は父後白河院の御所である押小路殿へ移り、出家してしまった。後白河院はこの事を納得せず不快に思ったという。この後、式子は後白河院が没するまでの二年間、院と同居していたと見られる。

後白河院の死後、建久七年（一一九六）頃、橘兼仲《たちばなのかねなか》の妻が後白河院の霊が乗り移ったと言い、託宣であると称して祭祀や寄進を要求し、兼仲夫妻はそれぞれ流された（『愚管抄《ぐかんしょう》』）。『皇帝紀抄』には、式子もそれに同意したとの理由で洛中にいてはならないという沙汰が出されたが、評議の結果取りやめとなったとある。この点は『愚管抄』にないので、真相は不明だが、いずれにせよ丹後局の策謀であったと見られる。そして正治二年（一二〇〇）十月、後鳥羽院の命によって、式子が東宮守成親王（後の順徳天皇）の准母となることと東宮を式子の大炊殿に迎えることが内定したが、これを丹後局が妬《ねた》んで呪詛したという。けれどもこの内定は式子の病状の悪化によりやむなく中止され、翌建仁《けんにん》元年（一二〇一）正月二十五日、式子は逝去し、式子の姉殷冨門院が東宮の准母となった。

そしてこの頃、柳原家本『玉葉』断簡によれば、源仲国《なかくに》夫妻が後白河院の託宣と称して望みを訴えていたが、通親と式子は託宣を信じず、式子は疑念を表明していたが、式子が没し、通親は式子の死因は託宣を疑った祟《たた》りであると考え、託宣を信じるようになったと言う。

式子周辺で呪詛や託宣の事件が起こったのは、さまざまな思惑が交錯する中で、式子が後白河院や八条院に近い皇女であり、後鳥羽院にも近くなったゆえかと見られる。また式子自身に強靭《きょうじん》な凜《りん》とした性格があって、警戒された面もあるのかもしれない。最後の託宣への式子の態度は、丹後局ら旧勢力に同調しないという政治的意思の表明と見られる（三好千春）。そして後鳥羽院はそうした式子内親王を認め、近くに置こうとしたと考えられる。

二つの贈答歌

式子が詠んだ贈答歌のうち、双林寺姫宮への歌は前に見たが（43ページ）、ここでは『新古今集』にある惟明《これあき》親王との贈答のうち、一つを掲げよう。

家の八重桜を折らせて、惟明親王のもとにつかはしける　式子内親王

八重匂ふ軒端の桜うつろひぬ風より先に問ふ人もがな

返し　惟明親王

つらきかなうつろふまでに八重桜問へともいはですぐる心は

（『新古今集』春下・一三七・一三八）

（家の桜を折らせて、それに添えて惟明親王のもとへ送った歌　式子内親王

八重に美しく咲いていた軒端の桜も色があせてしまいました。桜を風がすっかり吹き散らす前に、どなたか訪れて下さらないかと願っているのです。

返し　惟明親王

薄情なお心ですね。お庭の八重桜が色あせてしまうまで、お訪ねなさいともおっしゃらないまま、日を過ごしていらっしゃったとは。）

惟明親王は高倉院の三宮で、後鳥羽院の異母兄である。平家が都落ちし、後白河院が次の帝

を決定する時（22ページ）、三宮惟明親王と四宮とが候補となったが、弟の四宮が選ばれて即位した。その後は帝王として君臨する弟後鳥羽院の陰でひっそりと生き、承久の乱の直前に没した。式子は叔母にあたる。詠歌を好み、『正治初度百首《しょうじしょどひゃくしゅ》』『千五百番歌合』に出詠した。

これは式子の御所大炊御門殿にあった八重桜をめぐる贈答であり、建久八年頃と考えられている。式子は四十九歳、惟明親王は十九歳くらいである。式子が「邸《やしき》に花見にいらっしゃい」と誘ったのに対して、惟明親王の歌は、「もっと早くお招き下さればいいのに」と恨んで見せた歌で、甘えたような口吻《こうふん》がある。二人がかなり親しい間柄であったことを思わせるし、三十歳年下の宮が、式子に対してもっていた尊敬と親愛の情が感じられる。

これとほぼ同じころ、同じ大炊御門殿の八重桜をめぐって、大臣藤原良経との贈答歌がある。

後京極摂政、大炊殿に早う住み侍りけるを、かしこに移りゐて後の春、八重桜につけて申しつかはしける　　式子内親王

ふるさとの春を忘れぬ八重桜これや見し世に変はらざるらん

返し　　後京極摂政前太政大臣

八重桜折知る人のなかりせば見し世の春にいかであはまし

（『続後撰集』春中・一一二・一一三）

（後京極摂政良経は、大炊殿にかつて住んでいたので、式子内親王が大炊殿に移り

住んだ後の春に、八重桜につけて送った歌　　式子内親王
あなたが前に住まわれたこの邸には、主人は替わっても春を忘れない八重桜が今盛りに咲いています。世の中は変わってしまいましたが、この桜は、かつてあなたがご覧になった昔の世の桜と変わらないでしょうか。
返し　　後京極摂政前太政大臣
八重桜をこの時節をよくわかって折り取って下さる方がいらっしゃらなければ、かつて見た世の春に、どうして会うことができたでしょうか。送って下さったおかげで、なつかしい昔の春に会うことができました。）

藤原良経は兼実の子であり、当時内大臣で二十九歳。式子よりも二十歳年少で、すでに九条家歌壇の当主としてさまざまな和歌活動を行い、式子はそこから私的に学び詠歌を研磨していた。その九条家が建久の政変によって逼塞《ひっそく》してしまったのが建久七年十一月の建久の政変である（25ページ）。兼実は関白を罷免され、良経は籠居《ろうきょ》し、九条家歌壇も停止した。
式子は父後白河院の遺言で建久三年に大炊殿を伝領したが、以前に後白河院が、九条家の邸九条殿が遠いことから、九条兼実に大炊殿を貸与し、兼実が居住していた。兼実は建久の政変で籠居したのを機に大炊殿から退去し、建久七年（一一九六）十二月二十日に式子は大炊殿に移った。これはその翌年あたりの贈答である。式子が良経の状況をよく知り、良経をいたわっ

た歌である。良経は深く感謝し、「折知る人」すなわち式子のおかげで、昔のままの春に会えたと返している。丁寧な口調であり、身分差もあり、世の転変をあらわす「見し世」がもたらす緊張感が漂っており、惟明親王との贈答とはまったく違う。さまざまな思いを心の中に封じ込めて、八重桜を詠ずることで思いを交わし合っているのである。

高貴な身分である内親王は、皇族でも縁者でもない臣下の男性との直接的な贈答は、あまり行わないのが普通である。良経との贈答は、『秋篠月清集《あきしのげっせいしゅう》』（良経の家集）には、表向きは式子内親王家の女房との贈答という形で書かれており、そのことから見ても、内親王から自発的に、縁戚でもない内大臣に対して桜の枝と歌を送ることは、やや特異なことだったと想像される。けれどもおそらく、式子と天皇家の人々との間では、先の惟明親王との贈答歌だけではなく、少なからぬ贈答歌が交わされていたに違いない。式子と後鳥羽院との贈答歌もあってもおかしくないが、それは一首も残っていない。式子は贈答歌を類聚《るいじゅう》したような自撰家集を編もうとはせず、題詠の和歌を詠む一歌人として、自らが渾身《こんしん》の力で詠んだ百首歌だけをストイックに残そうとしたのではないだろうか。

題詠歌とは、百首歌とは

では、題詠歌とは何か、そして百首歌とは何か、説明しておきたいと思う。ここまで式子内親王とその周辺の歌のうち、贈答歌を中心に見てきた。しかし実は、式子の歌全体の中で大部分を占めるのは題詠歌である。

現実の生活の中で詠んだ歌、つまりある場面や時に即して詠んだ歌、ある景などを見て詠んだ歌、現実の恋や感情、抒情を詠んだ歌などを、あまり熟さない言葉だが、仮に実詠歌と呼んでおこう。『万葉集』や『古今集』以降の平安時代半ばまでは、実詠歌とそれに準ずる歌が、和歌の多くを占めていた。和歌の詞書にその場面や状況を記すものが多いのは、実詠歌の享受にはそうした説明が必要な場合が多いからである。実詠歌の中でも贈答歌は、貴族生活における重要なコミュニケーションの手段であった。そうした実詠歌や贈答歌には、作者自身の生活や感情を読み取ることが可能である。

これに対して、ある歌題が設定されて詠まれる歌は、平安時代前期・中期にも、歌合や和歌会の歌、屏風歌、障子歌などで詠まれてきたが、四番目の勅撰集である『後拾遺集』以降、和歌史は次第に題詠の時代へと移行していく。そして、十二世紀はじめの堀河朝に行われた『堀河百首』という応制百首（天皇の命により、与えられた歌題に基づいて宮廷歌人たちが詠進する百首歌）が一大画期となり、これを境に和歌は題詠が主流となっていく。

題詠とは、あらかじめ設定された題によって和歌を詠むことであり、題がそれぞれもっている本意（詠むべき主題）をふまえて、本意によって表現史的に様式化された美的観念を、虚構を土台に詠歌することである。たとえば「時鳥（郭公）」という題であれば、仮に自分は時鳥の声に興味がなくても、時鳥の声を待つ心や、時鳥の声に心乱される心情などを詠むことが求められる。「初恋《はじめのこひ》」という題なら、自分は恋をしていなくても、また自分は女性であっても、ある女性の噂を聞いて恋心を持ち始めた男性の心情を詠むことが本意である。歌の中の主人公、つまりそこで歌の言葉を述べている主体を、詠歌主体と言うが、題詠歌においては、詠歌主体と作者とは別の人間であり、性別・状況・立場などすべて、同一とは言えないことが原則である。歌の作者は、いわばその詠歌主体の人物になりかわって、歌を詠む。物語の作者が、物語中の人物になりかわって歌を詠むことと、ある意味で似ている。

『堀河百首』は、堀河天皇が近臣・女房に詠ませた百首で、一人が百首を詠むが、その歌題は「立春」から始まる百の歌題が一セットとなっていて（これを組題《くみだい》百首という）、堀河百首題と呼ばれ、以後の百首歌の基本型となった。百首歌の中には述懐百首・恋百首などの単一主題の百首もあるが、『堀河百首』のような総合的主題、即ち、春・夏・秋・冬・恋・雑のように構成されることが大部分である。

そしてその中身は、四季の歌は季節の流れにあわせて配列されており、春は立春から始まり、霞《かすみ》が立ち、花が咲き、散り、行く春を惜しむというように、時間的に進行していく。恋の歌も、およそ恋のプロセスに沿って詠まれることが多い（百首の恋歌については、71ページでもう少し詳しく述べる）。雑《ぞう》の歌だけは、何を盛り込むかは自由な部分があり、羇旅《きりよ》（旅の歌）や祝（祝賀の歌）にもそうした面がある。

つまり、題詠の四季の歌や恋歌などは、原則として作者の実像とは切り離して享受すべきものであり、安易に作者と直結させてはならない。もちろん、四季の歌でも恋歌でも、作者自身が以前に見た風景や恋の体験が影を落とすことがあるだろうし、意図的に自己の姿の一片を入れることもあり、作者と詠歌主体とは無関係ではないが、体験は昇華され、抽象化されたり置き換えられたり、韜晦《とうかい》されたりして、思念のフィルターを通り、本意の枠組みに規制されながら、観念的に表現される。題詠という方法が確立したことによって歌は、王朝時代の貴族のコミュニケーション手段としての和歌から離陸して、虚構という翼をもって美的観念的世界へ飛《ひ》翔《しょう》する、独立した創作詩へと変貌《へんぼう》したのである。

現在の小説のジャンルでは、自伝や私小説を除いて、書かれていることがすべて作家の体験そのままであると考える読者はいないだろう。しかし、近代・現代の俳句・短歌の世界では、もちろんさまざまな流派があり前衛短歌もあって一括《ひとくく》りにはできないが、一般的な見方としては、生活の中で体験した出来事や眼にした風景、心理や感情の動きから、その作品の核が生まれると考えられることが多いのではないか。そのためか古典和歌に対しても、そのまま作者自身の体験や感情であるとして読み取ってしまうことが見られる。平安時代の多くの和歌に対しては、それが可能である。しかし題詠の時代となった後は、すなわち院政期から中世の約五百年にわたる宮廷和歌においては、主流をなすのは題詠歌である。その後の江戸時代においても、伝統的な和歌の世界では、題詠歌の伝統は踏襲されていく。その流れは明治期の前半まで続き、その後に、『明星』の鉄幹・晶子や、題詠を否定して「写実」を主張した子規らによって、伝統和歌から離れた、近代短歌の変革がなされるまで続くのである。もちろん一方では、中世もそれ以降も、日常生活の中で交わされる贈答歌や実詠歌の流れも絶えることなく続いていて、それは式子の贈答歌を見てきた通りであるが、題詠歌は、そうした実詠歌とははっきりと区別される。現代の私たちが古典和歌を読む時、題詠歌というものが身近ではないために、誤解が生じやすい点はここにあると言えるだろう。

式子内親王の百首歌

『式子内親王集』は自撰ではなく、後代の誰かが編纂《へんさん》した他撰家集であり、三つの百首歌に、勅撰集にある歌七十余首を補ったものである。第一の百首（A百首とも）と第二の百首（B百首とも）の二つの百首は、いずれも構成は、春・夏・秋・冬・恋・雑の百首である。この二百首からは『千載集』に一首も入っておらず、『千載集』成立後、おそらく建久期前半に詠まれた可能性が高い。そして第三の百首は、『正治初度百首』である。

この三つの百首歌の和歌はすべて残っているが、実は式子内親王は、これ以外にもいくつもの百首歌を詠んでいたことが判明する。それは、『千載集』をはじめとする勅撰集や私撰集の中に、散佚《さんいつ》した百首から採入されているからである。合計三十五首ほどであるが、それは、現在残っていないが式子の詠草全体が膨大であったこと、かつていくつもの百首歌があったことを教えてくれる。『千載集』にすでに、散佚した百首歌の歌が五首ある。そのうち二首をあげよう。

百首歌の中に法文の歌に、普賢願の唯此《ゆいし》願王《がんわうふ》不相捨離《さうしやり》といへる心を　式子内親王

ふるさとをひとりわかるる夕べにもおくるは月の影とこそきけ（釈教・一二三二）

百首歌の中に、神祇歌とてよみ給ひける　式子内親王

さりともとたのむ心は神さびてひさしくなりぬ賀茂のみづがき（神祇・一二七二）

このように、四季や恋だけではなく、祝、釈教、神祇などの歌がある。『千載集』一二二二と『新古今集』一九六九は、詞書に典拠の経典の句などを記しているから、釈教歌を含む百首か、「法文《ほうもん》百首」のような百首かもしれない。これらの入集歌から、俊成の手元にも、『新古今集』撰者たちの手元にも、現存する三つの百首歌以外に、いくつかの式子の百首歌があったことがわかる。そして勅撰集だけではなく、『玄玉集《げんぎよく》』『雲葉集《うんよう》』などの私撰集の撰者たちの手元にも、式子の百首歌の詠草があったことが、その詞書から確かめられる。この後の勅撰集にも、式子の百首歌が断片的に見られる。

式子は、新古今歌人の一人として現在は有名だが、正治二年（一二〇〇）七月～九月の『正治初度百首』以前は、ただの一度も宮廷や摂関家の歌合・和歌会に出ていない。しかし『千載集』成立以前から、このようにいくつもの私的な百首を詠んでおり、最晩年にはじめて公的な

応制百首『正治初度百首』に詠進したのである。

式子が私的に詠んだこれらのいくつもの百首歌は、俊成、定家、良経、家隆《いえたか》ら、当時新風和歌を推進していた歌人たちに伝わり、写され、読まれていた。式子の百首歌や詠草が写されて流布しなければ、定家らの和歌との表現的な交錯・影響関係は、生じるはずもないのである。そして逆に、式子もまた彼らの歌合・和歌会での詠草を入手し、常に最新の動向に目を凝らし、その歌を味読していたに違いない。彼らの間では、ある歌人により優れた清新な表現が生まれると、次々に派生的に試みられて広がっていくが、前後関係が微妙なものも多い。それだけ短い時間に影響を与え合っていたということなのである。それは、同じ九条家歌壇の中で日々競い合って詠歌を磨き合っていた定家、良経、慈円、家隆らは当然だが、そこに式子がバーチャルに加わっていることが、式子内親王という皇女歌人の特異性をあらわしている。

歌人たちと交錯することば

そうした相関関係は、交わされた手紙などがあるわけではなく、和歌の表現から読み取ることができる。新風歌人たちの歌との影響関係の痕跡《こんせき》は、式子の和歌全体に見て取れる。ほかのところでも触れるが（39ページ、78ページ、106ページなど）、ここでも一首、例をあげておこう。

千たび打つ砧の音に夢さめて物思ふ袖の露ぞ砕くる（『新古今集』秋下・四八四）

（千回も打ち続ける砧《きぬた》の音に夢がさめると、物思う私の袖にこぼれる涙の露が、まるで玉が砧の槌《つち》に打たれたように砕け散ることだ。）

現存の三つの百首にはない歌で、『新古今集』に採られた。「擣衣《とうい》」の題詠で、秋の歌だが、恋的な情趣が漂っている。式子は「砕く」を頻繁に用いる歌人であり、この「露ぞ砕くる」は悲しみの涙が玉のように砕け散るさまを言い、平安期には見られない表現であり、衝撃感を与える。良経は「草も木も野分にたへぬ夕暮にすその色の露ぞくだくる」（『秋篠月清集』一二三六）と詠んでおり、これは野分の風に吹かれる露が砕け散るさまで、少し穏やかである。『六百番歌合』で定家も「やがて野分の露くだくなり」（三五五）と詠んでおり、砕け散る露は新古今歌人たちに多数詠まれていった。

「千たび打つ」は『和漢朗詠集』にある白居易《はっきょい》の漢詩句「千声万声無了時」（千声万声了《や》む時無し）に拠《よ》った表現だが、他には見られない極めて独自な措辞であり、烈《はげ》しい響きを持つ。良経はここから影響を受けて、『千五百番歌合』で「千たび打つ砧の音を数へても夜を長月の程ぞしらるる」（一四一二）と詠んだ。また後鳥羽院は、同じく『千五百番歌合』で、式子のこの「千たび打つ…」と、式子の『正治初度百首』の「ふけにけり山の端《は》近く月さえて十市の里に衣打つ声」（『新古今集』秋下・四八五）の二首から学んで取り合わせ、「千たび打つ十市の里の小夜衣旅寝の夢にむすぼほれつつ」（六百七十二番の判歌）と詠んだ。この式子の二首は、のちに『新古今集』に二首並べて配列されたのである。このような表現上の相関は、本歌取りではないし、単なる剽窃《ひょうせつ》でもないが、この新古今時代には、日々詠歌して互いに刺激しあい表現を学び合う中で、常に起こっていたことである。

定家と式子内親王の恋歌がある似通う表現を持っている場合、その二首が本来別々に詠まれたものだが応答するように詠まれたのではないかと推定されることがある。そうした意図が絶対になかったとは言えない。しかしそれは、定家と式子に限らず、このように互いに歌表現を磨き合う彼らの間には、常に見られることなのだ。呼応するような表現の恋歌があっても、それは現実の恋の根拠とはならないのである。

内親王・女院の和歌活動

式子内親王のこのような和歌活動は、内親王・皇女として普通のことなのだろうか。歴史を少し振り返って、近い時代の院政期以降の例を見てみよう。

平安中期も平安後期以降も、内親王や斎院・斎宮は、大斎院のようなサロンを形成したり、歌合を主催したりすることはあった。そのメンバーの女房歌人たちが、天皇家や摂関家などの和歌行事や百首などに詠進することは多い。また一方では、その内親王の御所の邸内で、女性たちが和歌を詠み合ったり、花見の和歌会のような内々の催しをするなどのことは、いつの時代でも多くあっただろう。しかしここで注意したいのは、内親王自身が、自分の御所ではなく別の場の、内裏・仙洞・摂関家などでの公的な和歌の催し、つまり男性の歌人が多く集合する歌壇の歌合や和歌会に、直接参加したり自分の和歌を詠み送る（詠進する）ということは全く見られない、ということである。公的な百首である応制百首にも出詠していない。そして、個人的に詠む私的な百首も、内親王自身が詠んだ例は式子内親王以前に見られないのである。

では、院政期以降の内親王がどのような時に詠歌しているかを、勅撰集からいくつか見てみよう。郁芳門院《いくほうもんいん》（媞子《ていし》内親王）は、白河院第一皇女で母は皇后賢子《けんし》、二十一歳で早世した。父に鍾愛されて仙洞に同居し、父の後援で多くの歌合等を主催したが、郁芳門院自身の歌は勅撰集に一首のみで、それも祖母との贈答歌である（『玉葉集』雑一・一九九〇）。

宣陽門院（覲子内親王）は、先に述べたように、後白河天皇第六皇女、母は高階栄子であるが、宣陽門院もやはり一首のみ入集で、娘に先立たれた女房に与えた歌である。

娘におくれて嘆きける人の参りて出でにける朝にたまはせける　宣陽門院
うかりけるこの世の夢のさめぬ間を見るもうつつの心地やはせし
（『玉葉集』雑四・二三三九）

内親王たちはこうした贈答歌を時々詠んでいる。それらは女房の代作という可能性もあるのだが、それはともかくとして、歌合・百首歌などの題詠の和歌は、式子内親王以前には、彼女たちには見られないのである。

内親王だけではなく少し広く、后も含めて見よう。院政期から鎌倉中期にかけての女院のうち、その周囲に和歌を詠む女房歌人がいた女院たちを列挙してみる。

待賢門院（鳥羽院中宮）　美福門院（鳥羽院皇后）　上西門院《じょうさいもんいん》（鳥羽院皇女）　八条院（鳥羽院皇女）　高松院（鳥羽院皇女）　殷富門院（後白河院皇女）　七条院《しちじょういん》（後鳥羽院母）　宜秋門院《ぎしゅうもんいん》（後鳥羽院中宮）　承明門院《しょうめいもんいん》（後鳥羽院妃）　春華門院（後鳥羽院皇女）
式乾門院《しきけんもんいん》（後高倉院皇女）　安嘉門院《あんかもんいん》（後高倉院皇女）　大宮院《おおみやいん》（後嵯峨院中宮）

ここに掲げた内親王・女院には和歌を詠む女房たちが仕え、中には歌合に出詠したり勅撰集に入集している女房歌人もいて、文化サロン的な場になっている御所もある。しかしこの内親王や女院自身の歌は、勅撰集には一首も入っていない。まして内親王自身が題詠の詠歌に精進したり、男性の専門的歌人と交流し詠歌を研磨し合ったりすることは、全く見られない。

内親王という最も高貴な女性が、歌壇の長老とはいえ臣下である人から直接に教えを受けて、自身の歌学の知識を蓄え詠歌を磨くこと、歌壇で行われた歌合・和歌会の詠草はすぐに取り寄せ、最新の情報を収集して熟読し、日々題詠の詠歌に精進すること、長年にわたって自ら積極的にいくつもの百首歌を詠むこと、その百首を世に公表し、男性廷臣である専門的歌人たちと積極的に和歌の上で対話し影響を与え合うこと、さらには上皇の召しに応じて宮廷の応制百首に詠進すること、これらはみな式子内親王に始まったことであり、その後も鎌倉期においてこうした内親王は極めて稀である。こうした詠歌姿勢が、当時において、内親王としてはどれほど異質な革新的なできごとであったか、想像に難くない。

「玉の緒よ…」の解釈

式子の歌のうち、よく知られている歌の一つは、『新古今集』のこの一首であろう。

　　百首歌の中に、忍恋《しのぶるこひ》を　　　　式子内親王

玉の緒よ絶えなば絶えね長らへば忍ぶることの弱りもぞする（恋一・一〇三四）

（私の命よ、絶えるなら絶えてしまえ。長らえると、私の恋を自分の中に秘めておくことが、玉をつなぐ糸が弱るように抑制が弱って、思いが外にあらわれてしまうかもしれないから。）

はりつめた烈しい恋歌《こいうた》である。自らの死を願って緊迫する上句、「長らへば」で一呼吸おいた後、流れ落ちるように収束する哀艶《あいえん》な下句。この歌では、「絶え」「長らへ」「弱り」がすべて「玉の緒」の縁語である。縁語とは、歌の中に散乱する詞を、一つのイメージに統合するものである。巧緻《こうち》なレトリックが歌全体を覆っていて、技巧的に、巧みに構成された歌である。そして「絶え果てば絶え果てぬべし玉の緒に君ならんとは思ひかけきや」（『和泉式部集』五五二）からの影響や、式子のほかの恋死の歌との関連も色濃い（79ページ）。けれども歌にあふれる情念の強さが、詠歌主体が作者自身であるかのような錯覚を生み、式子自身の恋をそこに読み取ることが度々行われてきた。

しかしこの歌については、大きな読みの変更があった。和歌の表現史を検証し、十一世紀以降、題詠が急に増え、さらに『堀河百首』以後は女房歌人による男性恋歌（男歌。詠歌主体を男性とする恋歌）が詠まれるようになったこと、俊成は『千載集』に女性歌人の男歌を多数入れ、式子の歌もその中にあること、「忍恋《しのぶるこひ》」という歌題は、恋の初期段階において、男性が恋する女性に自分の思いを秘めて明かさないことであって、男性恋歌の歌題であること、つまり「玉の緒よ…」は男歌の題詠であること、式子には『源氏物語』の光源氏や薫の立場で詠んだ歌も多く、「玉の緒よ…」は内容的には、相手に恋を明かしてはならない禁忌の恋であり、『源氏物語』の柏木のような状況の恋歌であることが、鮮やかに論証されたのである（後藤祥子）。

繰り返しになるが、男歌《おとこうた》＝男性が詠歌主体の歌（男性恋歌）、女歌《おんなうた》＝女性が詠歌主体の歌（女性恋歌）と定義する。『古今集』以来の勅撰集では、例外もあるが殆どの勅撰集の恋部は、恋一〜恋五の五巻構成で、恋一は恋の初めの「初恋《はじめのこひ》」から始まり、恋が進行していき、恋五で恋が終わる。恋一は多くが男歌である。「忍恋」は「初恋」の次に位置する男歌の歌題であり、恋一にある。そして「玉の緒よ…」は、『新古今集』の恋一に「忍恋」の歌として入っている。後藤祥子の論証の通り、「玉の緒よ…」が男歌であることは、抗《あらが》いようのない事実であろう。

同じ新古今歌人の藤原定家や良経の題詠の恋歌が、どれほど切実な情念をあらわしていても、それが彼らの現実の恋を直接にあらわす歌であるとは解釈されないのが普通である。男性歌人にくらべて、なぜか女性歌人の恋歌は現実の恋と結びつけられてしまうことが多いが、題詠歌の世界ではそれは誤りである。式子内親王の題詠の恋歌も、式子の現実の恋とは切り離して見るのが当然なのである。

けれども、この歌がこれほど切迫した調べで内攻する荒ぶる情念を歌うことは、それが式子内親王の精神の何かと交響しているのだと思う。ここにこそ皇女としての逸脱性がある。こうした烈しさは式子内親王の歌のいくつかに見ることができる。それは決して恋歌に限らない。

百首歌の中の恋歌とは

勅撰集や百首歌の中では、四季の歌は季節の進行に沿って配列されている。恋歌も、色々バリエーションはあるが、恋の進行に沿った形の時系列構成が基本である。そこでは王朝和歌の枠組みと表現的伝統が強く規制力として働いている。そして題詠において、男歌を女性が詠む場合もあり、女歌を男性が詠む場合もあり、ジェンダーは越境可能である。

題詠歌と百首歌の世界では、先にも述べたが、恋の初期の段階では男歌が殆どである。男が女の噂を聞いたりほのかに姿を見て、心ときめかせる「初恋」、相手に思いを打ち明けられず思いを胸に秘める「忍恋」の段階を経て、やがて女に恋心を訴える。女ははじめはそれを冷たくあしらう。やがて男女が結ばれ、後朝《きぬぎぬ》の歌などを経て、今度は、女が男の愛の薄さや不実を嘆き、男を恨み、捨てられつつある我が身を悲しむ女歌が多くなる。もちろんさまざまなことがテーマとされるし、詠歌主体が男女いずれであるか曖昧な恋歌も多いのだが、これがプロセスの基本である。

百首歌で組まれた歌題の例をあげておこう。建久四年（一一九三）の百首の歌合『六百番歌合』は、恋に五十題をあてる空前の恋題構成を持つが、うち十五題は、「初恋」「忍恋」「聞恋」「見恋」「尋恋」「祈恋」「契恋」「待恋」「遇恋」「別恋」「顕恋」「稀恋」「絶恋」「怨恋」「旧恋」というように、恋のプロセスの最初から終焉《しゅうえん》までをあらわした時系列構成である。残る三十五題は、さまざまな事物や時間帯などと組み合わせた、別種の恋題となっている。

式子の三つの百首には「初恋」「忍恋」のような歌題は詞書に記されていないが、内容からみて、それぞれ最初は男歌の「初恋」「忍恋」の状況から始まっており、恋の終わりに進んでいく。それぞれの特色や重点があり、第一の百首では「初恋」「忍恋」の歌に重点が置かれている。第二の百首は、最初の方は『万葉集』などから歌ことばを摂取した修練的な歌が連続し、第三の百首である『正治初度百首』も恋のプロセスを辿《たど》って進行していくが、巧緻で完成度が高く、「強い忍びの果てにただ一度だけ出逢う恋」の連作であると言う（奥野陽子）。百首それぞれ個性があるが、三つとも恋歌の配列の前半は男歌が多くを占めている。なお、恋部ではないが、式子の第一の百首の四季部は、時間的推移に加え、歌材の連関や主題の展開によって緊密な構成が作者によってなされているとの指摘がある（村瀬早子）。

つまり、式子内親王の恋歌を私たちが読む時には、一首ずつ切り離して解釈すべきではないのだ。歌題がない百首歌でも、百首歌における位置や流れが、作者自身による意図、すなわちその歌の詠歌主体や状況をあらわすヒントとなっている。実詠歌に付される詞書のようなものだ。その歌がもし勅撰集に採られた時には、どこに置かれているかが第二のヒントとなる。勅撰集においては、古歌の実詠歌も題詠歌も織り混ぜて、百首歌よりもさらに精緻な形で配列しており、恋一～恋五という巻の構成が恋の始まりから終焉までの進行をあらわしている。巻の中の細部でも、あるテーマによって歌群の流れが構成されており、ある歌の前後は類似の状況の歌が多い。そこからその歌を勅撰集撰者がどのように解釈し位置づけたかがわかる。ただし勅撰集は、必ず作者の意図通りに解釈するとは限らず、わざとねじりを加えて別の文脈に転換してしまうこともある。だから注意が必要だが、読解のヒントとなることに変わりはない。

式子内親王の恋歌はすべて百首歌なのだから、百首歌における位置と、勅撰集における位置とを確認しながら読むことで、作者の意図、当時の意識に近づいて読むことが可能となる。

式子内親王の男歌

実は、式子の恋歌には全体に、表現や配列からは男歌（男性恋歌）と思われるものが多い。特に第一の百首の恋歌には男歌がかなり多い。では、勅撰集も含めて数首をあげてみよう。

百首歌の中に、恋の心を　　式子内親王

袖の色は人の問ふまでなりもせよ深き思ひを君し頼まば（『千載集』恋二・七四五）

（私の袖の色は、恋をしているのかと人が尋ねるほどに紅涙で染まってもかまわない。紅涙の色で、私のあなたへの深い思いを、あなたが信頼して下さるならば。）

尋ぬべき道こそなけれ人知れず心はなれて行きかへれども（『式子内親王集』七一）

（私があの人のもとを尋ねていく道はないことだ。誰にも知られることなく心だけはあの人のもとに行き来することに馴れたけれど。）

ほのかにもあはれはかけよ思草下葉にまがふ露ももらさじ（同七二）

（ほんの少しで良いですからあわれだと思って下さい。私があなたをひそかに思っていることは、思草の下葉にまぎれて置く露のように、誰にももらしません。）

夏山に草がくれつつ行く鹿の有りとは見えてあはじとやする（同七三）

（夏山に茂る草に隠れつつ行く鹿のように、あなたがそこにいらっしゃることはほのかにわかるのですが、あなたは姿を隠して私に逢うまいとしていらっしゃるのでしょうか。）

題しらず　　　　　　　　式子内親王

しるべせよ跡なき波に漕ぐ舟の行方もしらぬ八重の潮風（『新古今集』恋一・一〇七四）

（八重の潮路を吹く潮風よ、あの人の所へ道案内をしてほしい。航跡も残らない波に漕《こ》いでいく舟は、どのように行けば良いかもわからずに漂っているのです。）

（百首歌召されける時）　　　　　式子内親王

吾妹子が玉藻の床《とこ》に寄る波のよるとはなしに干さぬ袖かな（『新勅撰集』恋三・八四七）

（愛《いと》しい女性の美しい裳《も》を敷く床に藻を寄せる波のように寄り添うこともなく、夜だけではなく昼もいつも涙で濡れて、乾くことのない私の袖であるよ。）

『千載集』七四五は、「しのぶれど色に出でにけり我が恋は物や思ふと人のとふまで」（『拾遺集』恋一・六二二・平兼盛）を本歌とし、さらにすすめて、男が女を深く思慕し、他人が見咎《みとが》めるほどに紅涙に染まっても構わないと言い放つ。恋が深まっていく恋二に置かれ、男が女を思い、逢瀬《おうせ》を思い描く歌群の中にある。

『式子内親王集』七一～七三は、第一の百首の恋歌十五首の最初の三首であり、「初恋」の段階にあたる。恋する女に逢うすべがなく懊悩《おうのう》する男、女に少しの愛を哀願する男、姿を見せてくれない女を恨む男を、連続してやや古風な筆づかいで描き出す。この後も男歌が続く。

そして『新古今集』一〇七四は、『正治初度百首』では恋歌十首の最初の歌（二七二）であり、『新古今集』では、恋一にあり、男が女のもとへ行って逢う望みを舟や湊《みなと》にたぐえて詠む男性恋歌の歌群の中に置かれている。『新勅撰集』八四七は『正治初度百首』の恋歌十首の六首目で（二七七。第二句「玉藻のすそに」）、『新勅撰集』では恋三に入っているから、百首と勅撰集とで恋の進行度は一致している。『万葉集』の歌を本歌としており、万葉の雰囲気を漂わせ、かつ縁語と掛詞を巧みにはりめぐらせた巧緻な歌である。『新勅撰集』では海に関する恋歌の歌群にある。このように式子はさまざまな恋する男に成り代わっているのである。

内親王の男性恋歌が勅撰集に採られたのは『千載集』の式子が最初であり、それを行ったのは撰者の俊成であった。女房たちによる男歌は、『千載集』において多く採入されたが、皇女がジェンダーを超え、いわば男装して詠んだ歌は、勅撰集でははじめてであり、当時においてはかなり特異なことだったのではないか。そもそも式子内親王以前に、内親王が男歌を詠むことは基本的になかったと見られる。内親王は、先に述べたように、皇族や女房など身近な人々との贈答歌などはあるが、百首歌を詠まず、歌合・和歌会に出ることもない、ゆえに公的な場で題詠歌を詠む機会もなく、男歌も詠まないのだ。

式子内親王の女歌

もちろん、式子が詠んだ恋歌は男歌だけではない。『新古今集』に連続して配列された二首をあげよう。この二首はいずれも現存する三つの百首にはなく、散佚した百首の歌である。

百首歌中に　　　　　　　　　　　　式子内親王

さりともと待ちし月日ぞ移り行く心の花の色にまかせて（『新古今集』恋四・一三二八）

（それでもいつかあの人の訪れがあるだろうと思って待っていた月日が空《むな》しく過ぎてゆく。あの人の心の花の色が色あせてゆくままに。）

生きてよも明日まで人もつらからじこの夕暮をとはばとへかし（同・一三二九）

（私はもう明日まで生きていられないだろう。あの人もそこまでつれなくしないだろう。どうか訪ねるなら死んだ後にではなく、この夕暮れに訪ねてほしい。）

恋四のこの二首は、表現内容からみて、いずれも女性恋歌（女歌。女性を詠歌主体とする歌）である。一三二八は、女が男を待ち続けて流れた長い時間と、人の心の移ろいを詠む。「移り行く」は「月日」と「色」の両方にかかる。男への恨みや怒りは消えているような静けさが歌を満たしていて、流麗で端正な歌である。逆に、一三二九は、重苦しい切迫した恋歌である。

上の句の表現や接続がわかりにくいが、おそらく「生きてよも明日まであらじ明日まで人もつらからじ」が圧縮されており、複雑なリズムにのせて心の屈曲を表現する。男の冷淡さに耐えかねた女が、明日までの短い時間も生きられないと思い、この夕暮れに「とはばとへかし」と男に哀願する。この表現は「絶えなば絶えね」を彷彿《ほうふつ》とさせるが、ここで命令する対象は自己の命ではなく、相手の恋人である。この二首はいずれも男を待つ女の歌だが、実に対照的な女歌二首である。一三二九については、117ページでも述べる。

一三二八の歌に影響を受けた歌は新古今時代にあるが、後鳥羽院は既に『正治初度百首』で、「さりともと待ちし月日もいたづらに頼めし程もさて過ぎにけり」（八一）と詠んでおり、この時期には既に式子の歌から学んでいることがわかる。興味深いことに、式子の百首歌の恋歌には全体に男歌が多いことと、まるで相似形をなすかのように、後鳥羽院の『正治初度百首』の十首の恋歌には、この「さりともと…」を含めて、女歌が多く詠まれているのである。一首目は「忍恋」の男歌だが、二首目以降は待つ女、飽きられた女、恨む女の女歌が続き、他の歌人たちと比べると際立った特徴をなしている。男歌の内親王と女歌の上皇。これは偶然ではないように思える。後鳥羽院は、式子の男歌から大きな刺激を受けて、院にとって初めてのこの百首の恋歌で、女歌の連作を試みたのではないか。これについては更に考えたい。

恋死の歌・さまざまな恋歌

式子内親王の恋歌は、恋の初め、忍恋、相手にさえ知られないまま内攻する恋が大部分で、充足の喜びやそれに伴う弛緩などはなく、やがて倦怠と歎老へ流れてゆくと指摘されている（久保田淳）。まさしくこのことは、式子内親王の恋歌の特徴をあらわしていると考えられる。そして、題詠の恋歌であるからこそ、詠歌主体の男女にかかわらず、それは深いところで歌人の特質を写し出しているのだろう。

「玉の緒よ…」は今は散佚した百首のうちの一首であり、成立年代はわからない。だから前後関係は不明だが、恋ゆえの死、すなわち恋死《こいしに》の歌を式子は繰り返し試みている。先にあげた「生きてよも…」の歌もその一つだが、ほかにもあり、うち三首をあげよう。

わが恋は逢ふにもかへずよしなくて命ばかりの絶えや果てなん（『式子内親王集』一七七）

（私の恋は絶望的で、命をあなたに逢うための代償として逢うことすらも果たせず、空しく命だけが絶え果ててしまうのだろうか。）

これは、第二の百首の恋の六首目である。逢瀬を自分の命に代えたいと願うことは、古来詠まれているが、それすらも不可能であり、命だけが絶えてしまいそうな状況を詠む。

恋ひ恋ひてそなたになびく煙あらばいひし契りのはてとながめよ（『式子内親王集』八五）

（あなたに恋い焦がれ、そちらの方へなびいていく煙があったなら、それは私があなたへの恋ゆえに死んでしまうと言っていた言葉の結末であると思ってながめて下さい。）

君ゆゑといふ名はたてじ消えはてむ夜半の煙の末までも見よ（『式子内親王集』三三七）

（あなたへの恋ゆえであるという浮き名は決して立てますまい。私が恋の思いを秘めたまま死んで荼毘《だび》に付されてその煙が消えてゆく末までも、ご覧になって下さい。）

この二首は、自分は恋い焦がれて死に至るであろうと幻想し、荼毘に付されて立ち昇る煙を、つれない人に「ながめよ」「見よ」と呼びかける点で、よく似ている。ちなみに式子の歌には、類想歌や類似句が全体に多く、繰り返し詠んで表現を磨き上げていく傾向が見られる。『式子内親王集』八五は、第一の百首の恋歌の最後にあり、のちに『新後撰集』恋四の最後に置かれた。三三七は出典不明の歌で、『続後撰集』恋一の「忍恋」の歌群にあり、「君ゆゑといふ名はたてじ」とあることから、詠歌主体は男と見られる。なお、平安期から恋死の歌はほとんどが男性恋歌であり、式子の恋死の歌五首もすべて男性恋歌であるとする論もある（渡辺健）。

このように、式子の恋歌は、前述のような特徴を帯びながらも、男歌も女歌もあり、強く屈折した調べもあれば、やわらかく静かに流れる声調もある。自らの死を思う恋死の歌もいくつもある。そのいずれかだけを、あるいは「玉の緒よ…」の一首を、式子の実人生に当てはめて推測することは、題詠であるゆえに自由に詠むことができた恋歌の世界とかけ離れてしまう。

題詠歌の中で、百首歌は、宮廷という空間の内にある和歌会・歌合よりもさらに自由に自分の想念を羽ばたかせることができる場であった。皇女という最も不自由な立場にいた式子が、百首歌の自由さを愛したゆえに、観念の中で自由にふるまえる百首歌をわがものとして、百首歌を自分の舞台としたのではなかったか。

荒ぶるこころ、荒ぶることば

題詠の時代でも、百首歌や勅撰集の中で、雑部《ぞうのぶ》の歌には現実の自分や状況の投影が行われることがある。雑の歌には色々な歌があるから、そのすべてではないが、述懐《しゅつかい》の歌（不遇や沈淪《ちんりん》、老いなどを嘆く歌）や懐旧の歌などには、作者自身の姿が投影されることがある。自己をあえて投影させる歌は雑の歌以外にも時々あるが、特に雑の歌に多い。また哀傷歌（誰かの死を悼む歌）には題詠歌はないので、原則として実詠歌としての性格を持つ。つまり中世和歌において作者が最も詠歌主体に近づくのは、恋歌ではなく、雑歌の中の述懐歌や、哀傷歌などである。

式子内親王の雑部の歌の中に、「我が身」「身」のありようを特異なことばであらわし、衝撃を与えるような歌がある。深い絶望と孤独が突き刺さってくるような詠である。これらは『千載集』にも『新古今集』にも、それ以降の勅撰集にも採られていないことが特徴である。勅撰集に採られる歌は、どちらかと言うと、表現的に雅《みや》びやかで均整のとれた歌が多い。

日に千たび心は谷に投げ果ててあるにもあらず過ぐる我が身は（『式子内親王集』九三）

（日に千回も、身を投げるのではないが、心は谷に投げ果ててしまって、生きているのかどうかもわからない状態で、日々を過ごしている我が身であるよ。）

あはれあはれ思へば悲しつひの果てしのぶべき人誰となき身を（同・一九七）

（ああ、思えば悲しいことだ。私が遂《つい》にこの世を去った果てに、私を偲《しの》んでくれる人が誰もいないようなこの我が身を。）

九三は第一の百首の雑歌、一九七は第二の百首の雑歌である。九三は、「世の中のうきたびごとに身を投げば深き谷こそ浅くなりなめ」（『古今集』誹諧歌《はいかい》）と「世の中のうきたびごとに身を投げば一日に千たび我や死にせん」（『九品和歌』ほか）を本歌とするが、本歌の持つ軽みはどこにもない。自分と心とを切り裂くような激しい悲しみを表出して見せる。一九七は、和泉式部の「忍ぶべき人もなき身はある折にあはれあはれといひやおかまし」（『後拾遺集』雑三）を本歌とするが、式子の歌の方が無残に深い悲しみを表象する。題詠歌では、述懐の歌でも、「心は谷に投げ果てて」「あはれあはれ思へば悲し」「しのぶべき人誰となき身を」のような表現は稀である。これらは他には殆ど見られない特異な詞であり、普通はもっと和歌的な言葉に整えられて表現されることが多い。すでに初学期ではなく、巧緻な歌をも得意とする式子がそうしたことができないはずはない。これはまるで口からそのまま外に投げ出されたような表現だが、式子はあえてこうした詞を意図的に用いているのであろう。

第一の百首の雑歌後半には、九三の「日に千たび…」をはじめ激しい嘆きの歌が集中して見られ、『源氏物語』の八宮の境遇になぞらえつつ物語取りを突き抜けた表現があり、父後白河院の崩御の頃の心情を映し出しているのではないかという指摘もある（久富木原玲）。

もう一首あげよう。これも第一の百首の雑歌である。これも勅撰集には採られていない。

見しことも見ぬ行く末もかりそめの枕に浮かぶまぼろしの中《うち》（九七）
（過去に見たことも、まだ見ぬ未来のことも、すべては、かりそめの枕で見る夢に浮かんでは消える幻のうちのできごとだ。）

この初二句のように対句的に畳みかける表現は式子の歌に多い。「見ぬ行く末」と「枕に浮かぶ」は、ともに定家の歌（これ以前の歌）とこの式子の歌にだけ見られ、式子は定家の歌から学んだと見られるが、和歌ではやや新奇な詞である。また「まぼろしの中」という措辞はほかにはなく、しかもそれを言い止めて終わらせるとは、特異な印象を放つ。この世の無常を詠みながら、この詠み方には、式子内親王という歌人の放胆さ、自由さが感じられる。

もちろんこれらの歌がすべて式子の心中をそのままに表象したものとも言えない。百首や題詠歌にはすべて、いわば作者による演出の要素があって、このような述懐歌でさえも、作者自身が語り手となって、自己を演出しているとも言える。けれども雑歌では、四季の歌・恋歌のような内容的規制がない中で、何を詠むかはかなり自由なのであり、さらに言葉の上でもこの異色な表現方法を選び取っている。作者と詠歌主体との距離が近い歌は、恋歌ではなくて、むしろ雑歌にあると言えよう。

「世」への意識

雑歌を読むと、式子には「世」を詠む歌が多いことに気付く。九条良経への贈歌で「これや見し世に変らざるらん」と読みかけていることは先に述べたが（56ページ）、男女の仲を意味する「世」ではなく、社会や治世・時代をあらわす「世」「代」が繰り返し詠まれている。

まず第二の百首の雑歌から、一連の三首をあげよう。これはおそらく建久五年（一一九四）に詠まれた可能性が高いと見られる。父後白河院が崩御して二年後である。

今日はまた昨日にあらぬ世の中を思へば袖も色かはりゆく（一九四）

（今日はまた昨日とは異なる無常の世の中を思うと、袖も紅涙で色が変わってゆく。）

憂きことは巌《いはほ》の中も聞こゆなりいかなる道もありがたの世や（一九五）

（悲しい事は山中の巌の中にいても聞こえてくる。それから逃れる道はめったにないこの世であるよ。）

世の中に思ひ乱れぬ刈萱のとてもかくてもすぐる月日を（一九六）

（この世の中に、乱れる刈萱《かるかや》のように私は思い乱れている。結局どのようにしても過ぎていく月日であるものを。）

一九四の「今日はまた昨日にあらぬ世の中を思へば」は、次ページにあげる「ありしにもあらぬ世」、「これも又ありてなき世と思ふ」とも似通い、式子の中で繰り返されていた思念であろう。ここでも対句的表現が使われている。一九五は「いかならむ巌の中に住まばかは世の憂き事の聞こえこざらむ」（『古今集』雑下・九五二・よみ人知らず）を本歌とし、本歌に答えるかのように、いやどこにもそんな所はないのだ、と強く否定する。「ありがたの世や」は西行《さいぎょう》や増基《ぞうき》法師らに見られる言い方で、まるで遁世者のような詠みぶりである。一九六の「とてもかくても……」も蟬丸《せみまる》の「世の中はとてもかくても同じこと宮も藁屋もはてしなければ」（『新古今集』雑下・一八五一）や行尊《ぎょうそん》の歌に見え、これもまた遁世者の装いをしているかのようだ。刈萱は心の乱れを言うもので、恋歌でも使われるが、ここでは恋歌の趣はない。

では次に、勅撰集に入っている歌を見よう。

百首歌よみ給ひける時、祝の歌　　式子内親王

動きなく猶万代ぞたのむべきはこやの山の峰の松かげ（『千載集』賀・六二五）
（確固としたものとしてなお万代の先まで頼りにしていくことです。上皇まします藐姑《はこ》射《や》の山のご威光を。）

後白河院かくれさせ給ひて後、百首歌に　式子内親王
斧の柄の朽ちし昔は遠けれどありしにあらぬ世をも経るかな（『新古今集』雑中・一六七二）
（木樵《きこ》りが仙界に入り込み、碁を見ているうちに斧《おの》の柄が朽ちて、出てきたら世がすっかり変わっていたという昔の故事は遠いことだけれど、私も昔とすっかり違ってしまった世を生きながらえていることだ。）

百首歌に　式子内親王
暮るるまも待つべき世かはあだし野の末葉の露に嵐立つなり（『新古今集』雑下・一八四七）
（夕露が消える日暮までの短い間も待てる世であろうか。いや、あだし野の草の葉先に置く露には、それを瞬時に吹き散らす烈しい風が吹き立つ音が聞こえるよ。）

題しらず　式子内親王
これも又ありてなき世と思ふをぞ憂き折節の慰めにする（『新続古今集』雑中・一九三二）

（この苦しみもまた、あるように見えて実は何もない仮の世のことなのだと思うのを、
このつらい折節の慰めとすることだよ。）

これらはいずれも、現存する三つの百首にはなく、散佚した百首のものである。最初の一首を除き、勅撰集ではいずれも雑部に置かれている。

一首目は『千載集』にあり、上皇御所を示す「はこやの山」は父後白河院をさす。『千載集』は源平の激しい争乱が終わった直後に完成しており、院の威光をゆるぎないものとして讃える。二首目の『新古今集』一六七二は、仙洞《せんとう》御所を仙界にたぐえ、その主《あるじ》であった後白河院が、建久三年三月十三日に崩御した後、すっかり変わってしまった世を生きる嘆きを詠ずる。父の院を偲ぶ哀傷の百首歌であったかもしれないし、建久三年以降の散佚した百首の中から『新古今集』撰者がこの詞書を付して入れたとも考えられる。撰者の中でこの歌を選んだのは定家一人であった。三首目の『新古今集』一八四七は、雲、露、葦《あし》などに託して世の無常を歌う歌群にある。これも定家一人の撰であり、定家は式子のこうした世への視線をあらわす歌を受けとめ、残そうとしたのではないか。『新古今集』では単に無常の世にあることを嘆くのではなく、広く世というものへの認識を示す歌群であり、このあと花山院、具平親王、蟬丸の歌が続き、雑下の巻が閉じられる。四首目の『新続古今集』一九三三は、この世はすべて無であるとする仏教の理に基づくが、釈教歌ではなく、無常の世への嘆きの歌群にある。

このように式子内親王は、多くの点で皇女としては極めて逸脱した異色の歌人である。皇女としてはじめて百首歌をいくつも詠んだだけではなく、内容的にも、百首歌の恋歌においては、当時女房の間では詠まれるようになっていた男歌を、皇女という身分に拘泥することなく、大胆に先鋭的に展開して見せた。そして雑歌においては、皇女の矜持《きょうじ》をこめて変わりゆく世や王権への視線、時代認識を示したり、放胆な自由な表現で無常を慨嘆したりしている。

式子が作った月次絵巻

さて視点を変えて、和歌のほかに、式子がどのような文化的営みを行っていたかを見てみよう。式子は箏《しょう》にも秀でていたが、ここでは絵巻の制作をとりあげる。

ずっと後のことだが、天福元年（一二三三）三月から六月に、時の上皇である後堀河院《ごほりかわいん》とその后藻璧門院《そうへきもんいん》が、多数の物語絵巻を制作させた（『古今著聞集《ここんちょもんじゅう》』など）。後堀河院の主導のもと、九条家、西園寺《さいおんじ》家をはじめとする上流貴族たち、女院・親王たち、歌人や女房たち、能書や絵師たちを動員し、当時の文化力を結集して、最高級の絵巻を作り上げた。定家と為家《ためいえ》も協力している。定家は『明月記』に絵巻制作の経過を記しているが、その中で、かつて式子内親王が制作した絵巻について記している。『明月記』天福元年三月二十日条の一部を掲げよう。

典侍往年幼少の時、故斎院に参らしむるの時、賜る所の月次《つきなみ》の絵二巻、年来持つ所也。今度宮に進め入る。詞同じく彼の御筆也。垂露殊勝珍重の由、上皇仰せ事ありと云々。件《くだん》の絵に書かれたる十二人の歌、月々に分けらる。

正月は敏行《としゆき》云々。二月は清少納言、斉信《ただのぶ》卿、梅壺《うめつぼ》に参るの所、但し歌無し。

三月は天暦、藤壺の御製。四月は実方《さねかた》朝臣、祭使、神館《かんだち》の歌。

五月は紫式部日記、暁景気。六月は業平《なりひら》朝臣、秋風吹くと雁《かり》に告ぐ。

七月は後冷泉院御製。八月は道信《みちのぶ》朝臣、虫声。

九月は和泉式部、帥宮《そちのみや》門を叩《たた》く。十月は馬内侍《うまのないし》、時雨。

十一月は宗貞《むねさだ》少将、をとめの姿。十二月は四条大納言、北山の景気。

二巻の絵也。表紙は青紗《しゃ》に鎛《はく》、絵あり。軸は水精《すいしやう》。


定家の娘の因子《いんし》（民部卿典侍《みんぶきょうのすけ》）は、今は藻璧門院に側近く仕える女房であるが、昔幼少の頃に式子内親王の御所に因子を参上させた時、因子は「月次《つきなみ》の絵」二巻を式子から拝領した。因子はその絵巻を長年大事に持っていたが、今回それを、絵巻制作の参考に供するため、藻璧門院に進上した。その絵巻は、詞書（文章）も式子内親王自筆であり、後堀河院もそれを見て、式子の筆跡の美しさに感心した。その絵巻は、歌人十二人の歌や場面を、月ごとに分けて書いたものであった。定家は、正月から十二月までの和歌（場面）をこのようにメモ的に記しており、定家も今回改めてその絵巻を見たのではないか。これらの歌や場面は、恐らく次のような作品に拠っていると考えられる。

○正月

正月一日、二条の后宮にて白き大うちきをたまはりて　藤原敏行朝臣

ふる雪のみのしろ衣うちきつつ春きにけりとおどろかれぬる

（『後撰集』春上の巻頭歌。『俊頼髄脳《としよりずいのう》』『奥儀抄《おうぎしょう》』『古来風体抄』）

○二月

返る年の二月廿余日、……梅壺の東面、半蔀《はじとみ》あげて、「ここに」といへば、めでたくてぞあゆみ出で給へる。桜の綾の直衣の、いみじう花々と、裏のつやなどえもいはず清らなるに、葡萄染のいと濃き指貫、藤の折枝おどろおどろしく織り乱りて、紅の色、うちめなど、輝くばかりぞ見ゆる。白き、薄色など、下にあまた重なりたり。せばき縁に、片つ方は下ながら、すこし簾《す》のもと近う寄りゐ給へるぞ、誠に絵にかき物語のめでたき事に言ひたる、これにこそは、とぞ見えたる。御前の梅は、西は白く東は紅梅にて、少し落ちがたになりたれど、猶をかしきに、うらうらと日の景色のどかにて、人に見せまほし。

（『枕草子』第七九段）

○三月

天暦四年三月十四日、藤壺にわたらせ給ひて、花をしませ給ひけるに　天暦御歌

まとゐして見れどもあかぬ藤浪のたたまくをしき今日にも有るかな

（『新古今集』春下・一六四、『村上天皇御集』五・八二）

○四月

祭りの使にて、神館の宿所より斎院の女房につかはしける　藤原実方朝臣

ちはやぶるいつきの宮の旅寝には葵ぞ草の枕なりけり

（『千載集』雑上・九七〇）

○五月

局並びにすみ侍りけるころ、五月六日、もろともにながめ明かして、朝にながき根をつつみて、紫式部につかはしける　上東門院小少将《じやうとうもんゐんこせうしやう》

なべてよのうきになかるるあやめ草けふまでかかるねはいかがみる

返し　紫式部

何事とあやめはわかで今日もなほ袂にあまるねこそたえせね

（『新古今集』夏・二二三・二二四。現在の『紫式部日記』に無し。『紫式部集』七〇・七一）

○六月

昔男ありけり。人の娘のかしづく、いかでこの男に物いはむと思ひけり。うち出でむことかたくやありけむ、物病みになりて死ぬべき時に、「かくこそ思ひしか」と言ひけるを、親聞きつけて、泣く泣く告げたりければ、まどひ来たりけれど、死にければ、つれづれとこもりをりけり。時は六月のつごもり、いと暑きころをひに、夜ゐは遊びをりて、夜ふけ

て、や丶涼しき風吹きけり。蛍たかく飛びあがる。この男、見臥せりて、
ゆく蛍雲の上までいぬべくは秋風吹くと雁に告げこせ
（『伊勢物語』四十五段。『後撰集』秋上・二五二・業平朝臣）

○七月

七月七日、二条院の御方に奉らせ給ける　後冷泉院御製
あふことはたなばたつめにかしつれど渡らまほしきかささぎの橋
（『後拾遺集』恋二・七一四）

○八月

故殿の御物いみにてまだえ出でぬに、花山院、御使にておほせたまへる
おほかたになく虫の音もこの秋は心ありてもおもほゆるかな
御返し
秋ばかりなく虫の音もあるものをかぎらぬ声はきこゆらんやぞ
かくて、寺よりかへりて、世の中心細くながめらる、虫の音も様々きこゆる夕暮れに、
権少将のもとへ
声そふる虫よりほかにこの秋は又とふ人もなくてこそふれ
（『道信集』三九〜四一。ほかにも一首あり）

○九月

九月十日あまり、夜ふけて、和泉式部が門《かど》をたたかせ侍りけるに、聞きつけざりければ、朝につかはしける　　大宰帥敦道親王

秋の夜の有明の月のいるまでにやすらひかねて帰りにしかな

（『新古今集』恋三・一一六九。『和泉式部日記』には和泉式部の返歌もあり）

○十月

十月ばかりにまうできたりける人の、時雨のし侍りければ、たたずみ侍りけるに　　馬内侍《うまのないし》

かきくもれしぐるとならば神無月けしきそらなる人やとまると

（『後拾遺集』雑二・九三八。『馬内侍集』一八）

○十一月

五節の舞姫を見てよめる　　良岑宗貞《よしみねのむねさだ》

あまつ風雲の通ひ路吹きとぢよ乙女の姿しばしとどめむ

（『古今集』雑上・八七二。『古来風体抄』『定家八代抄』『百人一首』）

○十二月

前大納言公任《きんとう》、長谷《ながたに》にすみける比《ころ》、十二月ばかりいひつかはしける　中納言定頼《さだより》

故郷の板間の風に寝覚めつつ谷の嵐を思ひこそやれ

返し　　前大納言公任

谷風の身にしむごとに故郷のこのもとをこそ思ひやりつれ

（『続詞花集』雑中・八一八・八一九。『千載集』雑中。『公任集』『栄花物語』ほか）

古典との対話―収集と編纂

これは月次の絵巻であるから、秀歌ということだけで選ばれているのではない。その歌の場面が一枚の美しい絵となり得ること、歌がその季節（月）の本意を代表していること、詞書や文に何月の歌と明示されているか、状況から何月かがわかること、などが必要条件である。詞を式子が書いていることから、これらの歌や場面は、おそらく式子が自ら選んだのだろう。『古来風体抄』にある歌が二首あり（正月、十一月）、『千載集』の歌も二首あるが（四月、十二月）、特に俊成の撰歌に寄りかかってはいないようだ。これらは平安時代の王朝盛時までの歌であり、貴族生活の実詠歌・贈答歌である。新古今歌人が「古典」として仰いだ古き時代の王朝和歌絵巻であり、『源氏物語』のような虚構の作り物語は含まれない。

この月次絵は、宮廷の後宮での歌（二月、三月、五月、七月）や行事（正月、四月、十一月）を背景とするものが多い。新年の祝宴（正月）、梅壺を訪れた貴公子（二月）、藤壺を訪れた天皇（三月）、賀茂祭の神館の祭使（四月）、局の女房たち（五月）、天皇から妃への恋歌（七月）、五節の舞姫（十一月）である。加えて、恋死する無名の女の物語（六月）、父の死への哀傷歌（八月）、女房と貴公子の恋（九月は女の家の門を叩く皇子、十月は男をひきとめようとする女）、出家隠遁した人の山家での歌（十二月）などが、バランスよく配されている。正月から十二月という規制があるのだが、その上で、主体（男女・身分・立場など）も、場面・場所も、属すべき部立《ぶだて》（四季・恋・哀傷・雑など）も、バラエティに富み、類似のものがない。歌人等にも一人も重複がない。女性は勅撰集を編纂することはあり得ず、私撰集や撰歌合などを編纂したことも中古・中世には殆どないのだが、この絵巻の撰歌は非常に周到であり精緻である。単に絵画化する十二ヶ月の和歌を集めたというよりは、宮廷和歌を編纂する行為に近いように思える。

　典拠として式子が用いた書物は、『古今集』から『千載集』までの勅撰集や私家集はもちろんのこと、『伊勢物語』『枕草子』『和泉式部日記』などがある。そして、式子がこれを作った時点では勅撰集に入っておらず、『村上天皇御集』『紫式部集』（『紫式部日記』）『和泉式部日記』に見える歌三首が、後に『新古今集』に採入されたことは、式子の選択眼を示していて興味深い。そして定家は『明月記』で、当面の天福元年物語絵で選ばれた場面を特に書いていないのだが、昔作られた式子の月次絵の内容は一ヶ月ごとにすべて記しているのであり、それは式子の撰歌に深い感銘を覚えたからであろう。

　そして、式子の手元に膨大な勅撰集、私撰集、私家集、物語、日記の類があったことがはっきり判明する。それは式子の詠歌を見れば当然なのだが、内親王家における書物の収集と、享受・活用を、より確実に示しているのである。そしてそれらを自家薬籠中のものとして読みこなし、まだ勅撰集には採られていない歌やさほど有名ではない歌も取り入れつつ、十二ヶ月の歌絵巻を自ら選んで書くということに、式子の矜持がうかがわれる。

幼い因子が式子からこの絵巻を拝領したのは、因子は建久六年（一一九五）生まれであり、正治元年（一一九九）十二月十一日に着袴《ちやつこ》の儀を行っているので、正治二年頃のことであろうか。式子の亡くなる前年である。

こうした絵巻等は、式子のもとでいくつも作られていたのではないか。女房たちだけではなくて、式子自身も書写したり絵を描いたりしていたのであろう。谷山茂旧蔵寿本『新古今集』（室町写）の奥書によれば、その親本であった定家自筆本の表紙の画図が式子内親王筆であると伝えている。『新古今集』の成立は式子の没後なので、事実としてはこれはあり得ないが、室町当時には伝式子内親王筆の絵などが他にも残っていたのかもしれない。

三　『新古今和歌集』の光輝　―稀代の皇女歌人として―

後鳥羽院と式子内親王

建久九年（一一九八）正月、十九歳の後鳥羽天皇は四歳の為仁《ためひと》親王（土御門《つちみかど》天皇）に譲位し、上皇となった。後鳥羽院が、四月二十一日に新造成る二条殿へ移るまで、臨時に院御所としたのが、式子が住んでいた大炊御門殿（大炊御門北、富小路西）である。式子はこの間、経房の吉田邸に移ったが、後鳥羽院が二条殿へ移ったのち、また大炊殿へ戻った（『明月記』）。

正治二年（一二〇〇）七〜八月、後鳥羽院は初度の応制百首である『正治初度百首』（『院初度百首』）を計画し、そこに惟明親王、守覚法親王、式子内親王の三人を入れて詠進を求めた。従来は天皇が臣下に命じて詠進させるものであった応制百首に、皇族三人を、加えて左大臣良経、内大臣通親《みちちか》、前大僧正慈円を入れたのである。この時点で既に後鳥羽院が、天皇家や現任の大臣、前天台座主を含むすべての人を歌壇に吸収・包含しようとした意図が認められる。

後鳥羽院が『正治初度百首』で自らの初めての百首を詠んだとき、式子の歌、それも『千載集』にない式子の百首歌からも学んだことが明らかである（78ページ）。後鳥羽院が式子を招き寄せた時、既に式子の百首歌を味読していたのであろう。俊成が式子の歌を推薦したとも考えられる。それにしても、内親王を応制百首に招くことは、後鳥羽院の決定であったに違いない。後鳥羽院がいなければ、式子の秀歌の頂点と言うべき『正治初度百首』は生まれなかった。

後鳥羽院は式子を、殷冨門院や、丹後局所生で既に女院となっていた宣陽門院よりも重んじて、後鳥羽院がこよなく鍾愛する守成親王（のちの順徳天皇）の准母としようとし（47ページ）、式子のそばに守成親王を置こうと意図した。『正治初度百首』の直後のことである。すでに式子の和歌を読みこんでいたが、『正治初度百首』の式子の和歌が改めて後鳥羽院を魅了したのであろう。この後、後鳥羽院自身も異形の上皇となっていくのだが、後鳥羽院はこの時、この異端の皇女の特異な個性と和歌への情熱、天分の深さを見、その姿勢を尊重し、式子内親王を自分のもとに引き寄せ、自分が構想する世界の中で、式子の能力を生かそうとしたのだと思われる。
この時、後鳥羽院は二十一歳、式子内親王は五十二歳。若き帝王の眼と意志には、実に驚くほかはない。

最後の百首『正治初度百首』

正治二年（一二〇〇）九月五日に、定家は式子の御所へ行き、『正治初度百首』に詠進する式子の和歌を見せられ、「御歌を給はり、之を見るに、皆もつて神妙なり」と誉《ほ》めている。実はこれは、『明月記』の中では唯一の、定家が式子の御所で式子の和歌を見せられたことを述べる記事である。定家は前月の二十五日に提出していた。おそらく式子は、初めての公的な応制百首であるから、提出前に定家に見せて意見を聞いたのであろう。この日定家は良経邸へも行き、良経の和歌も見せられている。

式子内親王にとって、『正治初度百首』に参加を得たことは、最晩年を飾る大きな喜びであったと思われる。自身の百首が公的な世界に広がることの喜びだけではなく、これから上皇自らが率いる歌壇がかつてない隆盛の時代を築くと感じ取っていたかもしれない。ここでは祝の歌に触れておこう。

『正治初度百首』には一首ごとの歌題はないが、祝五首がある。祝の歌とは、型どおりの詠み方が多いものの、作者の立場や祝うべき対象への視線がかなり反映される。本百首では、臣下である歌人たちは祝以外のところでも祝意をあらわにして詠むが、式子と守覚法親王は祝の歌以外では祝意は詠んでいない（山崎桂子）。やはり皇族重鎮という立場によるのだろう。式子は祝の歌で、後鳥羽院の御代や始まったばかりの歌壇を言祝ぐ。

天の下めぐむ草木のめもはるに限りも知らぬ御代の末々（『式子内親王集』二九八）
（この天下は、雨の恵みによって芽吹いた草木の景色が春に目も遥かに広がっているように、民を恵み給う君恩が限りなく行き渡り、我が君の御代はいつまでも続くことでしょう。）

いくとせのいく万代か君が代に雪月花の友を待ちけん（同・二九九）
（幾年も重ねていったい幾万代にわたって、我が君の代に到来した和歌の時代を共にする友を待っていたのだろうか。）

二九八は、『新古今集』賀（七三四）に採られた。「天」と「雨」、「芽ぐむ」と「恵む」、「芽も張る」と「眼も遥か」が掛詞で「春」が響く。ゆるみのない言葉続きで掛詞を重ね、空間と時間の両方からの重層的な言祝ぎを呼び起こす。「御代の末々」は御代の長久をあらわす。この措辞で言い止める表現は他に見られず、「御代の末かな」なら普通だが、これはやや破格的に響く。こうした点が、最も正式な応制百首『正治初度百首』の祝の歌にも見られることは、式子の本来的な特質のあらわれでもあろう。二九八の「雪月花の友」は、白楽天の漢詩句によった表現で、風雅を共有する友のことである。式子の歌には漢詩からの影響が多い。ここでは白詩の個人的な風雅の友ではなく、宮廷歌壇を構成する歌人たちに用い、歌壇の和歌の隆昌を喜び迎えて予祝する言葉とした。

『正治初度百首』は、式子内親王のいくつもの百首の中で最後の、そして最も完成度の高い百首、それも病に苦しみながら詠出された百首である。式子の百首は、勅撰集などにおける入集数を見ると、現存する第一と第二の二つの百首が特に重視された様子はなく、散佚した百首と特に変わらないような扱いである。しかしこの『正治初度百首』は最も重んじられ、高く評価された。『正治初度百首』の式子歌から『新古今集』に二十五首が採られており、本百首から『新古今集』への入集数は、すべての歌人の中で式子内親王が最多である。ついで良経が十七首、家隆と讃岐が六首。『正治初度百首』によって後鳥羽院に認められた定家でさえ三首である。式子にはこのあとの作品がないということもあるが、それにしても突出して多い。

そして『正治初度百首』をはじめとする式子の歌は、同時代の新古今歌人たちから深い敬愛と傾倒を受け、多くの影響作を生んだのである。

病と死

『明月記』では前年の正治元年（一一九九）五月から断続的に式子の病の記事が続いている。

乳癌と思われる病気に苦しみ、身を削るようにして詠歌していたのだろう。九月五日に定家に『正治初度百首』の歌を見せたのだが、その前の二日から風邪であり、八日から重篤となった。この後、新古今時代が怒濤のごとく始まるのだが、歌人たちの情熱と狂騒に加わることなく、完成した『新古今集』を見ることもなく、その新古今時代の行き着く所を眼にすることもなく、式子は死を前にしていた。『正治初度百首』以降、式子が詠んだ歌は確認できない。
『源家長日記』は、このころの式子の御所を見たことを回想して記している。

斎院、失せさせ給ひにし前の年、百首の歌奉らせ給へりしに、「軒端の梅も我を忘るな」と侍りしが、大炊殿の梅の、次の年の春、心地良げに咲きたりしに、「今年ばかりは」と、ひとりごたれ侍りし。ひととせ、弥生の廿日ころに、御鞠遊ばさせ給ふとて、にはかに御幸侍りしに、庭の花、跡も無きまで積もれるに、松にかかれる藤、籬《まがき》の内の山吹、心もとなげに所々咲きて、名香の香の、花の匂ひにあらそひたるさま、御持仏堂の香《かう》の香《か》も、劣らず匂ひ出でて、世を背きける住処《すみか》はかばかりにてこそは住みなさめと、心憎く見え侍りき。もの古《ふ》りたる軒に、しのぶ・忘れ草、緑深く茂りて、あたらしく飾れるよりも、なかなかにぞ見え侍りし。御鞠始まりて、人がちなる庭の気色を、さこそはあれ、人影のうちして、ここかしこの立《た》て蔀《じとみ》に立ち掛かり覗く人も見えず。人のするかとだにおぼえて、日の暮るるほどに奥深く鈴の声して、打ち鳴らしたる鉦《かね》の声も心細く尊かりき。

（斎院が亡くなられた前の年、『正治初度百首』を詠進なさった中に「ながめつる今日は昔になりぬとも軒端の梅は我を忘るな」がありましたが、大炊殿の梅が、亡くなった次の年の春に晴れやかに咲いていたのを見ると、「深草の野辺の桜し心あらば今年ばかりは墨染めに咲け」と一人つぶやいたことでした。ある年の三月二十日頃に、後鳥羽院が蹴鞠をなさるということで、急に大炊殿に御幸《みゆき》されましたが、庭の花は人の通った跡もないほど花びらが散り積もって、松にからんだ藤や垣根の中の山吹が、頼りなげにあちこちで咲き、その花の匂いと競うように、名香の香りが御簾の中から洩《も》れてきて、また御持仏堂からお香の匂いも劣らず流れてきて、世を遁《のが》れた人の住まいはこのように住みなしたいものだと思われ、心憎いありさまでした。古びた軒に、忍ぶ草、忘れ草が、緑深く茂って、新しく磨き立てた御殿よりも、かえって趣深く見えました。蹴鞠《けまり》が始まって、男たちで賑やかな庭の様子ですが、それでも邸内には人影がしているものの、ここかしこの立蔀《たてじとみ》に立ち寄ってはしたなく蹴鞠を覗《のぞ》くような女房も見えません。これが人のするわざかと思えるほど奥ゆかしい雰囲気で、日が暮れるころに奥深くで鈴の音がして、仏前で打ち鳴らす鉦《かね》の音もしめやかで尊いことでした。）

後鳥羽院が、式子が住む御所で院もかつて住んだ大炊御門殿へ御幸した場面である。この静《せい》謐《ひつ》な御所の描写が、式子像の形成に影響を与えた。しかし家長は式子とはかけ離れた身分の実務官人であり、遠く外側からの視線なのである。加えてこの描写は類型的な面もあり、たとえば『無名草子』の大斎院選子の御所を描写する表現と、季節は違うが少し似通っている。

…忍びて見むと思ひけるに、人の音もせず、しめじめとありけるに、御前の前栽《せんざい》にまかせて高く生ひ茂るを、露は月に照らされてきらめきわたり、虫の声々かしがましきまで聞こえ、遣水《やりみづ》の音のどやかにて、船岡のおろし、風冷ややかに吹きわたりけるに、御前の簾《す》少しはたらきて、薫物《たきもの》の香《か》、いとかうばしく匂ひ出でたりけるだに、今まで御格子《みかうし》も参らで月など御覧じけるにやと、あさましくめでたくおぼえけるに、奥深く、箏《しやう》の琴を平調《ひやうでう》に調べられたる声、ほのかに聞こえたりける。…（『無名草子』）

翌建仁元年（一二〇一）正月二十五日、式子は五十三歳で生涯を閉じ、後白河院から伝領した白川の常光院に葬られた。式子に仕えていた龍寿御前（前斎院大納言）は出家し、一周忌をもって式子の御所から退去したが、月命日の二十五日には常光院に参った（『明月記』）。

別の場所に、式子の墓と伝えられる所がある。千本今出川の交差点から東へ三十メートルほど進んだ左手に般舟院陵《はんしゆういんりよう》の入口があるが、陵《りよう》の外の西側、鬱蒼《うつそう》とした林の端に、五輪の石塔がある。供養塔であろうが、式子の墓という伝承は室町時代あたりからのようで、『応仁記』に「定家葛《かずら》の墓」とある。この場所は五辻殿跡《いつつじどののあと》の南に位置し、紫野斎院があった場所にも近い。

『新古今集』の撰歌

元久二年（一二〇五）、『新古今集』は一応の完成に至り、完成を祝する竟宴《きょうえん》が行われた。しかしその直後から四年にわたって激しい切継ぎ（削除と増補）が行われた。承元《じょうげん》三年（一二〇九）に再び完成に至って、四年に少し補訂されて、流布していったと見られる。『新古今集』に式子内親王は四十九首の入集をみた。慈円九十二首、良経七十九首、俊成七十二首よりは少ないが、定家四十六首、家隆四十三首、後鳥羽院三十三首を超えている。

さて、『新古今集』には撰者名注記というものがある。撰者の源通具《みちとも》、藤原有家《ありいえ》、藤原定家、藤原家隆、藤原雅経《まさつね》は、最初にそれぞれが選んだ撰歌稿を別々に後鳥羽院に提出し、後鳥羽院がその五人の撰歌稿からさらに撰歌した。後鳥羽院はその撰歌作業にのめりこみ、すべて暗記してしまったと言う。撰者名注記とは、『新古今集』のそれぞれの歌について、撰者五人のうちの誰が選んだかを記したメモ（注記）であり、一部の伝本に記入されている。『新古今集』の歌は、撰者名注記に書かれた撰者と後鳥羽院が撰出したということになる。撰者名注記は伝本において揺れがあるので、ここでは尊経閣本を用い、欠脱部分は他本により補った。

五人のうち四人の撰者が選んだのは、「玉の緒よ…」を含む十首である。その計十首のうち六首が恋歌であり、式子の恋歌への評価の高さが知られる。本書で取り上げた歌では、男性恋歌「しるべせよ…」（一〇七四。75ページ）、女性恋歌「生きてよも…」（一三二九。77ページ）、斎院時代を回想した「ほととぎすその神山の…」（一四八六。39ページ）などがある。

そして、三人の撰者が選んだのは十首である。うち三首をあげよう。

百首歌中に

花は散りその色となくながむれば空しき空に春雨ぞふる（春下・一四九）

（花は散り、もはやこれといって心ひかれる色もそこにないのに眺めていると、何もない空に春雨が降っていることだよ。）

百首歌たてまつりし秋歌

桐の葉も踏みわけ難くなりにけり必ず人を待つとなけれど（秋下・五三四）

（庭には大きな桐の葉が落葉して踏み分けて歩くことができないほど積もり重なり、いつしか晩秋となったのだ。必ずしも誰かを待っているというわけではないけれど。）

式子墓と伝えられる五輪塔

題しらず

今はただ心のほかに聞くものを知らず顔なる荻の上風

（恋四・一三〇九）

（あの人の訪れが絶えた今は、もう私の心に無関係なものとして聞いているのに、それを知らないかのようにして、荻の上葉をゆらす風よ。）

一四九と五三四は、ともに『正治初度百首』の歌で、一四九の初句は「花は散りて」となっている。一四九は、花が散り果てた季節、空にただやわらかく春雨が降る景を歌うことにより、惜春の孤愁とやるせない情感を表現した。『伊勢物語』の歌「暮れがたき夏の日ぐらしながむればそのこととなくものぞ悲しき」を本歌とする。また俊成の恋歌「思ひあまりそなたの空をながむれば霞を分けて春雨ぞ降る」（『新古今集』恋二・一一〇七）や、定家が二十一歳の時に詠んだ惜春の歌「思ひかね空しき空をながむれば今宵ばかりの春風ぞ吹く」（『拾遺愚草員外』六九〇）からの影響がほのかに感じられる。そして「その色となく」は、良経の「わたのはらいつもかはらぬ波の上にその色となく見ゆる秋かな」（『秋篠月清集』六四二）から学んだとみられるが、式子の歌は花の色を幻像として残して美しい。たださらりと詠んだかに見えるこの優艶な歌にも、俊成、定家、良経らとの表現の交錯が見られるのである。

　五三四の上句は、白居易の漢詩句に拠った表現であるが、「桐の葉」は勅撰集では式子のこの歌が初めてである。葉は大きく、『枕草子』によれば桐の葉には鳳凰《ほうおう》が住むという。平安和歌では詠まれず、建久二年の定家の「夕まぐれ風吹きすさぶ桐の葉にそよ今さらの秋にはあらねど」(『拾遺愚草』七四八)など、定家や家隆らによって建久期に詠まれて何度か試みられた。その動向をとらえた上での表現である。この式子の歌の影響としては、後鳥羽院が元久元年(一二〇四)に詠んだ「庭の雪も踏みわけ難くなりぬなりさらでも人を待つとなけれど」(『後鳥羽院御集』一二五〇)が、この式子の歌の剽窃《ひょうせつ》と言ってもよいほど、表現も構成も酷似する歌である。院はこの、晩秋の景に心がふとたゆたう孤独と静謐に、感動を受けたのでないか。

一三〇九は恋人の訪れが絶えた女の歌で、伝統的に荻の上葉を吹く風の音が恋人の訪れを思わせることをふまえる。「心のほかに聞く」は他に見られない独自で比類ない詞句で、この歌の眼目である。「……顔」は当時の流行表現で、それを受けた試みである。恋の終わりを実感する寂寥《せきりょう》を漂わせ、それでも恋人の訪れを荻の音に幻想し、心をゆらしているかのようだ。

いずれも三句切れだが、上句と下句との間に急な断層をもうけずにやわらかく繋ぐ。繊細な感覚をもって春雨、桐の葉、荻に吹く風をとらえ、流れるようにたおやかに詠み、主体の寂しく哀艶な心情を描き出す。この三首はいずれも式子の代表歌とされることが多い秀歌だが、それはこれらの流麗な声調、繊細な感覚表現、哀艶な孤愁、そして当時歌人たちに試みられた清新な詞だが鋭すぎない表現などによるところが大きいと見られる。そしてこれらの歌はいずれもそこに孤独な主体を浮かび上がらせて、主体の存在を読者に強く印象づける。それは式子の歌全体の特徴というよりも、『新古今集』に入集した式子の歌にそうした歌が多いのだが、その点が、孤独な詠歌主体と式子自身の実像とが重ね合わされて受容されたことの一因となっているのかもしれない。

最後に、定家一人だけが選んだ歌を見てみよう。定家単独の撰歌は六首で、撰者中で最も多く、独自な撰歌であったことがわかる。この六首中には、「千たび打つ…」（四八四。64ページ）、「さりともと…」（一三二八。77ページ）、「斧の柄の…」（一六七二。86ページ）、「暮るる間も…」（一八四七。86ページ）が含まれている。さらに一首をあげよう。

百首歌中に

跡もなき庭の浅茅にむすぼほれ露の底なるまつ虫の声（秋下・四七四）

（庭には人が通った跡もなく浅茅《あさじ》が絡み茂り、その浅茅の上にたくさん結んだ露の奥底にいる松虫が、人を待ちわびるかのように、心もむすぼおれて泣く声がする。）

これも『正治初度百首』の詠である。「露の底なる」は、のちに『詠歌一体』で制詞（「主ある詞」とも。作者のプライオリティを尊重し、他の歌人が使ってはならないと戒められた特別な歌ことば）に定められた秀句的表現である。「露」と「底」という、普通には結びつかないものを結び合わせて巧みに生かしたが、これも漢詩の「露底」（『和漢朗詠集』など）から発想されたとみられる。式子の漢詩への親炙《しんしゃ》は奥深いものであった。そして縁語と掛詞をはりめぐらせた韻律が歌を覆い、非常に巧緻な構成だが、技巧に流れず、孤独な哀愁を表現している。定家が選んだ式子の歌は計二十五首あり、さまざまな歌を含むが、単独で選んだ六首には、この歌のように巧緻で張り詰めた歌や、歌のどこかに異色な響きがある歌が目立つようだ。
ところで、雅経一人が選んだ歌を一首あげよう。これも『正治初度百首』の歌で、『新古今集』の巻頭三首目に置かれており、式子の代表作の繊細で美しい歌だが、これがもとは雅経単独撰であったとは驚かされる。けれども定家は『定家八代抄』に採っていないので、さほど秀歌だとは思っていなかったのかもしれない。この歌にも漢詩の風韻があり、「松の戸」に白楽《はくらく》天《てん》「陵園妾《りようえんのしよう》」が投影され、讒言《ざんげん》によって幽閉された女のイメージがほのかに漂っている。

百首歌たてまつりし時、春の歌
山深み春とも知らぬ松の戸にたえだえかかる雪の玉水（三）
（山が奥深いので、春になったとも知らない庵《いおり》の松の戸に、とぎれとぎれにしたたり落ちる、玉のような雪解けの水よ。）

後鳥羽院が式子の歌をどのように評価したかは、次の『後鳥羽院御口伝』の記述、そして『時代不同歌合』や隠岐本『新古今集』での式子歌の扱いなどで述べることにしよう。

『後鳥羽院御口伝』の式子内親王評

『後鳥羽院御口伝《ごくでん》』という後鳥羽院が書いた歌論書がある。承久の乱以前に都で書かれたものか、乱後に隠岐《おき》で書かれたものか、両説があるが、後鳥羽院が鍾愛する我が子順徳天皇に宛てて、和歌や歌壇の人々について自分の考えを説いたものであるとの推定が肯定できるので、承久の乱以前に書かれたものと見てよい。その中で後鳥羽院は次のように述べている。

近き世になりては、大炊御門《おほゐみかど》前斎院、故中御門《なかみかど》の摂政、吉水《よしみづ》前大僧正、これこれ殊勝なり。斎院は、殊にもみもみとあるやうに詠まれき。

前の時代の歌人についての評を述べた後、近き世の優れた歌人として、式子内親王、藤原良経、慈円の三人をまずあげる。この三人は後鳥羽院にとって別格の扱いであると言えよう。そしてまず式子内親王について、短いが敬語を用いて評する。続いて良経と慈円の評を述べた後、「又、寂蓮《じやくれん》、定家、家隆、雅経、秀能《ひでよし》等なり」と述べて、歌人の評を続けていく。

式子評の「もみもみとあるやうに詠まれき」とは、どのようなことをさしているのであろうか。実はこの表現は、『後鳥羽院御口伝』の中で、源俊頼《としより》評と定家評にも見られる。

・俊頼、堪能《かんのう》の者なり。歌の姿、二様に詠めり。うるはしく優しきやうにも、ことに多く見ゆ。又、もみもみと、人はえ詠みおほせぬやうなる姿もあり。この一様、すなはち定家卿が庶幾する姿なり。
・定家はさうなき者なり。さしも殊勝なりし父の詠をだにも、浅々《あさ》と思ひたりし上は、まして余人の歌、沙汰にも及ばず。やさしくもみもみとあるやうに見ゆる姿、誠にありがたく見ゆ。

楽書『文机談《ぶんきだん》』に「ちと早き様に、もみもみとあそばしなさせ給」とあるのが、音曲の切迫感のある動的な謡いぶりをさすという。また室町時代の歌人で定家に心酔した正徹《しょうてつ》の著『正徹物語』には、定家の「玉ゆらの露も涙も留まらず亡き人こふる宿の秋風」に対して、「あはれさも悲しさも言ふ限りなく、もみにもうだる歌様なり。……定家は母の事なれば、あはれにも悲しうも、身をもみて詠めるはことわりなり」と記している。これらから、「殊にもみもみとあるやうに詠まれき」とは、心を砕き言葉を練って、ゆるみなく張った巧緻な表現を生み出す詠歌態度をさし、それは上滑りな技巧ではなく、哀艶で奥深い心情を屈折・うねりを含みつつ切迫感をもって動的に表現したもの、そうした歌をさしているように思われる。

式子内親王の歌は一つの歌風に染められているわけではなく、典雅な歌も尖《とが》った歌もゆるやかな声調の歌もあるが、後鳥羽院は式子の「もみもみと」した歌風を評価していたのである。

承久の乱と隠岐配流

後鳥羽院が治天の君として支配した時代は、唐突に幕を閉じた。承久三年（一二二一）五月、後鳥羽院が鎌倉幕府を倒そうとして起こした承久の乱は、またたくまに終結したのである。わずか一ヶ月後、北条泰時《ほうじょうやすとき》らが率いる約十九万の幕府軍によって都は占領された。宮廷も、宮廷歌壇も瓦解《がかい》した。後鳥羽院は七月に隠岐に配流された。時に後鳥羽院は四十二歳。四歳で即位し、十九歳で上皇となり、以後二十三年にわたって院政を行い、特に建仁二年（一二〇二）土御門通親が没した後は、独裁的な権力をふるった。その都へ、後鳥羽院は帰ることは許されず、延応《えんおう》元年（一二三九）二月二十二日、六十歳で没するまで、隠岐で十八年の流謫《るたく》の日々を過ごす。この年月は、後鳥羽院が都で専制的な帝王として君臨した年数にほぼ近いものである。

後鳥羽院が承久の乱を起こしたことは、無謀、愚かと評されているが、後鳥羽院自身は決して暗愚な上皇ではなかった。後鳥羽院が討幕を企て承久の乱を起こしたことは、かつて武家とせめぎ合った祖父後白河院の血がもたらしたものなのか、あるいはこの時代に生きた帝王の証《あか》しとして、逃れようのない宿命のようなものだったのだろうか。

後鳥羽院の『時代不同歌合』

都から遠く離れた隠岐にいても、後鳥羽院は、歌を詠んだり編纂したりすることを続けていた。その一つに、『時代不同歌合』がある。王朝の歌人と今に近い時代の歌人とを、時を超えて一対とし、歌合に仕立てた。百人の各歌人について三首の和歌を選び、各歌人の特質、力量、身分、立場などから歌人同士の番（組み合わせ）を考えて番《つが》えた歌合である。歌は原則として『古今集』から『新古今集』までの八代集から選ばれている。中でも『新古今集』から一〇四首もの歌が選ばれ、差し替えでさらに七首の『新古今集』歌が加えられた。『新古今集』の支配者であった後鳥羽院にふさわしい。『時代不同歌合』には三人の親王・内親王が入っており、元良《もとよし》親王、具平《ともひら》親王とともに式子内親王が入っている。内親王ではただ一人である。

百人を基盤として秀歌を撰び、古い時代から順に並べ、原則として勅撰集から撰歌していることは、藤原定家撰の『百人一首』とよく似ている。『時代不同歌合』と『百人一首』は相前後して作られたものだが、おそらく『時代不同歌合』の方が先である。『時代不同歌合』はいわば『百人一首』の産みの親であった。今日では『百人一首』が王朝和歌の精髄として有名だが、鎌倉時代当時には『時代不同歌合』が広く享受されて流布していた。歌仙絵（歌人たちの絵）が描かれている鎌倉中期以降の彩色や白描の絵巻が、何種類も伝存している。

『時代不同歌合』では、左方は『古今集』『後撰集』『拾遺集』の時代の歌人で、人麻呂から和泉式部の五十人、右方は『後拾遺集』『金葉集』『詞花集』『千載集』『新古今集』の時代の歌人で、源経信から宮内卿の五十人である。後鳥羽院が、左方に古典と仰がれる三代集時代の歌人をおき、右方に題詠がきざした『後拾遺集』の時代以降の歌人を対置させたのは、単に百人の半分という数の問題だけではあるまい。このような構造の撰歌合は、『時代不同歌合』が初めてなのである。これは、王朝古典世界に生きた人々が詠んだ実詠歌と、院政期以降の歌人たちが本意と虚構の世界に表現を羽ばたかせた題詠歌とを、左右に対置してみるという試みであったのではないか。すべてではないが、左右が実詠歌と題詠歌の対照である番が圧倒的に多い。

斎宮女御と式子内親王の歌

式子内親王と番えられたのは斎宮女御《さいぐうのにょうご》、すなわち醍醐《だいご》天皇皇子重明《しげあきら》親王の娘、徽子《きし》女王《にょおう》である。十歳の時に斎宮として伊勢に下向し、七年後に退下し帰京した。天暦《てんりやく》二年（九四八）、二十歳の時に村上《むらかみ》天皇に入内して女御となり、第四皇女規子《きし》内親王を産んだ。だが村上天皇には安子《あんし》をはじめ多くの后妃がいた。村上天皇との贈答が多いが、天皇の愛を素直に信じることができない悲しみと孤独、父が他界した時の嘆き、継母の登子《とうし》が村上天皇の求愛を受け後宮に入った時の苦悩などが、家集『斎宮女御集』全体に漂っている。康保《こうほう》四年（九六七）五月、村上天皇の崩御により宮中を去るが、娘の規子内親王が斎宮となった時、朝廷の反対を押し切って娘と共に伊勢に下向した。これは『源氏物語』の六条御息所のモデルとなっている。

徽子は伊勢斎宮、式子は賀茂斎院という好一対である。斎宮女御は斎宮を退下した後に結婚、現実の愛に懊悩《おうのう》してそれを数々の歌に表出した。式子内親王は斎院を退下した後、不婚で、想念の愛を歌に詠んだ。その点でも、明らかに意図的な対照性があると思われる。

では式子と斎宮女御の番をあげよう。歌番号は『時代不同歌合』の番号である。

八十二番　左　　斎宮女御
袖にさへ秋の夕は知られけり消えし浅茅が露をかけつつ（一六三）
右　　式子内親王
ながめわびぬ秋よりほかの宿もがな野にも山にも月や澄むらん（一六四）
八十三番　左
なれ行くは憂き身なればや須磨のあまの塩焼き衣まどほなるらむ（一六五）
右
千たび打つ砧の音に夢さめて物思ふ袖に露ぞ砕くる（一六六）
八十四番　左
見る夢にうつつの憂さも忘られて思ひ慰むほどぞはかなき（一六七）
右
生きてよも明日まで人はつらからじこの夕暮をとはば訪へかし（一六八）

斎宮女御徽子の三首は、歌句は少し違うが『斎宮女御集』にあり、その詞書によって、どのような場面で詠まれた歌かを知ることができる。そして式子内親王の歌も含めて、ここにあげた六首すべてが『新古今集』に採られた歌である。以下、少し詳しく見て行こう。

「袖にさへ…」の歌（『斎宮女御集』一七一。『新古今集』哀傷・七七八）は、秋の夕に、安子を母とする資子《しし》内親王と語り合い、亡き村上天皇を偲んだ哀傷の歌。「私たちの袖の上にまでも秋の夕の哀れさが知られることですね。浅茅の露のようにはかなくお隠れになった帝を思い、袖に涙の露をかけながら」の意。

これに番えられた式子の歌「ながめわびぬ…」（『新古今集』秋上・三八〇）は、『正治初度百首』の秋の詠。「もう月を見て物思いをするのは苦しくて堪えられない。どこかに秋ではない住まいがあったらいいけれど。けれども野にも山にも月は澄み渡って、どこにもそんな場所はないでしょう」という意の歌である。美しい月は人にさまざまな物思いをさせ、苦しめる。左歌のように死を悼む哀傷の歌ではないが、秋の物思いを詠むという点で共通する。「ながめわびぬ」が初句切れで切迫した心情をたたえ、二つの区切れが歌に屈曲を与えている。

二つめの番、斎宮女御の「なれ行くは憂き身なればや…」（『斎宮女御集』一二。『新古今集』恋三・一二二〇）は、村上天皇の「間遠にあれや」（『古今集』七五八を引き、あなたは私の所へこの頃来ないね、という言葉）への返事である。「馴れてゆくと飽きられてしまうのがつらいわが身ですので、須磨の海人《あま》の塩焼き衣の粗い織り目のように、お目にかかるのが間遠なのでございましょう」と返す。『新古今集』では、逢瀬が途切れがちになる不安を詠む歌群にある。

対する式子の「千たび打つ…」（『新古今集』秋下・四八四）は、64ページで述べた歌である。そこであげたように、後鳥羽院はこの歌から影響を受けた歌を詠作している。そして式子の歌の夢は、次の番の斎宮女御の歌を引き出す。

三つめの番、斎宮女御「見る夢に…」(『斎宮女御集』一四六。『新古今集』恋五・一三八四)は、里に退出した折、村上天皇の夢を見て詠んだ歌である。「夢であの方に逢えて、現実のつらさも忘れて心が慰められるとは、なんとはかないこと。」と詠嘆する。『新古今集』では恋五の恋が終わりに近い頃、つらい現実の恋と一瞬のはかない夢とが織りなされる夢の歌群にある。

対する式子の歌「生きてよも…」(『新古今集』恋四・一三二九)は、77ページで述べたが、百首の恋歌である。男に忘れられた女が、つらさに堪えかねて、自らの死を予想し、「訪はば訪へかし」と男に命令し哀願して、ほとばしる激情を詠む。

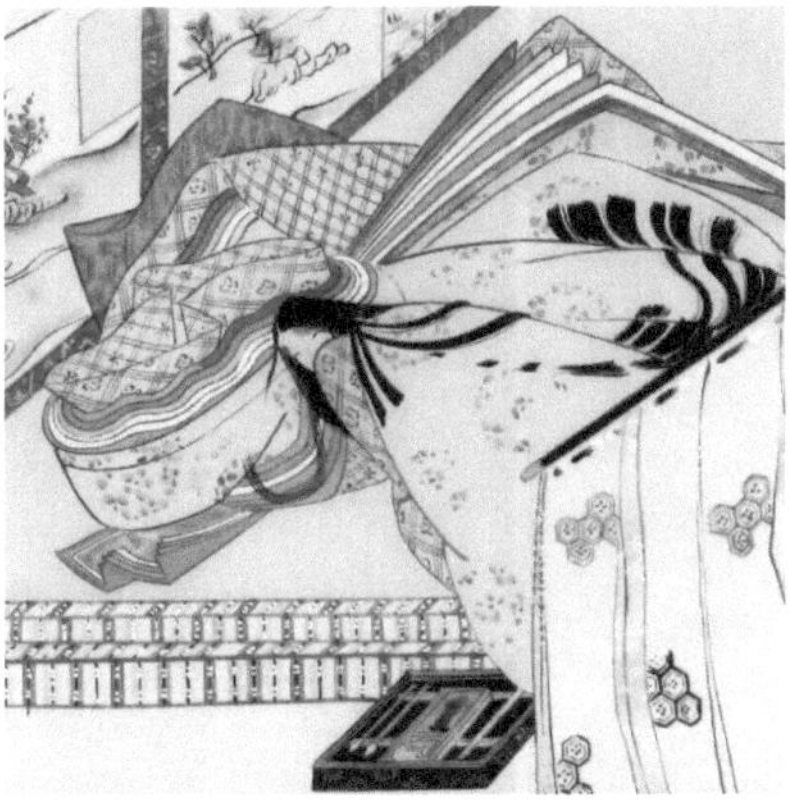

『三十六歌仙絵巻』の斎宮女御
(早稲田大学図書館蔵)

左右の歌の対照もあるが、六首全体の連想的な流れもあるようだ。秋の悲愁、悲愁の末に遠いどこかを渇望する心、遠い須磨に重ねる寂寥、寂寥の中に響き渡る砧に目覚める夢、夢の中の逢瀬、死を思いつつ逢うことを望む激情。まるで連歌のような配列である。

ここで注意されるのは、式子内親王の恋歌が女歌(詠歌主体が女性の歌)であることだ。前述のように「玉の緒よ…」をはじめ、式子の恋歌には男歌も多いが、それはこの中にはない。斎宮女御と対置するために、男歌は避けたのだと思われる。又式子の歌は、まさしく「もみもみと」したはりつめたモノローグの歌ばかりである。後鳥羽院ならではの撰歌であろう。

隠岐本『新古今集』の式子内親王

隠岐へ配流されてから十五年を経た嘉《か》禎《てい》二年（一二三六）頃、後鳥羽院は、『新古今集』を見直して、秀歌だけを残す形で精撰した。隠岐本『新古今集』と呼ばれる集である。後鳥羽院は、隠岐序と呼ばれる序文を執筆し、すべての歌、特に院自身の歌の数を見直して削減し、帝王の時ではなく流謫の桑門にある今こそ和歌の真髄を見極めることができるのだと自負し、この新たな集こそが優れていると力強く述べて、はるかな後の世まで伝えてほしいと庶幾《こいねが》っている。この隠岐本『新古今集』は、新古今時代が終焉した後に、後鳥羽院が改めて『新古今集』を俯《ふ》瞰《かん》して、歌人たちの和歌を結局どのように評価し位置づけたかを、端的に示すものとなっている。そこでは式子内親王はどのように扱われているだろうか。

後鳥羽院は隠岐本『新古今集』では、もとの『新古今集』約二千首から四百首弱を削除した。隠岐本では、王朝歌人や弱小歌人を削減し、新古今時代を築いた有力歌人を尊重し、彼らの優なる歌の枠を抜いた集として理想の姿を現出させた（寺島恒世）。もとの『新古今集』と隠岐本とを比べて見ると、削除率が低い歌人は、上から、式子内親王、寂蓮、良経、家隆、俊成、俊成卿女、有家、慈円、定家、雅経という順である。確かにこの顔ぶれを見ると、後鳥羽院が最も信頼し、その歌を高く評価した歌人たちであることがよくわかる。これは、恐ろしいほどに後鳥羽院の真意を語る数字であると言えよう。しかも先に取り上げた後鳥羽院撰『時代不同歌合』にある『新古今集』歌一〇四首、および差し替えで生じた七首は、そのすべてが隠岐本では残されているのだ。後鳥羽院が入念に慎重に隠岐本の撰歌を行ったことがわかる。

隠岐本での式子内親王は、すべての歌人の中で最も削除率が低い。もともと式子内親王は、『新古今集』の女性歌人の中で最多の四十九首が採られたが、隠岐本でも二首しか削除されていない。うち一首は、惟明親王との贈答（雑上・一五四五）である。勅撰集を彩る王家の人々同士の贈答歌ではなく、題詠歌にこそ式子の歌の価値を認めていたことの証しであろう。

隠岐本『新古今集』では、天皇家、権門、近臣などの歌が削減されており、人間的な繋がりや政治的な配慮によって『新古今集』に入れられた歌は、隠岐本『新古今集』ではきっぱりと切り捨てられている。たとえば、祖父後白河院がもとは四首あったのが三首削除されて一首となり、父高倉院は四首から三首削除されて一首、兄惟明親王は六首から五首削除されて一首、叔父守覚法親王は五首から三首削除されて二首となった。彼らは後鳥羽院に最も近い皇族父祖だが、削除率が極めて高い。叔母の式子も、もし『新古今集』で何らかの配慮あっての入集であったなら、隠岐本でもっと削除されていただろう。そうではなくて後鳥羽院が真に式子の歌を評価し敬愛したことが、隠岐本『新古今集』によってはっきりと浮き彫りになる。

『百人一首』の撰歌

藤原定家は『百人一首』に、式子のこの歌を採入した。正確には『百人一首』の原型とされる『百人秀歌』だが、九十七首まで同じなので、ここでは『百人一首』としておく。

玉の緒よ絶えなば絶えねながらへば忍ぶることの弱りもぞする

内親王（皇女）は百人中ただ一人である。『百人一首』の女性歌人二十一人のうち、ほとんどは女房であり、天皇家の女性は万葉時代の持統天皇と、式子内親王だけであるから、式子内親王がここまでの長い和歌史を代表する皇女歌人として、いかに際立った存在であったかがわかる。この歌には他人も恋人も存在せず、「忍恋」ということそのものが問題とされ、「忍恋」という題の把握の仕方が独自な歌であり、そのことが評価されたかという（有吉保）。

『百人一首』では、百首のうち、部立から言うと、恋歌は半分近くの四十三首を占める。春夏秋冬の四季の歌が合計で三十二首、雑の歌が二十首、羇旅と離別の歌はわずかだから、定家は恋歌にかなり比重を置いて撰歌した。しかも女性歌人に限って言えば、二十一首のうち十六首が恋歌である。とりわけ女性歌人については恋歌を中心に選んだのである。

けれども、女性歌人たちの恋歌十六首を見ると、題詠歌であってもはっきり男の立場で詠んでいる歌は、式子の歌のほかにはない。定家は「玉の緒よ…」の歌が男歌であることを深く理解していたであろうが、あえてこの歌を入れたのである。女性歌人による、恋する女を歌の主体とした嫋々《じょうじょう》とした恋歌が並ぶなかで、この歌だけが異質な鋭さ、強さをもって屹立《きつりつ》している。定家は若い頃から仕えた式子内親王が、これほど激しい表現を選ぶような精神を内包していることを深く感じ取っていて、畏敬《いけい》の念を抱いていたのではないか。

そして享受の面でも、『百人一首』の女性歌人の歌の中でこの歌がかくも異色であることが、式子と定家の恋物語が増幅していったことの一因ともなっていると言えよう。

ところで、新古今時代の他の女性歌人の歌は、『百人一首』には宮内卿も俊成卿女もない。そして『時代不同歌合』には、宮内卿はあるが、俊成卿女がない。大きな謎だが、これについてはまた後で触れることにしよう。

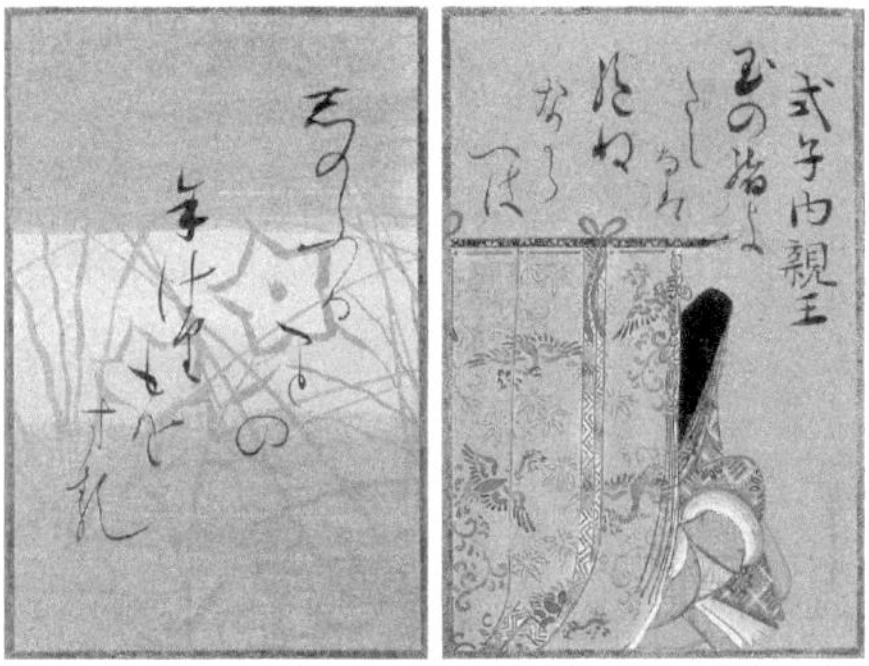

『百人一首』式子内親王「玉の緒よ…」
（光琳かるた）

四　終焉の後　―うつろう映像―

この後の勅撰集の式子内親王

文学・芸術全般に言えることかもしれないが、ある歌人の和歌は、その人が生きている間は高い評判を得て名声があっても、没してしまうと急速に忘れられてしまう場合も多い。特にこの時代の和歌は、宮廷社会というコミュニティの中で成り立ち、享受されているので、そうした側面が強い。だが式子の和歌への高い評価はこの後も続いている。

式子は『新勅撰集』から『新続古今集』まで、すべての勅撰集に入集している。『新古今集』の後、定家撰『新勅撰集』に十四首、為家撰『続後撰集』に十五首、為家ほか複数撰者の『続古今集』に九首、以後の勅撰集ではだいたい五首か数首なのだが、時代が離れているにもかかわらず、突出して多数採られているのが、『玉葉集』（十六首）と『風雅集』（十四首）である。『新勅撰集』以降、勅撰集撰者の地位は御子左《みこひだり》家に定まり、御子左家の中の嫡流である二条家が代々担っていき、その門流は二条派と呼ばれた。それに対して『玉葉集』と『風雅集』は、御子左家の庶流である京極家を主体にした京極派の撰集であり、二条派に対して、革新的で清新な詠歌を唱えて対抗した。その京極派で、式子内親王の歌は特に高く評価されたのである。その採歌は、恋歌は『玉葉集』に一首だけで、四季の歌が殆どである。しかも式子の歌の一側面をなす晦渋で屈折した歌ではなく、平明で流麗な歌が多くを占めている。そして『風雅集』には恋歌は一首もない。十一首の恋歌を採入した『新古今集』とは大きく異なっている。

「生きてよも…」にまつわる逸話

さて、式子の「生きてよも明日まで人もつらからじこの夕暮をとはばとへかし」を取りあげたが（77ページ、117ページ）、この歌について、鎌倉中期にこのような言説が伝えられている。

上皇渡御、（中略）其次和歌間事、与㆓入道㆒重々有㆓御問答㆒、（中略）又入道語申云、イキテシモアスマテ人ハツラカラジ、此歌者、式子内親王、被㆑遣㆓定家卿㆒許歌也。正彼卿所㆑語云々。自㆑院被㆑申㆑歌之時、恋題之時、此歌被㆓詠進㆒者、後事也云々。先遣㆓定家卿許㆒云々。

（後嵯峨院がお渡りになった。……その時に和歌について、入道（西園寺《さいおんじ》実氏《さねうじ》）と色々問答された。……また入道が語り申し上げたことには、「生きてしもあすまで人はつらからじ、という歌は、式子内親王が定家卿のもとに遣わされた歌です。これはまさしく彼卿（定家）がそう語っていました。院（後鳥羽院）が歌を召された時、恋題の歌に式子内親王がこの歌を詠進されたのは、その後のことだったそうです。まず定家卿のもとに式子内親王が遣わされたのです」と言うことであった。）

これは『後深草院御記《ごふかくさいんぎょき》』文永二年（一二六五）十月十七日条である。今治市河野美術館蔵『井蛙抄《せいあしょう》』末尾に書かれている部分が発見された（佐藤恒雄）。後嵯峨院《ごさがいん》が入道前太政大臣実氏《さねうじ》の邸に御幸した時、和歌について色々話している場面での逸話である。式子内親王の「生きてよも…」（この逸話では「生きてしも」）の歌が、まず定家のもとに送られ、その後にその歌が、後鳥羽院が詠進させた時の恋題の歌に使われたそうだ、と実氏が述べているのである。

これについては、「ここに記されたようなことがらが、定家葛の巷説《こうせつ》や謡曲を生み出す、直接的な素因の一つになったのではあるまいか」「ことの真相は、式子内親王が定家に批評を求めたのかもしれないし、あるいはまた秘儀めかした戯れであったのかもしれないが、事実はいかにあれ、かくのごとき「恋歌」を式子が定家の許に遣わした、という御記が伝えるところと、彼女と定家との間に恋愛や妄執に織りなされた関係があった、という風聞巷説との間の距離は至って近い」（佐藤恒雄）と論じられている。

この逸話が果たして真実か、はっきりしない。だがこの話の中で、後鳥羽院が式子に歌を召した時に式子がこの歌を入れて詠進したとある部分は、事実とは符合しない。なぜなら、『新古今集』で詞書に「百首歌中に」とあり、百首歌のうちの一首であったことは確かだが、この歌は後鳥羽院が召した『正治初度百首』にはないのである。後鳥羽院が式子に召した百首歌は『正治初度百首』が唯一である。式子の現存するほかの二つの百首にもなく、散佚した私的な百首のうちの一首と考えられ、後鳥羽院歌壇が始まるよりも前の百首なのである。するとこの逸話全体が、定家が語ったということも含めて、やや信憑性が疑われてしまうのだ。このころは式子の没後六十年以上が経っており、後嵯峨院時代に男性たちによって興味本位に語られたような、説話的な話と見て良いのではないか。

定家と女性歌人との間には、このような説話的な伝承が起こりやすいようだ。定家が恋歌の名手だからであろう。そして女性歌人の恋歌は、当人たちの没後には、説話化してともすれば現実の恋に結びつけられてしまうのである。『兼載雑談《けんさいぞうたん》』では、宮内卿と定家の間に密通があったと語られている（176ページ）。また皇女である女性への特別な視線も仄見《ほのみ》えるようだ。

語られる皇女の情事

皇女・内親王という高貴で特別な女性への視線を語るものは、当時の話に多い。たとえば『とはずがたり』と『増鏡』には、後嵯峨院と更衣の間に生まれた前斎宮愷《がい》子《し》内親王が、異母兄の後深草院《ごふかくさいん》に犯され、その後は西園寺実兼《さいおんじさねかね》の愛人となり、ふとしたことで二条師忠《もろただ》とも契りを結ぶが、おそらく実兼を父とする子を出産したとある。また『増鏡』に、後深草院の弟亀山院《かめやまいん》も、美しい異母妹の懌子《えきし》と無理やり関係を結んで皇女までもうけたとある。また『増鏡』には、愷子の異母姉にあたる月華門院の話もある。月華門院は後嵯峨院の第一皇女綜《そう》子《し》内親王で、後深草院・亀山院の同母姉妹であり、両親の鍾愛を受けたが、文永六年に二十三歳で急逝した。実はこれは、中将源彦仁《ひこひと》がひそかに通い、それを真似して頭中将園基顕《そのもとあき》が通い、その結果「あさましき御事さへありて」（堕胎の失敗であると伝本に傍記されている）、逝去したのだという。月華門院は大宮院所生の第一皇女であり、天皇家にとって特別な存在の最高貴の内親王であったから、庶出の皇女とは違って、出産などは考えられないことであっただろう。けれども実は、この鎌倉時代に限らず、平安期にも未婚の内親王や女院の情事・出産はあったようで、史実としても残っている。現実にはかなりあったと想像される。

神聖不可侵の存在であるはずの皇女が、むしろそれゆえに、男性の好奇の対象となり、時には情事へと至ることになる。愷子や綜子の話は『とはずがたり』や『後深草院御記』と同じ時代のことであり、当時の宮廷にはゆるく享楽的な雰囲気があったのではないか。式子と定家の話も、そうした中で語られたものだったのではないかと思われる。一方では、ちょうどこの頃に、皇女の存在意義が低下し、変化が生じていたことも影響しているだろう。

式子内親王の場合、これまで見てきたように、これほど激情的で切実な調べの恋歌を、それも数多くさまざまに題詠で詠んだことは、内親王としては逸脱した、特別なことであった。ゆえにこそ、式子が没して六十年余りが経つと、式子と定家の恋が幻想され、このような逸話が生まれ、伝承されていった。やがてそれが謡曲「定家」を生み出していくことになる。

謡曲「定家」などの式子内親王

謡曲となった「定家」は、夢幻能で、金春禅竹《こんぱるぜんちく》の作であり、古名を「定家葛《かづら》」と言う。世阿弥の娘婿であり、定家を崇拝した禅竹の名作である。北国より上洛した旅僧（ワキ）が冬枯れの都で、時雨《しぐれ》に雨宿りをしていると、あらわれた里女（前シテ）がここは定家ゆかりの時雨の亭《ちん》であると教え、式子内親王の墓に案内し、その墓にまといつく蔦《つた》は定家葛であると言う。そして二人の悲恋と死後までの執心とを語り、自分は式子内親王であると名乗り、その苦しみからの救済を僧に願って消え失《う》せる。その夜、僧が式子内親王を弔っていると、蔦葛が緩んで墓の中から式子内親王の亡霊（後シテ）があらわれ、読誦《どくじゅ》に感謝して報恩の舞を舞うが、美しかった容貌《ようぼう》も醜くなってしまったことを恥じて墓に入ると、再び定家葛が墓を覆ってしまう。そこには式子の歌「玉の緒よ…」や、定家の家集『拾遺愚草』にある恋歌「嘆くとも恋ふとも逢はん道やなき君葛城《かづらき》の峯の白雲」などが、断片的にちりばめられている。また『百人一首』の和歌も多く引用されている（三宅晶子）。

同じ室町中期に成った『源氏物語』の梗概《こうがい》書『源氏大綱』は、「ある物語に、…」と語り始め、後鳥羽院が、式子と定家との恋を聞いて、式子に誓いをたてさせ、式子は定家に「ながらへてあすまで人はつらからじこの夕暮をとはばとへかし」の歌を送り、定家がその夕暮に訪れるが、やがて二人とも死に、定家は葛となって式子の墓にまつわりつき、その時に「せめてげに今一度のあふ事は渡らん川やしるべなるらん」と詠歌した、という。ここであげられている式子の歌は、前掲「生きてよもあすまで人もつらからじこの夕暮をとはばとへかし」（『新古今集』一三二九）を、定家の歌は、「せめて思ふ今一度のあふ事は渡らん河や契なるべき」（『定家卿百番自歌合』一四三）を、それぞれ読者にわかりやすく改変したものであろう。

さらに後には、次のような言説もある。これは『渓雲問答《けいうんもんどう》』という江戸期の書物で、中院通《なかのいんみち》茂《もち》の話を筆記したものである。『源氏大綱』の話に似ているが、後鳥羽院ではなく、俊成が二人の恋を心配したとある。通茂自身は「何にも見えたる事なし」と懐疑的のようだ。

式子内親王と定家の事、世にいひ伝えたり。されど何にも見えたる事なし。或人云、此の事俊成卿ほの聞き給ひ、よろしからざることに思ひにける。或時、定家卿の常にすみ給へる所を見給へば、「玉の緒よ絶えなば絶えね」の歌書きたる内親王の手跡あるを見給ひて、定家の心を尽くすもことわりなりと思ひ給ひて、終《つひ》にいさめ申されざりき。

（式子内親王と定家の事は、世に言い伝えがある。けれども資料には何も書かれていない。ある人がこのような話を言っていた。式子と定家のことを俊成卿が少しお聞きになって、良くないことだと思った。ある時、定家卿の常の居所に入ってご覧になると、「玉の緒よ絶えなば絶えね」の歌を書いた式子内親王自筆のお手紙があるのをご覧になって、定家が心を尽くすのも道理であるとお思いになって、結局いさめることはしなかった。）

これらはいずれも式子内親王の恋歌を中心に取り上げ、そこに定家の恋歌もあわせ用いて、二人の悲恋と妄執の話に仕立て上げる。その原動力は、式子の切実な恋歌への感動と、これは現実の恋なのではないかという想像なのであろう。それを現実に置き換えたい時に、望ましい想像の形が、中世における最も有名な歌人、かつ式子とも主従の関係にあった定家を恋の相手にすえることであった。こうした憶説と懐疑は、『自讃歌註』などにも散在する。

変改を重ねて

江戸時代、さらに俗的に変改された説話としては、『雑々集』という説話集に、次のような話がある。これとほぼ同じような話が『女郎花物語《おみなえし》』などにも見える。

今は昔、後白河院の皇女式子内親王と申し奉るあり。初めは賀茂のいつきの宮にそなはり、程なくおりゐさせ給ひしに、定家卿、及ばずながら御心ざし浅からざりけり。ある時参り給ひて、

嘆くとも恋ふともあはん道やなき君かづらきの峯の白雲

と、口すさぶやうにて申し給ふ。この卿はけしからず、みめわろき人なりければ、斎院、御返しにも及ばず、「その御つらにてや」とばかり仰せられて、うきそぶかせ給へば、御言葉の下より、定家、

されぱこそ夜とは契れかづらきの神も我が身も同じ心に

と詠み給ひけるとなん。（『雑々集』下・二十三）

（今は昔のことだが、後白河院の皇女に式子内親王とおっしゃる方があった。初めは賀茂の斎院になられて、まもなく退下されたのだが、定家卿は、及ばない身分ではあるものの、内親王を思うお気持ちが大変深かった。ある時内親王の所に参上なさって、

いくら嘆いても恋い慕っても、あなたにお逢いできる道はないのでしょうか。
あなたは葛城山の峯の白雲のように、手の届かない遠い存在です。

と、お聞かせするともなくつぶやくように申し上げられた。定家卿は大変に醜男であったので、斎院は、返歌をなさることもせず、「そのお顔でそんなこと」とだけおっしゃって、そっぽを向かれたので、そのお言葉の下から、定家卿は、

醜い私だからこそ、夜に逢おうとお約束するのです。岩橋をかけることを命じられた葛城の一言主《ひとことぬし》の神が、醜いことを恥じて、夜しか働かなかったのと同じ心で。

とお詠みになったということだ。）

前半は、謡曲「定家」にも入れられた、『拾遺愚草《しゅういぐそう》』の歌を題材としている。だが後半は、「さればこそ…」の歌は定家の歌ではなく、室町期の歌学書である了俊《りょうしゅん》著『二言抄《にごんしょう》』や正徹《しょうてつ》著『正徹物語』に、定家の曾孫《そうそん》にあたる京極為兼《きょうごくためかね》の歌として見えている。しかも話自体がほぼ同じで、為兼が宮中の女房に言い寄ったところ、その顔で、と言われたので、「さればこそ…」の歌を詠みかけた、という話そのままである。ここにはもはや、式子の恋歌への感動は片鱗《へんりん》もない。定家が醜貌であったという同時代資料もないし、そもそも事実性は問題とされていないのである。皇女式子と定家との恋という枠組みだけが亡霊のように残っているだけである。さまざまな変改とうつろいを重ねて、定家と式子は、遠くここまで移り変わってしまった。

解放と修練と

式子内親王という人と和歌の魅力を辿ろうとする時、読者が自由に解釈することも一つの立場であり、それを否定するのではないが、本書では古典文学研究の立場から、できるだけ当時における作者の意図と享受者の理解に帰ることを基本として、それに沿って考えてきた。

式子はこれまで「孤独で不幸な未婚の皇女」「斎院の閉鎖的な空間」「激しい恋を内に秘める」といったイメージで覆われてきた。そのイメージを形成したのは、清冽《せいれつ》で優艶な和歌、あるいは激しく内攻する情念や孤独を思わせる歌である。しかし式子の歌を、現実の恋や、世に忘れられた皇女という像に入れこんでしまうことは、式子の歌の巧緻な構成力や、清艶な一方で屈曲する表現、先鋭的な試み、荒ぶることば、放胆さや自由さなどを含む奥深さを、かえって狭めてしまうことになる。

式子の詠歌は、主として百首歌の世界で行われたが、それはこれ以前の皇女は誰も行っていないことであった。式子は百首歌の虚構の自由さを愛してわがものとし、不自由な皇女の立場を離れ、主体的に自らの和歌をもって捉《とら》え返して見せたのである。それは、伝記の細部を辿ると、現実の式子が、慣習や伝統に縛られず、自分の価値観や生き方を貫いたことと重なる。

百首歌という舞台の上で、式子内親王は、ジェンダーを超え、いくつもの詠歌主体を自在に詠み分け、複数のアイデンティティに乗り換えていく。いくつもの「私」を演出していくのである。そこには、隠棲《いんせい》する「私」、斎院であった「私」、世と時代を見渡す「私」、男の愛に絶望する「私」、ある女への秘めた恋に苦しむ「私」もいる。語り手の「私」やプロデューサーの「私」も重層する。それはどれも自分の一部である。

そもそも和歌は言葉による演技であり、それは演技が現実と虚構が重なり合うところに存在するからだ、という視点による分析があり（渡部泰明）、大きな視野を拓いている。題詠の時代には多様な「私」を演出することが求められた。それは現代でもアーティストは誰もができることだが、当時において歌壇の歌人たちは既に実践し、式子も自ら歌のみをもってその一員となった。皇女という立場を超えてここに至っていることに、式子の根源的な作家精神を感ずる。

その三十年ほどの作歌生活の中で、自己を縛る皇女という枠を自ら解き放ち、最も先端の歌人たちと歌の上で交わって自らの努力で詠歌を磨き続け、新古今時代が始まる直前の最晩年に詠歌を最も成熟させた。そして定家をも上回る数の歌が『新古今集』に採られて、新古今歌壇の歌人たちに極めて大きな影響を与えたのである。

第三章　女房歌人たち　―新古今歌壇とその後―

一　王権と女房歌人　―規制と超越のはざま―

王権に密着する女房

本書のはじめで、女房の生活や意識について述べた。後鳥羽院《ごとばいん》の女房歌人たちの話に入る前に、宮廷という制度の中で、女房とはそもそも王権とどのように関わる存在であったかについて触れておきたい。なぜなら、それは和歌という制度の中での女房歌人のあり方に、深く関係しているからである。

遡《さかのぼ》って見ると、律令《りつりょう》国家の女官とは、天皇と男官との君臣秩序とは異なるもので、女官たちは天皇に近侍してその補助と装飾をつとめる、いわば天皇と不可分の存在であり、反射的とは言え、高貴性を身にまとっていた（吉川真司）。これは女房・女官の基本的性格であり、中世の女房も王権と一体化し、王権に密着した存在であった。後鳥羽院時代にも、女房の政治力の上昇があり、それは後鳥羽院権力の分肢としての女房の力であったという（五味文彦）。

女房は社会的存在であり、媒介という行為によって時に政治性を帯びるが、それは王権に密着しているゆえである。男性官人も、上皇・天皇の近臣は、王権に密着する一種特別な臣下であったが、女房はそもそもが王権に寄り添い、王権と離れることのない存在なのである。それでは、宮廷の中の女房歌人とは、どのような位置にあったのだろうか。

歌合の中の女房と「女房」

まず最初に、宮廷和歌行事の華である歌合を例に考えて見よう。女房と歌合との関係は非常に深い。平安前期、歌合はもともと後宮女房たちが主体的に企画したところから始まり、男女ともに参加して絢爛《けんらん》と風雅を競い合う宮廷の雅《みや》びな行事であった。女房は歌合の頭《とう》や講師《こうじ》ともなり、晴儀《せいぎ》の歌合にも大きく関与した。男女対抗の男女房歌合が行われたり、斎院・后宮・女院主催の歌合などもあり、女房は歌合の主な担い手であった。

けれども王朝時代が過ぎゆき、院政期以降になると、歌合は和歌の理論的批評の場となって変質し、真剣に表現を模索し和歌を論じ合う場となっていった。そして公的政教的性格を強めていき、院・天皇、摂関家その他の権門、およびこれらと結び付いた歌道家が歌壇を掌握した。歌合や撰集は公的文化の中軸となり、身分と文化の秩序によって構造化されていく。歌合は完全に男性たち、権力者たちの手に移り、女房が講師《こうじ》（歌を読み上げる役）や判者《はんじや》（勝負を定める役）になることはなくなった。しかし一方で、構成上、女房は歌合に必要な存在でもあった。男性だけの歌合もあるが、多くの歌合では数人の女房歌人がメンバーに入れられることが多く、そうした形が定型となっていった。

ところで歌合では、女房歌人を高い身分の貴人（天皇・院・摂関など）と番《つが》えるという行為がある。中世の歌合では、歌合の冒頭、すなわち一番左の作者には、歌合の主催者か最も身分の高い貴人が置かれることが多いのだが、その相手の一番右は名誉の位置であり、身分・力量のある男性歌人か、もしくは歌壇を代表する女房歌人が置かれることが多い。これは女房歌人というものの位置を考える上で、注目すべき現象である。さらには、鎌倉期歌合の中での女房歌人の位置は、この歌合一番に限らず、対応する位階の男性の序列よりもはるかに高い位置に置かれることがある。また番の組み合わせや配列においても、身分・家格と和歌の力量とをうまく相応させることはむずかしいが、女房歌は例外性を持つと、歌論書の中で述べられている。鎌倉期に女房歌人に対する特別な扱いや、特権的な位置があったことがわかる。

また歌合で、天皇・上皇の作は「御製」とするのが普通なのだが、不思議なことに、単に「女房」と名乗ることがある。これは摂関家から始まったものだが、後鳥羽院は上皇・天皇の出詠名として取り込み、「女房」を用い始め、以後の院・天皇にも継承されていった。この歌合での「女房」は、天皇・上皇という絶対的な権威から意図的に逸脱して、身分を無化する記号として用いられはじめたと見られる。女房という装いをしているが、隠れた権威性を帯びている。後鳥羽院は「左馬頭親定《さまのかみちかさだ》」のような作名を用いることもあり、以後の上皇・天皇も「女房」以外の作名を用いる場合があるが、「女房」という作名が最も多い。

以上のような特質や現象は、まさしく王権と女房の関係性の反映と言えよう。王権に密着する女房の位置ゆえに、女房歌人は歌合に必要な存在とされ、歌合の番では一番右に置かれたり、男性官人の秩序から逸脱して高い位置に置かれたりし、天皇・上皇は「女房」で出詠する。

女房歌人の位置と特性

女房歌人の特異性は、実はこれだけではない。鎌倉時代の歌論書等を見ていくと、男性歌人の枠組みから逸脱する女房歌人の位置や、歌の例外的扱いについて述べるものが多く見つかる。それは勅撰集における女房歌人の位置にも及んでいる。勅撰集の巻頭歌の作者は、貴人や公卿《くぎよう》以上の者は特に優れた歌人ではなくとも良いが、女房の歌でも良い、とか、また、勅撰集の配列で、天皇の御製の近くに身分が低い歌人を置いてはならないが、女性の歌は良い、と述べられている。また書式のことでは、和歌の懐紙の料紙・書き方は女性は独自であって、名前は書かない（天皇も書かない）。逆に、女房歌人の限界性を示す言説として、女房が歌合の判者になることはないこと、最も正式な宮廷歌会である中殿御会《ちゆうでん》には女房は出詠できないこと、けれども内裏歌合には女房も僧も参加できることなどが述べられる。

また歌会ではなく、連歌会の作法であるが、「鎖《くさり》連歌の発句《ほつく》は、主君、もしくは女房が詠み出すのを待ち、遅いときは代わって詠むのが良い」と述べる言説もある。これは連歌・俳諧で主賓が発句をよむというきまりの先蹤《せんしょう》と見られるが、ここで主君とともに女房が挙げられていることに、女房の占める位置が端的に示されている。

このように、中世の宮廷歌壇や勅撰集という制度の規範の上で、女房歌・女房歌人には種々の逸脱性・超越性があり、逆に枠外に疎外される限界性があったことがよくわかる。まさしくそれは先に述べた女房そのものの位置に由来している。

女房歌人には、この二側面に基づく特有の位置と必要性があった。そうした中で女房歌人たちには、男性歌人とはまた別の形の活躍が求められたのである。歌壇の中心が歌道家歌人や男性の貴顕・貴族となったことから、逆にそこから女房歌人に注目し、歌合などの文学空間に女房歌人を必要とする意識や、女房歌に特に注目する意識が生まれたとも言えよう。

後鳥羽院は「此頃、世に女の歌よみ少しなど、常に嘆かせ給ふ」（『源家長日記』）とあるように、新古今歌壇に女房歌人が必要と考えたが、そこにはこうした前哨《ぜんしょう》的な背景があったと見られる。

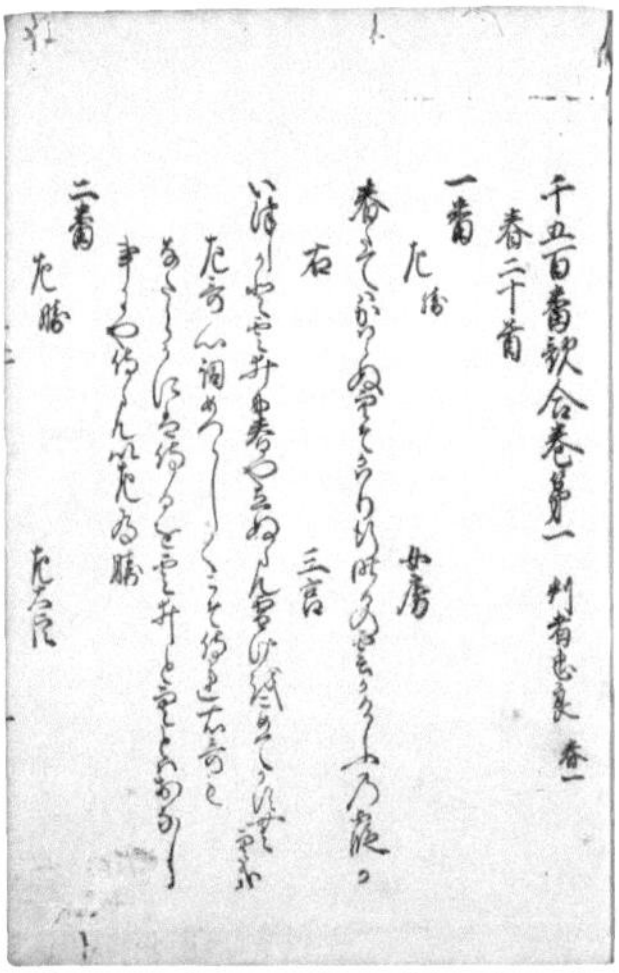

『千五百番歌合』冒頭「女房」の歌
（早稲田大学図書館蔵）

二　後鳥羽院の革新　―女房の専門歌人の育成―

後鳥羽院が統べる歌壇

後鳥羽院歌壇の始まりについては24ページに述べたが、『正治初度百首』以降、後鳥羽院は怒濤《どとう》の如くに歌壇を形成し、『新古今集』の編纂《へんさん》、そして完成へと突き進んでいく。新古今時代と歌壇の全体像については、前著（『新古今集　後鳥羽院と定家の時代』）で書いたので、ここでは繰り返さないが、正治二年（一二〇〇）の前半にはまだ宮廷歌壇の片鱗《へんりん》もなかったのに、後半から次々に行われ、翌年の建仁元年には、後鳥羽院のもとで二十回以上の歌合・和歌会が行われた。わずか数年の間に、和歌史上の黄金時代と言われる新古今時代が頂点へと至っていく。歌壇には歌人たちの熱が横溢《おういつ》し、常にその波動が周囲に伝わっていた。

このとき後鳥羽院は二十一歳という若さであり、宮内卿《くないきょう》は後鳥羽院よりも年下であったが、式子《しょくし》内親王、定家《ていか》、良経《よしつね》、俊成卿女《しゅんぜいきょうじょ》、すべて後鳥羽院よりも年上の歌人たちである。しかし年齢《しきし》などは後鳥羽院には無関係のことであっただろう。皇族や貴族たち、歌道家の歌人たち、女房たちすべてを吸収して、自らが統べる宮廷和歌の世界を形作った。

後鳥羽院はその歌壇の中で、数知れない新しいことを推し進めた。上皇自らがこれほど歌壇を先導するのも初めてなら、和歌所寄人に大臣二人と天台座主を含めたこと、勅撰集を治天《ちてん》の君たる上皇自身の親撰で、かつ摂政太政大臣良経の補弼《ほひつ》で作ったこと、『新古今集』完成を祝う竟宴《きょうえん》を行ったこと、一旦の完成の後も『新古今集』を改訂し続けたこと等々、すべてがこの『新古今集』で新しく行われたことである。そして歌合の時代とも言えるほどにさまざまな歌合等を試み、百首歌の歌合、影供《えいぐ》歌合、詩歌合《しいかあわせ》、老若《ろうにゃく》歌合、有心《うしん》無心《むしん》連歌《れんが》など、それ以前に臣下で企画・実施されたものも、すべて後鳥羽院のもとに吸収し、さらに大がかりに行った。実はこうした刷新は、和歌だけではなく、あらゆるところに及ぶのだが、すべて上皇の意志に基づいて、新たな形が模索され刷新されてゆく、革新の時代であった。

後鳥羽院はすべての人々にとって、畏怖《いふ》と驚きを感じさせる帝王であったに違いない。王の中の王であったと言っても良いだろう。あらゆるところに眼を行き届かせ、人の心を読み、すべてを統べようとした。寵臣《ちょうしん》であっても不興をかえば直ちに失脚させられた。そして後鳥羽院は、関心を持ったことには全身全霊でのめり込んだ。和歌についても、ほかの学芸・技芸についても、自ら熱心に修練を重ねて自分を高みへと引き上げる努力を怠らなかったが、他の者の怠惰や無才には厳しかった。けれどもその一方で、公平な眼を持ち、家柄や慣習にこだわることなく、能力や努力を認めて、多くの人々を取り立てた。低い身分の者や不遇な者も、才能の萌芽《ほうが》があれば、身近に召し寄せて精進させ、引き上げることを好んだ。

歌才ある女房たちをできる限り召し寄せて、さらに才能を開花させようとしたのも、後鳥羽院のこうした姿勢によっている。そして、これまで述べてきた式子内親王、そしてこれから述べていく女房歌人の宮内卿や俊成卿女は、日常生活や女房生活の余技として詠歌するのではなく、和歌に純粋な情熱を傾け、詠歌の修練を重ねる点で、まさしく後鳥羽院が求める女性歌人たちであった。宮内卿と俊成卿女とは、後鳥羽院の励ましに身を賭《か》けて、力のすべてを和歌に注ぎ込んで表現世界と対峙《たいじ》し、歌壇の歌人たちと競い合っていったのである。

この頃の女房歌人たち

後鳥羽院時代を描写する『源家長日記《みなもとのいえながにっき》』は、次のように記している。

この頃、世に女の歌詠み少なしなど、常に嘆かせ給ふ。昔より歌よみと聞こゆる女房、少々侍り。殷冨門院大輔も一年《ひととせ》失せにき。又讃岐、三河の内侍、丹後、少将など申す人々も、今は皆齢《よはひ》たけて、ひとへに後の世の営みして、ここかしこの庵に住み慣れて、歌の事も廃れ果てたれば、時々歌召されなどするも、念仏の妨げなりとぞ、内々は嘆きあへると聞き侍る。此の人々のほかは、又さらに聞こえず。心ある人のむげに思ひ捨てぬ道なれば、さる人も侍らむ。しかれども、何のついでにか言ひ出だし初めむ。高き女房は、ひたすらに慎ましき事にして、言ひ出ださず。又、身に恥じて慎む人も多かれば、何のたよりにか聞こゆべき。されば女の歌詠みは、この古人《ふるびと》たち亡からむ後は、更に絶えなむずる事を、口惜しき事にたびたび仰せらる。

（この頃、世に女性歌人が少ないなどと、後鳥羽院は常にお嘆きになった。昔から歌人として聞こえた女房は、少しはいた。殷冨門院大輔《いんぷもんいんのたいふ》は先年亡くなった。また二条院讃岐《にじょういんのさぬき》、三河内侍《みかわのないし》、宜秋門院丹後《ぎしゅうもんいんのたんご》、少将《しょうしょう》などという歌人たちも、今はみな高齢となって、ただ後世を祈り、ここかしこの草庵《そうあん》に長く住み、歌の事も顧みなくなっているので、時々和歌を召されるのは、念仏の妨げであると内々には嘆き合っているそうである。この人々のほかには、女房歌人がいることは聞かない。歌道は心ある人はむげに思い捨ててしまうような道ではないから、きっとしかるべき歌人もいることであろう。けれどもその人たちは、何をきっかけに自分が歌人であると言い出すであろうか、いやしないだろう。身分の高い上﨟《じょうろう》女房は、自分が歌人であることはひたすら隠して、言い出さない。また上﨟女房でなくとも、我が身を世に出すのは恥ずかしいと思って隠す女房も多いので、何かの機会に女房歌人の消息が耳に入ってくることもない。こうした状況だから、女性歌人は、この老女房たちが亡くなってしまったあとは、まったく絶えてしまうであろうことを、後鳥羽院は残念なことであると、たびたび仰せられた。)

昔からの女房歌人の殷冨門院大輔、二条院讃岐、三河内侍、宜秋門院丹後、小侍従《こじじゅう》(「少将」には「小侍従」という異本注記があり、おそらく「小侍従」の誤写かとされている)らは、逝去もしくは年老いて引退していた。家長は、隠遁《いんとん》した老女房たちは仏道に励んでいるため召されるのを迷惑がったと記しているが、実際にはそうでもなかったようだ。讃岐と丹後は、新しい時代の中で新風和歌を学び、長きに亘《わた》って新古今歌壇で活躍して高い評価を得ているから、これはあくまでも家長の見方なのである。

このうち『正治初度百首《しょうじしょどひゃくしゅ》』に加わったのは、小侍従、二条院讃岐、宜秋門院丹後の三人である。小侍従は二条天皇、多子《たし》、高倉天皇などに仕えて長らく宮廷女房であったが、この二十年前に出家し、宮仕えから退いていた。『正治初度百首』『千五百番歌合』に出詠したころは八十歳余りという高齢であり、まもなく逝去したと見られる。讃岐は二条天皇に仕えた後に女房を退き、任子《にんし》が後鳥羽天皇に入内する時に再出仕したが、この頃には再び退き出家していた。『正治初度百首』『千五百番歌合』に出詠した時は六十歳位である。九条家の女房、宜秋門院丹後は、讃岐の従姉妹《いとこ》である。安元《あんげん》元年（一一七五）から詠歌活動があり、はじめ九条兼実家の女房で、やがてその娘宜秋門院任子の女房となった。建仁元年十二月出家したが、引き続き女房として兼実と任子に仕え、承元《じょうげん》二年（一二〇八）まで、後鳥羽院歌壇の主要な歌合に出詠した。後鳥羽院は『後鳥羽院御口伝』で「故摂政は、かく宜《よろ》しきよし仰せ下さるる故に、老の後にかさあがりたるよし、度々申されき」（このように私が丹後の歌が良いと言ったので、丹後は年老いた後に上達したと、故良経はたびたび言っていた。）と語っている。丹後はその老後に円熟・上達した歌人として高く評価されていた。

ところで良経は、かつて『六百番歌合』を行った後、そこに女房歌人を含めなかった代わりに、建久六年（一一九五）二月以前に女房だけの「女房百首」という百首を行った。全体は残らないが、勅撰集などに断片的に残る。小侍従・殷富門院大輔・高松院右衛門佐《たかまついんのうえもんのすけ》・八条院六条のほか、おそらく三河内侍・二条院讃岐・皇嘉門院別当《こうかもんいんのべつとう》・宜秋門院丹後が加わったと推定されている（森本元子）。女房だけに百首歌を詠進させるという非常に興味深い百首だが、彼女たちの年齢を見ると、ほとんどが五十代から七十代で、一番若い丹後が四十五歳位と、ベテラン女房ばかりなのである。良経は、新たに新進女房歌人を育成しようという意識は特にもたなかったようだが、後鳥羽院は、女房歌人の育成は院歌壇に必須《ひつす》であると考えた。

新進女房歌人を求めて

『源家長日記』ではこの記事の後に、後鳥羽院が、こうしたベテラン女房歌人たちに加えて、才能ある新進女房歌人を発掘するため、あれこれ探索させたという記述が続いている。ある時、家長が親しい女房（後に妻となった下野《しもつけ》か）のもとに巻物があるのを手に取って見ると、女手で和歌が書かれていて、それは七条院（後鳥羽院の母）に仕える越前《えちぜん》という女房の歌であることがわかった。家長がそれを後鳥羽院に見せたところ、調べよと命じられ、越前は大中臣公親《おおなかとみきみちか》の娘であって重代の人（親や祖先が勅撰集などに採られた歌人である家の人）であることがわかり、後鳥羽院近臣の範光《のりみつ》が命を受けて迎えの車を遣わして越前を呼び寄せた。後鳥羽院は越前の歌の実力を見ようと、御前で歌を詠ませ、越前は「嵐を分くる小牡鹿《さをしか》の声」という歌を詠んだという。越前はこの頃二十歳前後で、こののち長く歌壇で活躍する。

そして源師光《もろみつ》の娘である宮内卿、藤原俊成の孫娘である俊成卿女を抜擢《ばつてき》したことが述べられる。この二人が新古今歌壇で最も活躍した女房歌人であり、このあと本章で述べていく。

続いて、八条院の女房である高倉殿《たかくら》、七条院の女房である大納言殿《だいなごん》（中納言実綱《さねつな》と三河内侍の娘）を呼び寄せた。八条院高倉は、高松院（姝子《しゆし》内親王。二条天皇中宮。八条院の同母妹）が若くして出家した後に愛人の安居院《あぐい》法印澄憲《ちようけん》との間にもうけた娘であることが明らかとなっており、それは公然の秘密であったらしいが、高倉は天皇家の血をひくのである。この高倉と大納言の二人は上﨟女房であった。『源家長日記』には、「品高き女房は、はばかり思はるらむ。されど、重代の人は苦しからず、とて、尋ね出でさせ給ふ」（身分高い上﨟女房は、院歌壇に参仕するのは女房の方で遠慮するであろう、けれども、重代の歌人の女房は、召しても差し支えない、と仰せられて、あれこれお探しになった）とある。女院などに仕える上﨟女房は、もともと身分ある生まれであることが多いし、女主人の側近でもある。社会通念としては、ふつうはそうした上﨟女房は、男性貴族にまじって公の院歌壇に出詠などはしないのであろうが、後鳥羽院は重代の歌人の家柄なら拘泥するべきではないという理由で、強いて召し出して、和歌を詠進させたのである。

このように後鳥羽院は、すでに実績のあるベテラン女房歌人だけではなく、あれこれ探させ情報を集め、八条院・七条院といった女院家の女房や、歌道家の女性、重代の歌人の家柄の女房などを呼び寄せ、実際に院自らその才能の有無を見極めた上で、院歌壇に引き入れていった。

女院家などの女房、特に身分高い上﨟女房が、上皇の命に従って院歌壇の催しに出詠するのは、相当な覚悟が必要だったに違いない。百首歌や歌合・和歌会に歌を提出すれば、その歌が、つまりその女房の歌才が、後鳥羽院をはじめすべての人の前にさらされる。女房にとってそれは大変なことであった（14ページ）。まして歌人たちが日々詠歌にしのぎを削っていたこの時代に、はじめて公の歌壇に出詠する女房には大変な重圧であっただろう。それでも後鳥羽院の強い意志と抜擢によって、次々に女房歌人が加わっていった。

女房歌人たちと『新古今集』

後鳥羽院歌壇で行われた三度の応制百首に出詠した女房歌人は、正治二年（一二〇〇）七～九月の『院初度百首』（『正治初度百首』）は二条院讃岐、小侍従、宜秋門院丹後の三人であったから、歌壇の始発の時点では、これ以前のベテラン女房歌人のみであった。同年十月～十二月に行われた『院第二度百首』（『正治後度百首』）には、新進女房歌人として宮内卿と越前が加えられた。これは男女ともに歌人としてまだキャリアのない人々を集めて詠進させた百首である。この年八月から十月頃にかけて後鳥羽院は、歌才ある廷臣・女房を集めようとあれこれ手を尽くしていたのであろう。この後もそうした探索と抜擢は続いていく。そして新古今歌壇最大の催しの『千五百番歌合』（『院第三度百首』）には、この五人に加えて俊成卿女が召された。女房歌人では、以上の六人が応制百首を詠む技量があると評価されたのであり、女性としては式子内親王を含めた七人が、『新古今集』の主な女性歌人である。

のちに『新古今集』に入集《にっしゅう》した歌数を見ると、当代女性歌人は、式子内親王が突出して多い四十九首、俊成卿女が二十九首、二条院讃岐が十六首、宮内卿が十五首、殷冨門院大輔が十首、宜秋門院丹後が九首、小侍従・八条院高倉・越前が七首、七条院大納言が三首、信濃《しなの》（後鳥羽院下野）が二首。八条院六条・三河内侍・高松院右衛門佐・七条院権大夫《しちじょういんのごんのだいぶ》は各一首である。

後鳥羽院歌壇では、この三度の応制百首のほか、歌合・和歌会がひっきりなしに行われた。歌合・和歌会では、必ず歌題が設定されるが、その方法には当座《とうざ》と兼題《けんだい》の二種類がある。当座は当日の会場で歌題が与えられるもので、その場で短時間に詠むことが求められる。だから古歌やこれ以前の和歌などの表現は、自分の記憶しか頼ることができない。兼題はあらかじめ歌題が各歌人に送られるもので、色々準備したり歌集を調べたりして詠むことができる。

当座の歌合・和歌会は召されたら必ず出席しなくてはならないが、兼題の歌合・和歌会の場合は、与えられた歌題に基づいて詠んだ歌を提出して当日は出席しないこともあった。これは男性も出席しないことがよくあったが、特に女房というものは、男性が集まる場では、御簾の中や御帳の後ろにいて、大きな声を出すこともできないのであり、女房歌人は詠進するが出席はしないという場合もかなり多かったかと想像される。平安時代の歌合では女房が御簾の中にいながらも講師をつとめたりしているのだが、鎌倉時代の歌合では女房歌人にはそうした動きは全く見られない。衆議判（出席歌人たちが意見を述べる形の判）に加わることもむずかしかっただろう。しかし当座の場合は出席したと見られ、後鳥羽院の召しによって出席したことを示す例として、讃岐は正治二年九月三十日の当座歌合に迎えの車を賜って参り、少し離れた場所に参候している（『明月記歌道事』）。

中世の女房専門歌人の誕生

このようにして後鳥羽院歌壇には、才能ある女房歌人たちが吸収されていったが、その実態から三つにわけられると思われる（仮にA～Cとしよう）。

Aは、前の時代に活躍した女房歌人、二条院讃岐、宜秋門院丹後、小侍従などである。彼女たちはすでに出家しているか、老年であり、改めて後鳥羽院に女房として仕えたわけではない。この三人は、歌合などに際して院から和歌を召されて歌を詠進した。前掲の讃岐の例のように、当座歌合に参上することもあったが、常に上皇に直接仕える女房ではない。

Bは、八条院女房の高倉、七条院（後鳥羽院母）女房の大納言などである。彼女たちは、当時それぞれ女院に仕える上﨟女房であり、女主人に側近として仕え、後鳥羽院歌壇の歌合等に歌を出すよう命じられると詠進していたと見られる。彼女たちは後鳥羽院の女房となった痕跡《こんせき》はなく、女房としての立場はこれ以前と変わらない。ただし越前は、先に述べたように七条院の女房であったところを召し出され、おそらく後鳥羽院の女房となり（『源家長日記』）、後に後鳥羽院皇女礼子《れいし》内親王（嘉陽門院《かようもんいん》）の女房に転じた。『新勅撰集』以降の勅撰集では嘉陽門院越前という名称である。越前はBからCへ、またBへ転じた女房である。

Cは、当初から歌才によって後鳥羽院の女房として召され、歌壇に加わった女房歌人である。あとで述べるが、俊成卿女が後鳥羽院女房となった時、それは「歌芸」、すなわち和歌の才能によって院から召されたと表現されている（『明月記』）。これは一種特別な形の女房であり、それゆえに特記されているとみられる。後鳥羽院の日常生活に奉仕することが常の職務であったわけではなく、院の女房歌人として院歌壇で活躍することが使命とされていた。宮内卿と俊成卿女とがこれにあたる。専門歌人としての責務を負う、女房の専門歌人と言えよう。

男性廷臣の場合は、歌道家歌人であっても、まず第一に官人としての立場と職務があるわけであり、専門歌人と言われることがあっても、和歌だけが生業ではない。けれどもむしろ女房の俊成卿女や宮内卿の方が、より純粋に歌芸をもって仕えた女房歌人である。新古今時代の開幕にあたり、上皇たる後鳥羽院が、女房たちを召し寄せて自ら育成したのは、歌壇のいわば装飾として女房歌人を位置づけるのではなく、専門歌人としてのプロフェッショナルな活躍を期待したのだ。そこには後鳥羽院の先進的な意識が看《み》て取れる。

三　宮内卿　―上皇の期待を受けて―

若き少女の登場

宮内卿は女房名であり、源師光《もろみつ》の娘である。当時、女性の「○子」という類の正式な名は、現在のように日常使われるものではなく、文書に書かれるものであり、式子のような内親王や、位をもつ女房などは、文書に名が記されるのでその名がわかる。位をもらう時につける場合もある。けれども宮内卿や、次に述べる俊成卿女は、位をもらうような女房・女官ではないので、名は残っていない。「健御前《けんごぜん》」のような名は家内の名であり、公的な名とは別である。

父師光の家は名門で、祖父は堀川左大臣俊房《としふさ》、父は小野宮《おののみや》大納言師頼《もろより》である。しかし師光は藤原頼長《よりなが》の猶子で、頼長との関係が災いしてか官人として不遇で、右京権大夫という閑職で終わり、建久六年（一一九五）以前に出家して生蓮《しょうれん》となっていた。和歌では代々勅撰歌人の家柄で、師光も歌人であり、歌道家の六条家に近く、たびたび歌合に出詠、『千載集』以降の勅撰集に入集し、自らも私撰集を編纂するなどしている。最晩年、七十歳位で後鳥羽院歌壇に迎えられ、『正治初度百首』の作者となり、『千五百番歌合』祝・恋一の判者をつとめ、院歌壇で活躍する栄誉を得た。師光は元久元年（一二〇四）終わり頃の没かと考えられる（井上宗雄）。

宮内卿の母は、絵師の巨勢宗茂《こせむねしげ》の娘である後白河院安芸《あき》とされ、それゆえに宮内卿の歌は絵画的であるとも言われる。しかし実は、母が安芸であることは江戸時代の『本朝画史』にみえるだけで、確実ではない（岡村満里子）。たしかに宮内卿の自然詠は視覚的イメージを鮮明にあらわす歌が多いのだが、その特質を絵師の家柄に結びつける必要はないのだろう。

宮内卿は、父師光が歌人であったことから、新進女房歌人を捜していた後鳥羽院の眼にとまったのだろう。正治二年（一二〇〇）十一月七日の『新宮三首歌合』に出詠（『明月記』）、同じ頃の『院第二度百首』（『正治後度百首』）に兄具親《ともちか》と共に詠進した。この頃、宮内卿はおそらく十五歳前後であったと推定される。後世の歌論書だが、『正徹物語《しょうてつものがたり》』に次のようにある。

宮内卿は廿《はたち》よりうちに亡くなりしかば、いつの程に稽古も修行もあるべきぞなれども、名誉ありしは生得の上手にてある故也。（『正徹物語』）

（宮内卿は二十歳にもならないうちに亡くなってしまったので、いったいいつ稽古も修行もしたのだろうと思われるけれども、歌人として名声を得たのは、生来の和歌の名手であったからである。）

定家は二十一歳で『初学百首』を詠み、源通光《みちてる》も十五歳で『千五百番歌合』の作者となっているが、定家には父俊成《しゅんぜい》が、通光には父通親《みちちか》がいる上に、周囲にも多くの歌人がいて、和歌の修練の機会は多かった。この宮内卿が十五歳位で、歌人としての歌歴もない状態で、いきなり後鳥羽院歌壇に召し加えられたのは大変なことであった。正徹もその点について、一体いつ修練したのだろうと不思議がっているが、宮内卿に天賦の歌才があったにせよ、身を削る努力を続けたのである。父師光は歌詠みであったが、旧風の六条家に近い歌人だから、父から新風和歌を学ぶことはできなかっただろう。後鳥羽院女房となる前の宮内卿は、歌壇での行事に全く参加していない。おそらく他の歌人たちのように親しい仲間と修練して切磋《せっさ》琢磨《たくま》するというような、時間的な余裕もなかったのではないか。また宮内卿は、女院などの女房ではなく後鳥羽院の女房だから、逃げ場がないのである。後鳥羽院の期待が格別に大きかったゆえに、その重圧は想像するに余りある。キャリアのある歌人たちに立ち混じって、次々に秀歌を詠み出だすことは容易ではなく、宮内卿にとって心身をすり減らす過酷な日々であっただろう。宮内卿の和歌の事跡は正治二年から元久元年（一二〇四）十一月までしかなく、歌人としての活動はわずか四年なのである。元久元年〜二年頃、二十歳前後で没したと見られる。

『新三十六歌仙図帖』の宮内卿
（狩野探幽画・東京国立博物館蔵）

このように、宮内卿が若くして彗星《すいせい》のように歌壇にあらわれ、後鳥羽院にその歌才を愛されたこと、人々を驚かせるような秀歌を次々に詠んだこと、その陰には厳しい刻苦があったこと、わずか四年の和歌活動を行った後にはかなく夭折《ようせつ》してしまったこと、……これらのことは人々の関心を惹《ひ》き、その生涯は説話などにも語られるところとなった。『正徹物語』は先にあげたが、ほかの資料・説話もいくつか見ておこう。

身を削る刻苦

鴨長明が著わした『無名抄』は、俊成卿女と宮内卿のそれぞれの詠歌の姿勢が好対照であることを述べている。同時代人の長明《ちょうめい》の語りなので、かなり信頼度が高い資料である。

今の御所には、俊成卿女と聞ゆる人、宮内卿と、この二人の女房、昔にも恥ぢぬ上手どもなり。歌の詠みやうこそ、ことのほかに変はりて侍りけれ。人の語り侍りしは、俊成卿女は晴の歌詠まむとては、まづ日頃かけて諸々の集どもを繰り返しよくよく見て、思ふばかり見終りぬれば、皆取り置きて、火かすかにともし、人遠く音なくしてぞ案ぜられける。宮内卿は初めより終りまで、草子・巻物、取り込みて、切灯台に火近々とともしつつ、かつがつ書き付け書き付け、夜も昼も怠らずなむ案じける。

この人はあまり歌を深く案じて病になりて、一度《ひとたび》は死にはづれしたりき。父の禅門、「何事も身のある上の事にてこそあれ。かくしも病になるまでは、いかに案じ給ふぞ」と諫められけれども用ゐず、つひに命もなくてやみにしは、そのつもりにやありけむ。

新古今歌人は誰もが、『古今集』などの古典を尊重する古典主義の立場にたち、題詠歌において古典を媒介として詩的リアリティを顕現していく創作方法によっている（59ページ参照）。その古典に対してどのように向き合ったか、この二人の対照的な姿を語っている。

歌合などの歌を詠進する前には、俊成卿女は何日もかけて色々な歌集を繰り返し見て、思う存分見た後はすべて片付けて、火をかすかに灯《とも》し、人を遠ざけ、静かな薄闇の中でじっと沈思した。宮内卿は最初から最後までずっと種々の書物を部屋に広げて見て、火を近々と灯し、少しずつ書き付けては考え、夜も昼も休むことなく歌を考え抜いたという。宮内卿は、あまりに深く詠歌に打ち込んだ末に病気となり、一度は死にそうになった。父師光が、何事も命あってのことなのに、なぜ病気になるまで歌を考え詰めるのか、といさめたが、それも聞かず、無理を重ねてとうとう早逝してしまったのである。宮内卿の身を削る刻苦を、印象的に語る一節である。そして前述のように師光は元久元年の終わりごろに没し、娘の宮内卿も、歌合出詠が元久元年十一月が最後なので、おそらく父娘は相前後して没したのである。

血を吐く宮内卿

室町前期の連歌学書『ささめごと』（心敬《しんけい》著。『心敬私語』とも）は、「沈思すべきこと」の項で、「宮内卿は血を吐きしとなり」と述べている。そして時代が下って、江戸時代中期の歌論書『詞林拾葉《しりんしゅうよう》』（似雲《じうん》筆録、武者小路実陰《むしゃのこうじさねかげ》口述）は、「又、歌は大かたにてはよめぬもの也。宮内卿などは、歌を案じ、たびたび吐血いたされ候。されば吐血の宮内卿といひしとなり。それ故に、はたちばかりにて早世かと覚え候。しかれども世にいひつたふる秀逸あまたあり。面目なることなり」（歌は普通のことでは詠めないものだ。宮内卿などは歌をあれこれ考えて、度々血を吐いたので、「吐血の宮内卿」と言うのである。それ故に二十歳ほどで早世したが、世に伝えられる秀歌が沢山ある。名誉なことである）と述べている。苦吟して血を吐く宮内卿の像は、長く語り伝えられた。血を吐いたことが事実であったなら、その早世は、もしかしたら肺結核などの病ゆえであったかもしれない。

ところで、宮内卿の兄具親は、官位もなく落魄《らくはく》して仁和寺のほとりに住んでいたところを（『源家長日記』）、後鳥羽院に拾われて、宮内卿とともに十八歳位で『院第二度百首』に召された。父師光は大変喜んだと言う。翌年後鳥羽院が行った和歌試（和歌の試験）に合格し、一時は後鳥羽院に可愛がられたらしく、和歌所寄人に任命されるという栄誉を得た。歌才もあったのだが、ストイックな妹宮内卿とは全く逆に、詠歌に努力することなく、弓などに熱心であった。後鳥羽院の咎めを受けて罰を受けたこともあった（『無名抄』『源家長日記』）。昇進も止まってしまい、元久二年（一二〇五）、左兵衛佐《さひょうえのすけ》から少将となったのが最後であった。けれどもそのあと約六十年を生き続け、世が移り変わり新古今歌人のほとんどが没した頃まで命長らえて、八十余歳という長寿を全うした。兄妹は実に対照的な人生を送ったのである。

後鳥羽院の殊遇、そして和歌執心

『増鏡』（おどろの下）は、宮内卿について長く筆を費やしている。

上のその道を得給へれば、下《しも》もおのづから時を知る習ひにや、男も女も、この御代にあたりて、よき歌よみ多くきこえ侍りし中に、宮内卿の君といひしは、村上の帝の御後《おんのち》に、俊房の左の大臣ときこえし人の御末なれば、はやうはあて人なれど、官《つかさ》浅くて、うち続き四位ばかりにて失せにし人の子なり。まだいと若き齢《よはひ》にて、そこひもなく深き心ばえをのみ詠みしこそ、いとありがたく侍りけれ。この千五百番の歌合の時、院の上のたまふやう、「こたみは、みな世に許《ゆ》りたる古き道の者どもなり。宮内卿はまだしかるべけれども、けしうはあらずと見ゆればなん。かまへて、まろが面起《おもて》すばかり良き歌つかうまつれ」と仰せらるるに、面うち赤めて、涙ぐみてさぶらひけるけしき、限りなき好きのほど、あはれにぞ見えける。さてその御百首の歌、いづれもとりどりなる中に、

薄く濃き野辺《のべ》の緑の若草に跡まで見ゆる雪のむら消え《ぎ》

草の緑の濃き薄き色にて、去年《こぞ》の古雪の遅く疾《と》く消えける程を、おしはかりたる心ばへなど、まだしからん人は、いと思ひよりがたくや。この人、年つもるまであらましかば、げにいかばかり目に見えぬ鬼神《おにがみ》をも動かしなましに、若くて失《う》せにし、いといとほしくあたらしくなん。

（院がその道に達していらっしゃるので、臣下も自然に時を知って集まる習いなのか、男も

女もこの御代に、優れた歌人が多くいた中に、宮内卿の君と言った人は、（中略）まだ大変若い年齢で、限りもなく深い心情ばかりを詠んだのは、めったにないことであった。この『千五百番歌合』の時、後鳥羽院がおっしゃるには、「このたびの歌人はみな世に認められた老練な歌人たちである。宮内卿はまだそうではないけれども、参加してもおかしくないと思われるので、加えたのだ。是非とも、私の誉ともなるような秀歌を詠進せよ」と仰せられると、宮内卿が顔を赤らめて涙ぐんでいたその様子は、限りない和歌執心のほどが感動的に見えることであった。さてその百首の歌は、どれもそれぞれ優れていた中に、

薄い色、あるいは濃い色になっている野辺の緑の若草には、雪が所々まだらに残りながら消えていった痕跡が、その色の濃淡にあらわれていることだ。

草の緑色の濃淡に、去年の古雪が遅く早く消えた程度を推測した風情など、未熟な歌人には全く思いも寄らぬ優れたものである。この宮内卿が、年老いるまで生きていたら、本当にどれほど眼に見えない鬼神をも感動させるような歌を詠んだかと思われるが、若くして逝去してしまったのは、大変あわれで惜しいことであるよ。）

『増鏡』はこの話を後鳥羽院歌壇前半を代表する逸話として記している。後鳥羽院の歌人宮内卿への殊遇が、後世にまで語り伝えられていたことがわかる。宮内卿が顔を赤らめて涙ぐんだという部分は、この少女の肩にかかっていた重圧と、期待に応えようとして張りつめた緊張感

を写して秀逸である。そして「限りなき好きのほど」は、宮内卿が和歌に深く執心し、持てる力のすべてを注いでいたことをあらわしている。

この「薄く濃き…」の歌によって「若草の宮内卿」と称され、『千五百番歌合』では勝を得た。この歌は『新古今集』に撰者名注記はなく、そのように撰者名注記がない歌は、おそらく後鳥羽院が直接入れさせた可能性が高いと考えられている。

鮮やかな反転

「薄く濃き野辺の緑の若草に跡まで見ゆる雪のむら消え」（『新古今集』春上・七六）は、雪の消失の遅速を詠む。新古今歌人が「消失」を詠んだ歌は多く、そこには二つのイメージを重層させる意図があり、季節を推移させて本歌の世界や春秋の景を消失させ、無の空間─多くは冬─の中に面影として残すという方法が採られた（谷知子）。宮内卿のこの歌も、二つのイメージを重層させるのは同じだが、方法としては全く逆に、現在の春の若草の風景に、冬の風景を呼び寄せて、眼前の春景色の緑に残雪の幻影がちらつくのである。鮮やかな反転と言えよう。

そしてこれまでの表現史を見ると、「薄く濃き（く）」は花々や紅葉に頻用される詞であり、「雪のむら消え」も歌ことばとして既に多く使われている。また「雪」と「跡」、「雪」と「若草」は、常套《じょうとう》的に結びつけて詠まれる。だからこの歌は、和歌の全体としては違和感がなく、安定して優美に聞こえる。だが、若草に対して「薄く濃き」と詠み、それが雪が消えていった時間の遅速の「跡」であると言うのは、表現としても趣向としても新奇な、意表を衝くもので、類似の歌は見出《みいだ》せない。はなれ業と言っても良いだろう。短い言葉の中に彼女の述べる論理が凝縮されており、極めて理知的であるが、優美な表現に包まれているので、理がとがって見えることなく、清新な美を放っている。

次にあげるのも、宮内卿の歌のうち、最も人口に膾炙《かいしゃ》した歌のひとつである。

　　五十首歌たてまつりし中に、湖上花を　　宮内卿

花さそふ比良の山風吹きにけり漕ぎゆく舟の跡見ゆるまで（『新古今集』春下・一二八）

（花を散らす比良の山風が吹いたのですね。湖上を漕《こ》ぎ行く船の航跡がはっきり見えるほどに、湖面を花びらが覆っています。）

「湖上花」という歌題で、散る桜の歌である。けれど散る桜の姿は歌にはなく、散る桜への哀惜や感傷も特に表出されていない。視界にあるのは湖の向こうに連なる比良山の高嶺《たかね》、そして眼前に広がる湖という壮麗な風景である。その湖上を、風によって運ばれた花びらが真っ白に覆っている。その発想の手助けをしたのは、おそらく藤原良経の、「桜咲く比良の山風吹くままに花になりゆく志賀の浦波」（『千載集』春下・八九）である。宮内卿の歌では、そこに一筋、静かに花びらをわけて進む舟の航跡が見える。本歌は「世の中を何にたとへむ朝ぼらけこぎゆ

く舟の跡の白波」（『拾遺集』哀傷・一三二七・沙弥満誓《しゃみまんせい》）で、ここでは舟の航跡はすぐに消えるはかないものであり、無常の世をそれにたとえている。宮内卿の捉《とら》え方はまったく逆で、ここでは舟の航跡が眼に見えるものとなっていて、それを詠むことによって、花びらに覆われた湖面の華麗な美しさを浮かび上がらせているのだ。鮮やかな反転がここにもある。

　宮内卿のこの歌は建仁元年（一二〇一）十二月の『仙洞《せんとう》句題五十首』の歌であり、後鳥羽院・良経・俊成・定家の四人が、秀歌であるとして合点を付した。また『新古今集』の撰者名注記によれば、撰者四人が選んだ歌であり、大変評価の高かった歌である。『新古今集』春下では、同じ『仙洞句題五十首』の宮内卿の歌「逢坂や梢の花を吹くからに嵐ぞ霞む関の杉むら」が続けておかれた（165ページ参照）。

　なお、宮内卿の歌には、「跡」という歌ことばを用いる歌が多い。「跡まで見ゆる」「跡見ゆるまで」「跡こそ見えね」というリフレインは、そこにかつて存在したものを幻像として呼び起こしたり、そこに流れた時間を透視させたり、あるはずのものや本来見えないものを可視化させたりしている。

超現実と理知

　宮内卿の「花さそふ…」について、「感傷を排して非現実的な自然を構成し、落花を感覚的に形象した秀歌」（有吉保）という評がある。まさしく、超現実の風景を、理知的な構成力や意表を衝《つ》く機知的趣向で、感覚的に鮮やかに描き出すことこそが、宮内卿の持ち味であった。「薄く濃き…」もその手法が成功した歌であり、「若草の宮内卿」という呼称は、そうした面が高く評価されたことを物語る。

超現実の風景といっても、夢幻的なのではない。もしかしたら現実にあるかもしれない景を具象化してクリアな映像に結び、理知的な説明や推理を加えるので、現実と非現実の間のすれすれのところで、不思議な現実感とガラスのような美しさとを醸し出すのだと思われる。『無名抄』にあるように、宮内卿は古典から発想や着想を得て、知巧的に組み上げていく。そしてそこで前に述べたような常識を覆す反転をよく試みる。そのようにして成功した和歌が、単に機知的で理屈が勝った言い回しになるのではなく、才知のきらめきがありながらも、繊細で清《せい》艶《えん》な、透明感のある感覚美を表現していること、これこそが宮内卿の歌の最大の魅力であろう。

宮内卿は、曖昧な詞続きや表現を用いず、できるだけ論理的で明晰《めいせき》な構成を選び取っている。それゆえに、宮内卿の和歌は超現実的でありながら、輪郭が鮮明で、眼が泳がず、明晰である。曖昧で茫漠《ぼうばく》とした表現や纏綿《てんめん》たる情調が漂う歌はほとんど見られないと言ってもよい。こうした歌風を代表するのは俊成卿女であり、まさしく正反対である。俊成卿女のような歌風の歌を、宮内卿も詠もうと思えば少しは詠めないこともなかっただろう。けれどもそれはない。宮内卿の詠歌には一貫した態度があり、そこには彼女の意識的な選択があると感じられる。

宮内卿は古典の詞句を繰り返し見てまねびながら、言葉を紡いでいった。その結果、本歌や参考歌と詞句がかなり重なってしまうこともある。『新古今集』秋上・三六五をあげよう。

秋の歌とてよみ侍りける　　　宮内卿

思ふことさしてそれとはなきものを秋の夕べを心にぞ問ふ

（特にこれといって思い悩むことがあるわけではないのに、秋の夕べに感じるこの悲しさはなぜなのかと、私は自分の心に問いかける。）

この歌は「思ふことさしてそれとはなけれども秋にはそふる心ちこそすれ」（『道済《みちなり》集』一五九）から学んだと見られるが、三句近くが表現も置き所も同じであり、秋の物思いを詠んでいる点も同じである。また「心にぞ問ふ」という句も既に先行例が一首だけあるから、宮内卿の創意ではなかったかもしれない。それでもこの歌の場合は、古歌のまねびに留《とど》まらない、内省的な心理を表現し得ている。ここでは秋の夕べは悲しいという通念への反転を試みるのではなく、あえてその通念の内側に立ち、心がざわめくのはなぜなのかと、その理由を理知的に自分に捉え返し、自己に内在する何かに問いかける。内側に反響するような「秋の夕べを心にぞ問ふ」、これがこの歌の眼目である。これは『新古今集』では定家と通具《みちとも》が採入した。

けれども、宮内卿の方法はいつも成功するわけではない。もちろんそれはすべての歌人がそうだが、宮内卿の詠歌方法は特に知的構築の上に成り立つものであるだけに、それが調和せず破綻すると、古歌のまねびだけが残って、空疎で叙情性の薄い歌になってしまうこともある。

伝統とのせめぎ合い

後鳥羽院歌壇での宮内卿の活動を追っていこう。現在判明する主なものだけで見ると、宮内卿は正治二年（一二〇〇）には『新宮三首歌合』と『院第二度百首』に出詠し、翌建仁元年には『老若五十首歌合』など九回の歌合等に出詠した。建仁二年には三回、建仁三年には四回の出詠が知られるが、翌元久元年（一二〇四）には一度だけである。

建仁元年二月に行われた『老若五十首歌合』は、後鳥羽院歌壇での最初の大規模な歌合であり、『新古今集』に三三首が入集した。左方は老者で、忠良《ただよし》、慈円《じえん》、定家、家隆《いえたか》、寂蓮《じゃくれん》。右方は若者で、後鳥羽院、良経、宮内卿、越前、雅経《まさつね》の計十人であり、右方の若者が勝った。十人中、新進歌人は宮内卿、越前、雅経の三人で、宮内卿と越前は『院第二度百首』で認められての出詠であったと見られる。この辺りから宮内卿は続けざまに院歌壇の歌合等に出詠していく。『老若五十首歌合』から、宮内卿の歌は『新古今集』に三首採られるという好成績であった。

五十首歌たてまつりし時　　宮内卿

かきくらし猶ふるさとの雪のうちに跡こそ見えね春は来にけり（春上・四）

（あたりを暗くして今日もなお雪が降りしきる古京の雪の中に、降る雪に消されて春の足跡も人が訪れた足跡も見えないけれど、春が到来したことです。）

「ふるさと」は「降る里」と「古里」の掛詞で、雪深い吉野のような古都のイメージである。雪にある（又はない）足跡と立春とを結びつける歌はこれ以前にもあり、特に意表を衝く趣向というのではない。けれども降りしきる雪が天も地も覆いつくし、わずかな足跡も一瞬でかき消えてしまう薄暗い視界の中に、眼には見えなくとも春が訪れたのだという、その理知的な叙述が際立ち、そこにほのかに春が透けて見えるような、不思議な美しさと非現実感がある。

建仁元年三月の『新宮撰歌合』は、歌壇の歌人たち二六名に十題を与えて詠進させた二六〇首から、七二首を選んで三十六番に結番した撰歌合である。宮内卿は三首が選ばれ、勝負は持一、負二で、『新古今集』への入集はない。うちの一首「羇中見花《きちゆうはなをみる》」（旅の途中で花を見るという意）の歌をあげよう。宇津の山という歌枕の把握に、未熟な部分も見える歌である。

ふるさとのたより思はぬながめかな花散るころの宇津の山越え

（ふるさとのたよりを思うはずの宇津の山だが、それを思うことのないながめであるよ。花が散る頃のこの宇津の山越えは。）

この歌は『伊勢物語』第九段をふまえた物語取りである。主人公が東下りをしている道中、山越えの難所である宇津の山路で、知人の修行者にあい、都の女性への手紙を託すという場面である。新古今時代に「宇津の山越え」の本歌取りが流行し、この歌もその流行を受けたものである。だがこの宮内卿の歌は、判（俊成）では、『伊勢物語』の宇津の山は「蔦《つた》かへで茂りて」とあるから、桜を詠むべきではないと批判された。『伊勢物語』では鬱蒼《うつそう》として暗く細い山路であり、旅の不安や暗い心情、望郷の思いが物語の場面を満たしている。これが宇津の山という歌枕の本意なのである。本歌取りで、本歌の季節を他の季節に転換させるのはよく行われるが、歌枕の本意そのものを安易に動かしてはならないのだ。確かに定家ら手練《てだ》れの歌人たちは、宇津の山に華やかに咲き散る桜は詠んでいない。詞を古典から摂取し、歌われる内容を新しくするのが本歌取りだが、新しさをどのように出すかには、許される範囲が常に存在した。

翌建仁二年九月十三日の『水無瀬恋十五首歌合』では、再度同じ『伊勢物語』第九段を物語取りして、「めぐりあはん程をいつともいふべきにたよりだになし宇津の山越え」（七〇）と詠み、詠歌主体を都の女性の方に転換して、宇津の山越えをしている男を思う女の歌とした。慈円の歌に対して負にはなったものの、この歌は宇津の山という歌枕の本意にかなっている。

一年で歌壇の頂点へ

建仁元年七月、後鳥羽院は和歌所を設置して『新古今集』撰進への準備をすすめた。和歌所寄人には、宮内卿の兄、源具親も指名された。十一月に撰者として定家ら六人（寂蓮が途中で没して五人となる）が決定し、『新古今集』編纂が始められる。歌壇の熱気は一気に高まった。

同じ建仁元年の冬に成立した『仙洞句題五十首』（『仙洞五十首』）は、後鳥羽院、良経、慈円、俊成卿女、宮内卿、定家という六人、すなわち最も後鳥羽院の意に適《かな》う精選メンバーによる五十首である。うち新進歌人は俊成卿女と宮内卿だが、俊成卿女は後鳥羽院歌壇に召されるよりもずっと以前から詠歌に精進しているので、実は新人とは言えない。一方宮内卿は、後鳥羽院に召されて約一年でこの位置に至ったのである。この五十首から『新古今集』に採られたのは計十二首だが、そのうち宮内卿の歌が四首を占めた。『院第二度百首』から『新古今集』に採られたのは一首であったことを思えば、わずか一年の間での急成長である。後鳥羽院歌壇は、院自身も含めて、短期間で新進歌人たちがまたたくまに詠歌を研磨して才能をあらわしていくのが特徴であるが、宮内卿はその時代の申し子のような存在であった。

この『仙洞句題五十首』の宮内卿は、理知をはたらかせて印象鮮明な景を描き出す方法はそのままだが、そこに繊細で透明感のある美しさが加わり、より完成度の高い歌が多い。このあたりが宮内卿の詠歌活動の頂点と見ることができよう。これは歌合ではなく判詞はないので、『新古今集』の本文であげる。

関路花を　　　　　　　　　　宮内卿

逢坂や梢の花を吹くからに嵐ぞ霞む関の杉むら（春下・一二九）

（逢坂《おうさか》山では、山風が花の梢を吹くとともに、その風そのものが白く霞《かす》んで立ち渡ることだ。逢坂の関に群立つ杉を覆うように。）

本来眼に見えるはずのない山風が、杉むらの緑を背景にして白く霞んで見える。それはあたかも霞のように空間を埋め尽くす落花なのだ。山風が吹くたびに桜の花びらを散らしてふわーっとその霞が立ち渡る。「嵐ぞ霞む」がこの歌の核であり、のちに『詠歌一体』などで「主ある詞」（制詞）とされた。この秀句的な表現、風景の壮麗さ、跳躍する理知、白と緑が重層する繊細な色彩美、冴《さ》え渡る技量、どれも歌人たちを驚かせたに違いない。「花さそふ比良の山風吹きにけり漕ぎゆく舟の跡見ゆるまで」（158ページ）も、この時の歌であり、同様の特徴を持つ。この宮内卿の「嵐ぞ霞む」に影響を受けて、六年後、後鳥羽院は「み吉野の高嶺の桜散りにけり嵐も白き春のあけぼの」（『新古今集』春下・一三三）と詠み、院の代表作となった。

『千五百番歌合』など

院歌壇で三度目の百首歌を番えた『千五百番歌合』（百首歌の詠進は建仁元年夏頃、歌合に仕立てられたのは翌二年で、判が付されて完成したのは建仁三年春頃）では、宮内卿の「薄く濃き…」によって「若草の宮内卿」と称されたことは、前述した通りである。『千五百番歌合』がのちに歌合として加判された時、九人の判者たちによる宮内卿への評価を見ると、俊成・良経・後鳥羽院からの評価が高いことが知られる（有吉保）。後鳥羽院の評価は、歌人三十人中、宮内卿は九位、俊成卿女は七位であった。全体として女房歌人の中で最も高い評価を得たのは俊成卿女であり、俊成卿女はこのあと述べるように、建仁二年に正式に院女房となったが、『千五百番歌合』で総合して三十人中六位といういうめざましい成績を得た。一位以下の上位歌人は、後鳥羽院、良経、俊成、慈円であり、上皇・摂関・和歌指導者が占めているのだから、俊成卿女の六位は驚異的であり、大きな話題となったであろう（森本元子）。宮内卿も十三位なので新進歌人としては非常に好成績だが、俊成卿女には及ばない。女房歌人として俊成卿女と宮内卿は並び称されていたが、ごく若い宮内卿に対して、三十歳を過ぎており歌人として多くの引き出しを持つ俊成卿女は、しだいに宮内卿をしのぎつつあった。

建仁二年九月の『水無瀬恋十五首歌合』は、恋題に特化したむずかしい十五題であったが、そこで宮内卿は『新古今集』に入る名高い恋歌を詠出している（174ページ）。しかしここでも、恋歌を得意とする俊成卿女は数々の秀吟を詠み、宮内卿を上回る栄誉を得ている。

この時の歌合で気になるのは、宮内卿が『院第二度百首』で詠んだ自分の歌「物おもはぬ人はたえける山里に我が身一つの秋の夕暮」（八六五）を、『水無瀬恋十五首歌合』の「山家恋」の歌としてしまって、つまり全く同じ歌を詠進してしまったことである。俊成の判詞では、この歌は昨年の有家の「袖の上にたれかはかかる露はおく我が身一つの秋の夕暮」（『千五百番歌合』一一九〇）の下句と同じではないかと批判されたが、そもそもは有家が宮内卿の『院第二度百首』の下句を取ったと見られる。この宮内卿の歌の重出は、歌合の場で問題とされることはなかったようだが、これはどうしたことであろうか。『院第二度百首』として進献した歌が何らかの理由により、旧詠であると気付かずに『水無瀬恋十五首歌合』に活用されたかとも言う（田村柳壹）。確かに百首歌には以前に自分が詠んだ歌を入れることはあるが、既に応制百首に詠進した歌を新たな歌合に詠進することは、普通は考えられないことである。この歌合は兼題であったが、一日で詠むことが求められたため（173ページ）、間に合わなかったのだろうか。『無名抄』に、宮内卿は「病になりて、一度は死にはづれしたりき」とある。これがいつをさすのかはわからないが、このころ既に宮内卿はかなり心身を痛めていたのかもしれない。

翌建仁三年十一月二十三日、後鳥羽院は歌壇の長老俊成が九十歳となったことを祝う「俊成九十賀」を催した。その日、俊成に下賜される法服の袈裟《けさ》に縫い取りする歌を、宮内卿が命じられて詠作したが、詠歌主体の立場を誤って詠んでしまったため、二文字だけ急遽《きゅうきょ》縫い直しとなった。その刺繡《ししゅう》と縫い直しとを担当したのは、若い頃に建礼門院に仕え、後半生に後鳥羽院と七条院に再出仕した右京大夫であった。この逸話は『建礼門院右京大夫集』にしか見えないので、内々の話であったようだが、右京大夫の書き方はかなり皮肉めいている。後鳥羽院歌壇で歌人と認められなかった右京大夫は、九十賀の屏風歌の作者にもなっている若い宮内卿に対する羨望を心中持っていたと想像される。

早過ぎる死

「俊成九十賀」のあと、宮内卿の歌合出詠はしばらく見られず、約一年後の元久元年（一二〇四）十一月十日の『春日社歌合』が宮内卿の最終事蹟《じせき》である。この歌合は、実力や位置などが同等の歌人を番えてすべて構成するという形であり、歌人たちは「いつよりも、此のたびは負けじはや」（いつの歌合にも増して、この歌合では負けたくないものだ）と皆が思ったと言う（『源家長日記』）。宮内卿は俊成卿女と番えられて、三首とも持となった。三首とも持という組み合わせは他に見られず、それだけ伯仲していたことを示している。けれどもこの歌合で、後鳥羽院が秀歌と認めて御教書《みきょうしょ》を与えた歌人七人に宮内卿は含まれず、この歌合から『新古今集』に入集した十四首に宮内卿の歌はない（俊成卿女もない）。

宮内卿の最後の歌の番をあげよう。「松風」題である。

八番　左持　　俊成卿女

春日山峯の嵐も君がため松にふくなる万代の声（七五）

右　　宮内卿

寂しさを我が身一つにこたふなりたそかれ時の峯の松風（七六）

宮内卿の歌は、西行の「暁の嵐にたぐふ鐘の音を心の底にこたへてぞ聞く」（『千載集』雑中・一一四九）、慈円の「わび人の心の底にこたふなり尾上の方の松風の音」（『拾玉集』九七九）などからの影響を受けて成ったものであろう。宮内卿の歌にしては珍しくさらりと詠み下すが、上句の表現は独自である。この歌合で与えられた「松風」題を、ライバルの俊成卿女は、峯の嵐の音さえも後鳥羽院を言祝《ことほ》ぐ万代の祝声であると取りなした。しかし宮内卿は、まったく対照的に、山里で一人松風の音を聞き、孤独の中に受けとめる主体を描いた。現存する中では宮内卿の最後の歌である。

翌元久二年六月の『元久詩歌合』に、宜秋門院丹後、七条院大納言、俊成卿女は出詠しているのに、宮内卿は出詠しておらず、『明月記』に書かれた歌人撰定の過程にも名前が見えない。この頃には重い病の床にあったたか、すでに没していたのだろう。おそらく『新古今集』を見ることもなく、自分の歌が『新古今集』に十五首採られたことも知らずに逝去したと見られる。

『新古今集』巻頭歌群に込められた意図

『新古今集』の巻頭歌群で、宮内卿の歌「かきくらし…」（162ページ）は、良経、後鳥羽院、式子内親王の「山深み…」（109ページ）に続けて四番目に置かれた。巻頭歌群を掲げる。

　　春たつ心をよみ侍りける　　　　　　摂政太政大臣
み吉野は山も霞みて白雪のふりにし里に春はきにけり（一）

春のはじめの歌　　　　太上天皇

ほのぼのと春こそ空にきにけらし天の香具山霞たなびく（二）

百首歌たてまつりし時、春の歌　　　　式子内親王

山深み春ともしらぬ松の戸にたえだえかかる雪の玉水（三）

五十首歌たてまつりし時　　　　宮内卿

かきくらし猶ふるさとの雪の中にあとこそ見えね春はきにけり（四）

入道前関白太政大臣、右大臣に侍りける時、百首歌よませ侍りけるに、立春の心を　　　　皇太后宮大夫俊成

今日といへばもろこしまでも行く春を都にのみとおもひけるかな（五）

題しらず　　　　俊恵法師

春といへば霞みにけりな昨日まで浪まに見えし淡路島山（六）

西行法師

いはまとぢし氷も今朝はとけそめて苔の下水みちもとむらむ（七）

『古今集』以来の勅撰集は、さまざまな言葉の連鎖によって、和歌を極めて精妙に配列し織り上げて見せることを眼目とする。特に『新古今集』は全体に複雑精緻《せいち》な配列構成を持つ。この巻頭歌群でも、春が都から遠い「吉野」「天の香具山」「山」「ふるさと」、そして「都」に至り

つき、さらに「淡路島」へ、海へと流れる空間的・風土的な動きがある。また春が到来し深まる流れがあり、「今日」「昨日」「今朝」という時の連鎖があり、ほかにも「ほのぼの」「たえだえ」などの詞の連関があり、その中ですべての歌に「春」が貫かれる。そして歌だけではなく、歌人の配列にも配慮が凝らされている。『新古今集』は全体に、古歌群と近代歌群とが交互に現れるように配列されており、ばらばらに入り混じることはない。巻頭には後鳥羽院がこの上なく敬愛し尊んだ良経をまず置き、そのあとに新古今時代の歌人たちを続け、やや古い時代へ動いて、俊恵、西行と移り変わっていく。

この巻頭歌群五首の中に、定家でもなく家隆でもなく、女房歌人として俊成卿女でもなく、宮内卿の歌が入っているのは、巻頭歌群に女房歌を入れる面もあり、配列上ふさわしいとも言えるのだが、厚遇である。また実は、この巻頭歌群では、雪と霞の動きがややなめらかではない面がある。定家、家隆、俊成卿女らの厖大《ぼうだい》な歌の中には立春の歌も多く、適当な歌を撰歌しようと思えばできたはずだが、後鳥羽院はそうはしなかったのである。それはなぜだろうか。

二番目の後鳥羽院の歌は、『新古今集』の編纂の過程で、後鳥羽院自身が入れたものである。ところが隠岐本『新古今集』では、後鳥羽院は自身の歌をこの歌群から削除した。ここは近代歌群にあたる歌群だが、後鳥羽院の歌をはずした歌群を見ると、良経、式子、宮内卿、俊成、この歌人たちはすべて、『新古今集』成立の直前に逝去した人々である。俊恵と西行は新古今時代以前に没した歌人である。当初、後鳥羽院はその中に一人立つかのように自身の歌を入れたのだが、結局隠岐本では自らの歌を消し去って、彼らのみとした。

つまりこの巻頭歌群は、『新古今集』の成立を前にして、『新古今集』を見ずしてこの世を去った新古今歌人たち、後鳥羽院がその死を限りなく哀惜した歌人たちの歌を、鎮魂と哀悼をこめて構成した歌群ではないだろうか。そして宮内卿もその一人として置かれたのである。

この巻頭歌群に入らない主な現存歌人たちは、藤原雅経は巻四（秋上）の巻軸（巻の最後）、藤原家隆は巻五（秋下）の巻頭、俊成卿女は巻十二（恋二）の巻頭と巻十四（恋四）の巻軸二首、藤原定家は巻十五（恋五）の巻頭に置かれており、後鳥羽院の意図を感ずることができる。

宮内卿の題詠の恋歌

さて、式子内親王も俊成卿女も題詠の恋歌の名手だが、宮内卿には恋歌の秀歌とされるものは少ない。『新古今集』に採られた恋歌は、十五首中一首だけである。はじめの頃の恋歌は題の本意（詠むべき主題）がきちんと詠み込めなかったりしており（『新宮撰歌合』）、あまり評価されていないが、しだいに描き出した景に恋の情趣を溶け合わせた恋歌を詠むようになった。

『水無瀬恋十五首歌合』は先に述べたように十五題すべて恋題の歌合である。歌人は後鳥羽院、良経、定家ら十人で、女房歌人は宮内卿と俊成卿女である。新古今歌風を代表する数々の秀歌が生まれ、この歌合から計十五首が入集した。『明月記』によると、建仁二年（一二〇二）八月二十九日、定家は十五首の題を送られ、一日で詠むよう命ぜられて、翌日に詠進しているので、おそらく他の歌人たちも同様であったのだろう。水無瀬殿で披講されたのは九月十三日であった。宮内卿は歌合の当日の披講には参加していないようだ。次の歌が『新古今集』恋三・一一九九に採られた。

寄風恋

聞くやいかにうはの空なる風だにもまつにおとするならひありとは（一一九九）

（あなたはお聞きになっているのでしょうか、いかがでしょう。上空を吹く気まぐれな風さえも、待っている松を訪れて風の音を立てるのが世の習いであるということを。）

この歌は『水無瀬恋十五首歌合』の七十一番、「寄風恋」で有家と番えられて「左の心詞始終なほよろしく侍るにや」と判詞（俊成）で評され、勝を得た。この歌合から秀歌を選んで結番した『若宮撰歌合』と『水無瀬桜宮十五番歌合』にも採られ、そこでは定家の代表歌となる「白妙の袖の別れに露おちて身にしむ色の秋風ぞ吹く」と改めて番えられて、持とされた。後鳥羽院に極めて高く評価されたのである。『新古今集』の撰者名注記では、三人が選んだ。

この歌の眼目は初句の「聞くやいかに」である。「いかに聞くらん」「いかが聞くらん」なら従来の和歌にある。けれども「聞くやいかに」はこの歌以前にはなく、以後もわずかしかなく、逸脱した響きの表現である。句の真ん中で句割れし、しかも字余りである。この破調的な初句が、いくら待っても男が来ることのない、女の破れた心と痛みをあらわしているかのようだ。歌論書でもこの初句が賞讃《しょうさん》されることが多い。歌合の場で、読み上げる役の定家がこの初句を読み上げたところ、歌合で番えられた有家が、思わず「あ」と声を出したと伝えられている（『八代集抄』）。初句以外では、「うはの空」は、上空と、当てにならない意との掛詞で、つれない男を暗示する。「待つ」「松」が掛詞、「おとする」は訪れると音を立てるとの意。「聞く」「風」「音」が縁語で、散らばる詞をつなぐ。はりつめた技巧の上に成るが、全体がバイオリンの音色のようで、理に落ちない。この歌が与えた衝撃は、後世の多くの和歌や謡曲などにまで影響を与えたことからもわかる。

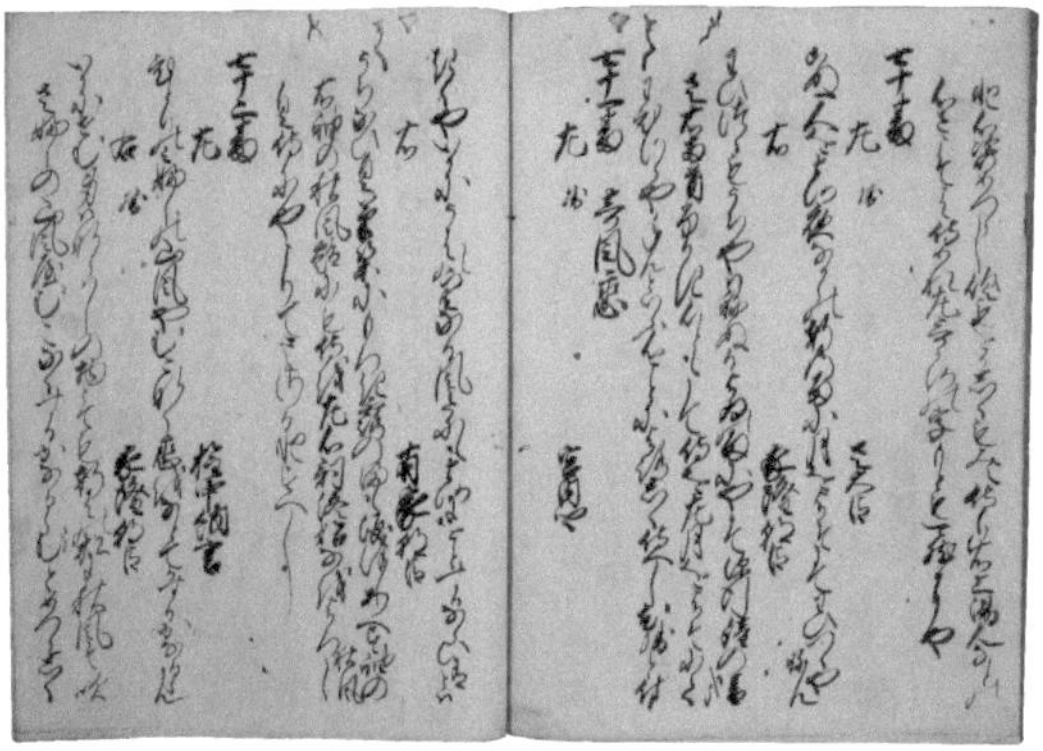

『水無瀬恋十五首歌合』（早稲田大学図書館蔵）

ところで、先にあげた「花さそふ比良の山風吹きにけり漕ぎゆく舟の跡見ゆるまで」「逢坂や梢の花を吹くからに嵐ぞ霞む関の杉むら」なども風や嵐を詠むが、この歌も風を詠んでおり、いずれも、歌の中の動きの要諦《ようてい》となっている。宮内卿の歌には、風・嵐を詠む歌が実に多く、総歌数の四分の一にあたるという指摘がある（奥野陽子）。宮内卿の詠歌の特徴と言えよう。

恋を語る後世の説話

宮内卿の現実の恋の贈答歌は全く残っていないが、説話集には宮内卿の恋を語るものがある。『古今著聞集』は鎌倉中期の説話集だが、第十一（好色）にこんな話が見えている。

宮内卿は、甥にてある人に名立ちし人なり。男かれがれになりにける時よみ侍りける、

都にもありけるものを更級やはるかに聞きし姨捨の山

宮内卿は甥《おい》を恋人としていたと述べ、恋人が訪れなくなってしまった頃に、「姨捨《おばすて》」と「叔《お》母捨《ばすて》」を掛けて、叔母である私が捨てられ、この都にも姨捨山があることがわかった、と詠み送ったという。『古今著聞集』にはわりと事実性がある話が多いのだが、宮内卿がこんな品のない掛詞の作を詠んだとは思えない。さらに、定家との噂がたったという伝えもある。室町後期の歌学書『兼載雑談《けんさいぞうだん》』は、猪苗代《いなわしろ》兼載の談話を筆録したものだが、そこに見える。

されぱとて苔《こけ》の下にもいそがれずなき名をうづむならひなければ

此歌は、宮内卿、後鳥羽院の叡慮《えいりよ》にかなひたりし頃、定家に密通の名立ちて、勅にそむく。局にひきこもりてよみたりし歌なり。これを叡覧ありて感じ給ひて、やがて勅免ありしと

なり。

宮内卿が定家と密通したという噂が立ったが、局にひきこもって詠んだこの歌によって、後鳥羽院に許されたという。しかしこの歌は、建長元年（一二四九）～二年成立の『現存和歌六帖』に「さればとて苔の下ともいそがれずうき名をうづむならひなければ」として見え、作者は当時の女房歌人、鷹司院按察《たかつかさいんのあぜち》である。一躍スターとなった若い女房歌人宮内卿に対する後世の興味の眼が、こうした説話を作り出したのであろう。もちろん事実とは思えないのである。

『続歌仙落書』の評

『続歌仙落書』という歌論書があり、貞応《じょうおう》元年（一二二二）～元仁《げんにん》元年（一二二四）の成立で、作者は不明である。『歌仙落書』の続編の形を取り、新古今時代の歌人二十五人に対してそれぞれ歌人評を加え、代表歌を列挙し、最後に歌人評を象《かたど》るような評歌（他の歌人の歌を用いる）を一首あげている。新古今時代の少し後の雰囲気を伝えていて、興味深い歌論書である。

宮内卿

風体義理を存じて心を尽し、力を入れてやさしく面白きさまなり。賀茂臨時の祭を見るに、冬の夜漸くふけて霰時々うちみだれたるに、月白く冴えて山あゐの袖みたらし川にうつるほどを見し心地なむする。

五十首歌たてまつりける時

花さそふ比良の山風吹きにけり漕ぎゆく舟の跡見ゆるまで

雨後月といふことを

月をなほ待つらんものか村雨のはれゆく雲の末の里人

八月十五夜和歌所歌合に、海辺秋月を

心ある雄島の海士の袂かな月やどれとは濡れぬものから

月下擣衣といふことを

まどろまでながめよとてのすさびかな麻のさ衣月に打つ声

五十首の歌奉りける時

霜を待つ籬の菊の宵の間に置きまよふ色か山の端の月

水無瀬殿恋十五首歌合に、寄風恋

聞くやいかにうはの空なる風だにも松におとするならひありとは

竹風といふことを

竹の葉に風ふきよわる夕暮のものの哀れは秋としもなし

月さゆるみたらし川に影みえて氷にすれる山あゐの袖

この七首はすべて『新古今集』の歌である。うち恋歌は一首しかない。歌人評では、「歌の姿は、理知的に構成して思案を尽くしており、力がこもっているが優雅で趣深い。賀茂の臨時祭を見る時、冬の夜が次第に更け、霰《あられ》が時々乱れ散っているところへ、月光が白く冴え輝き、その光で山藍摺《やまあいず》りの衣の袖が御手洗《みたらし》川の川面《かわも》に映る情景を見るような心地がする」と評されている。最後の評歌「月さゆる…」は、『新古今集』神祇・一八八九の俊成の歌で、これをふまえた歌人評である。俊成歌は、文治六年女御入内屏風《びょうぶ》和歌の賀茂臨時祭の絵を詠んだもので、「月の光が冴える御手洗川に影が映って見えて、まるで氷に摺り模様をつけたように見える、舞人の山藍摺りの衣よ」と詠む。

このように、場は賀茂臨時祭という神々しい祝祭空間、季節は冬、時間は夜更け、霰・月光・山藍衣・川面・氷などがちりばめられた絵、これが宮内卿の歌風をあらわす喩《ゆ》なのである。祝祭の中で冷たく冴え冴えと輝く美に、宮内卿の歌の特質を見ていたのであろう。宮内卿の七首の選歌は、歌人評・評歌と連動させて、白色を基調とした歌を撰び、しかも七首はどれも「月」あるいは「風」を詠んでいる。『続歌仙落書』の作者はわかっていないが、それぞれ趣向を凝らしつつ歌人たちのイメージを伝えていて、かなりの見識をもった歌人かと思われる。

『時代不同歌合』とその後

後鳥羽院は隠岐で、過ぎ去った新古今時代を振り返り、先にも述べたように、古今の歌人を番えて『時代不同歌合』を編纂した（113ページ）。そこで後鳥羽院は宮内卿を、平安期随一の女房歌人和泉式部と番え、歌合の最後の番という最も栄誉ある位置においている。

百四十八番　左　　　　　　　　和泉式部

くらきよりくらき道にぞ入りぬべきはるかに照らせ山の端の月（二九五）

右　　　　　　　　　　　　　　宮内卿

色かへぬ竹の葉白く月冴えてつもらぬ雪をはらふ秋風（二九六）

百四十九番　左

もろともに苔の下には朽ちずしてうづもれぬ名を聞くぞかなしき（二九七）

右

霜を待つ籬の菊の宵の間に置きまよふ色は山の端の月（二九八）

百五十番　左

物おもへば沢の蛍も我が身よりあくがれいづる魂かとぞみる（二九九）

右

唐錦秋の形見や龍田川散りあへぬ枝に嵐吹くなり（三〇〇）

和泉式部の「くらきより…」は『拾遺集』所収歌。『法華経《ほけきよう》』の「従冥入於冥、永不聞仏名」

によった表現で、性空《しょうくう》上人に、この迷妄から自分を導いて下さいと訴えた、仏教色の濃い歌である。「もろともに…」は『金葉集』所収歌で、愛娘の小式部が早世した後の慟哭《どうこく》である。「物おもへば…」は『後拾遺集』所収歌。男に忘れられた頃、貴船神社に参詣し、御手洗《みたらし》川に明滅する蛍を見て詠んだ歌で、あの蛍は私の身体からさまよい出た魂ではないかと感ずる。いずれも恋歌ではないが、濃密な感情が溢《あふ》れ出る秀歌である。宮内卿の三首は、いずれも秋の歌であって、秋が招来する感傷は詠まず、乾いた感覚で、秋の冷ややかな美を構成的に表現する。二人の女房歌人の感性の対照を意図的に示しているようだ。

宮内卿の三首のうち、「霜を待つ…」と「唐錦…」の二首は『新古今集』入集歌だが、「色かへぬ…」の歌は建仁元年『仙洞句題五十首』の「月前竹風」の歌である。この時点では勅撰集には入っておらず、後鳥羽院が宮内卿のほかの『新古今集』入集歌からではなく、あえて新たに秀歌として撰び入れた。色が不変のはずの竹の葉に、月光が冷たい光を投げかけて、竹の葉が白く輝き、そこにまるで雪を払うかのように秋風が吹きつけて、竹の葉をひらめかせると、月光が反射する角度がかわり、風で雪が払われたように見える。宮内卿のこうした歌に見える、理知的で冴えた感性を、後鳥羽院は深く愛したのだろう。

新古今時代を疾走してわずか四年で夭折した宮内卿を、後鳥羽院は哀惜をこめていとおしんでいるようだ。隠岐本『新古今集』では、宮内卿の十五首のうち三首を削ったが、ここにあげた二首や、「薄く濃き…」「花さそふ…」「聞くやいかに…」などは削除せずに残している。

一方定家は、宮内卿の歌を、『定家八代抄』には俊成卿女の四首を上回る九首を入れたのだが、『新勅撰集』に二首しか採っておらず、『百人一首』にも入れていない。宮内卿が夭折したことが影響しているのだろうが、定家の和歌観自体が、鮮やかな新古今歌風を否定する方向へ変わっていったことも大きい。そしてこの定家の評価も影響してか、これ以降の勅撰集で、京極派の『玉葉集』だけは例外だが、宮内卿の歌はあまり採られず、次第に忘れられていく。

宮内卿が、若くして逝去したことや境遇・気性などから樋口一葉《ひぐちいちよう》に比されたり、あるいは山川登美子《やまかわとみこ》に比されることもある。そして、宮内卿と並び称された俊成卿女は、与謝野晶子《よさのあきこ》になぞらえられることがある。では次に、その俊成卿女を追っていくことにしよう。

四　俊成卿女　―歌道家の歌人として―

与謝野晶子という対比

当時でも与謝野晶子は、俊成卿女に比されることがあった。上田敏が「新古今集中の女詩人、かの俊成が女に比して優るとも劣る事が無い」と讃《たた》えている（『春泥集』序文）。与謝野晶子は和泉式部に喩《たと》えられることもあるが、たしかに俊成卿女との間にも、多くの共通点があるようだ。ある時に華々しく歌壇にデビューし、その後も第一線で活躍を続けたこと、晩年まで歌を詠み続けたこと、女性歌人の第一人者として多くの人々に影響を与えたこと、艶麗な女歌を詠んだこと、歌だけではなく多方面の文化活動を行い、評論（歌論）を著したこと、『源氏物語』に親炙し、歌にくみ上げると共に、俊成卿女は注釈をし、晶子は現代語訳を著したこと、夫と子供がいて、歌の上で夫（先夫）を支えたこと等々がある。晶子は「したしむは定家が撰りし歌の御代《みよ》式子の内親王《みこ》は古りしおん姉」（『小扇《こおうぎ》』）と詠んでおり、『新古今集』を愛読していた。そして弟子たちには、歌の勉強に、歌集ではなく、『源氏物語』を指示したという。

妖艶《ようえん》な恋歌を詠んだ点が共通するとしても、大きな違いは、晶子の短歌には現実の自己の体験や鉄幹への愛を詠んだ歌が多くあるのに対して、俊成卿女の和歌はあくまでも虚構の題詠歌であることだ。これは近代短歌と古典の題詠歌との根本的な違いである（61ページ参照）。さらには、これは『明星』と鉄幹・晶子の短歌革新の新しさによるところが大きいが、晶子の短歌には恋愛の肯定と奔放な歓喜とが詠まれている。それに対して、古典和歌の題詠では、恋の絶頂の歓喜は直接にはほとんど詠まれないものであり、恋心の切なさや、恋人の心のうつろいへの嘆き、別れの悲しみなどが恋歌の中心である。そして俊成卿女は、恋歌の名手であった。ゆえに、俊成卿女に関するやや前の研究や評論では、俊成卿女が夫通具に離別されて捨てら

与謝野晶子自筆短冊「やは肌の熱き血潮に触れもみでさびしからずや道を説く君」（早稲田大学図書館蔵）

れ、けれども生涯通具を思っていたというように想像し、それを歌の読解に投影させて論じることがかなり見られた。しかし式子内親王の場合と同じように、虚構を前提とする題詠歌に、実人生のある部分―恋愛や家庭生活など―を投影させて歌を解釈することには、十分に慎重でなくてはならない。この点に注意しながら、俊成卿女の生涯と和歌とを辿《たど》っていこう。

長い生涯

俊成卿女は承安《しょうあん》元年（一一七一）頃に生まれ、建長四年（一二五二）以後に八十余歳で没したと見られる。歌壇に登場したのは三十歳頃だが、その後の半世紀を歌人として生きぬいて和歌を詠み続け、およそ七百五十首に及ぶ歌を残している。歌壇にいたのがわずか四年の宮内卿に比べると、半世紀の歌壇活動を行った俊成卿女を辿るには十倍以上の紙幅を要することになるが、本書では生涯と和歌のごくおおまかな輪郭を、見直しを加えつつ見ていこうと思う。以下、森本元子の研究に多くをよりながら、略述していきたい。

俊成卿女の和歌の研究は、後鳥羽院時代（新古今時代）に集中しているが、実は後鳥羽院時代は、俊成卿女の歌人生活の一時期に過ぎない。俊成卿女の生涯を五期に分けて考えると、第一期（形成期）が後鳥羽院出仕以前の三十歳位まで、第二期（完成期）が後鳥羽院歌壇の十年間、第三期（進展期）が順徳天皇歌壇の十一年間、第四期（円熟期）が承久の乱後の十九年間、第五期（晩年）が越部に隠棲《いんせい》した十余年間である（森本元子）。

この間、宮廷や歌壇などは変遷して、大きく変わっている。俊成卿女は定家ら新古今歌人たちが殆どこの世から消えた頃まで生き、移り変わる時代と歌壇とを見届けたのであった。

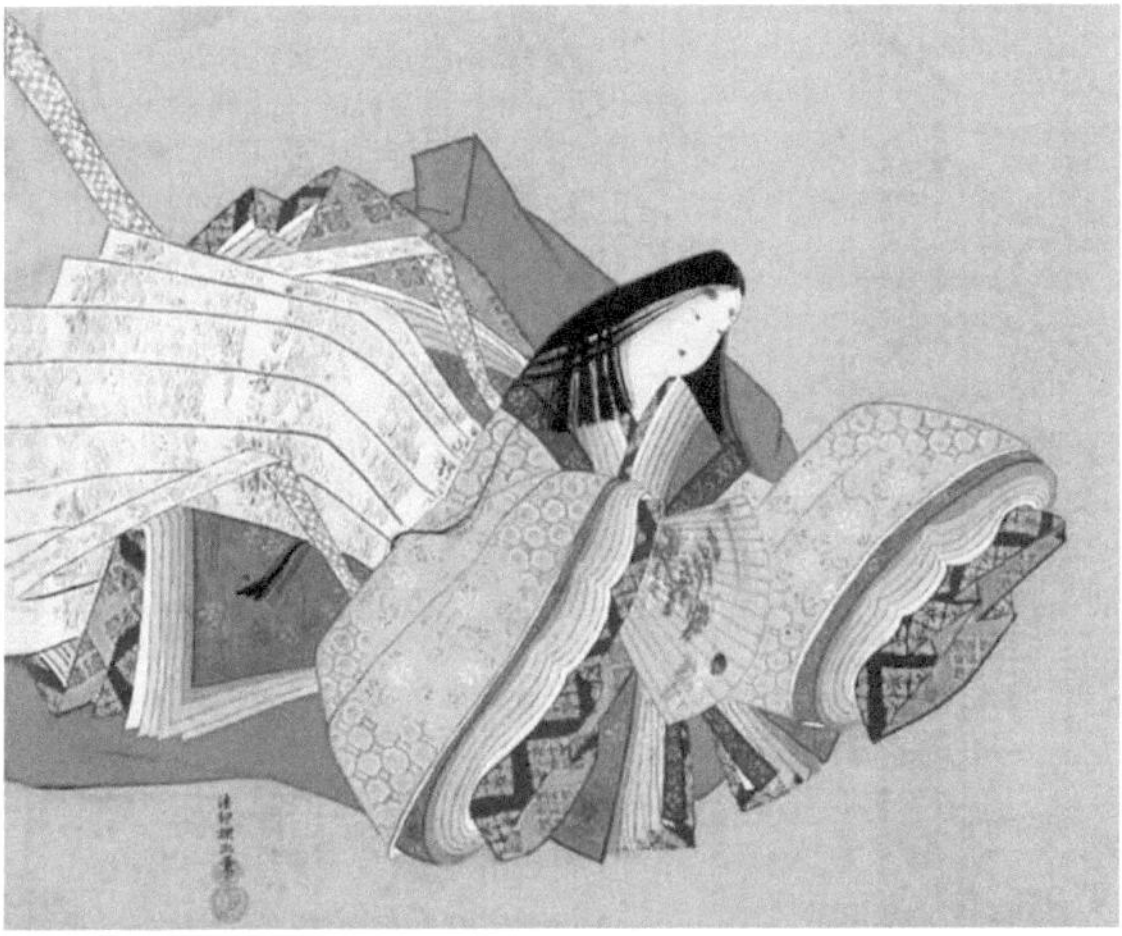

『新三十六歌仙図帖』の俊成卿女（狩野探幽画・東京国立博物館蔵）

鍾愛された孫娘

「俊成卿女」という名は女房名である。実際には俊成の娘ではなく孫娘である。俊成は愛妻美《び》福門院加賀《ふくもんいんかが》との間に多くの子女をもうけたが、八条院三条《はちじょういんさんじょう》はその長女である。八条院三条は左近《さこん》少将盛頼《もりより》と結婚、承安元年（一一七一）頃に俊成卿女が生まれた。つまり俊成卿女は定家の姪にあたり、定家よりも九歳くらい年下である。盛頼の兄は、『平家物語』で有名な権大納言成親《なりちか》であって、周知のように治承元年（一一七七）のいわゆる鹿ヶ谷《ししたに》事件の首謀者となり、備前に流されて処刑された。盛頼もその時に解《げ》官《かん》された（『玉葉』）。式子内親王と同じように、またこの時代を経験したすべての人と同じように、俊成卿女も動乱を間近で体験したのである。けれどもそれが歌にあらわされることは決してない。

父盛頼が宮廷社会に復帰することなく、後には出家に至るという境遇であったゆえか、俊成卿女は祖父母のもとに引き取られ、俊成夫妻の膝下で定家らと共に育てられた。俊成卿女に歌才があったゆえに養女としたという伝えもあるが（『東野州聞書』）事実かどうかはわからない。ともあれ、祖母の加賀（定家の母）はこの孫娘を鍾愛《しょうあい》していたと定家が述べている（『明月記』）。俊成卿女は祖父母や周囲から、古典や和歌や『源氏物語』を学び、身体に染みこませていたのではないだろうか。伝承だが、文治四年（一一八八）に完成した『千載集』の編纂に際して、俊成卿女は俊成を手伝ったとも言う（宗祇『自讃歌註』）。

いつから詠歌をはじめたのかもわからない。知られる範囲で、最初の歌壇への出詠は、建久五年（一一九四）八月十五夜に良経邸和歌会に詠進した歌である。『俊成卿女集』の巻頭一首目に置かれている。俊成卿女はすでに源通具と結婚していたが、歌だけ詠進したのであろう。ところで『源家長日記』には、宮内卿を召したという記事の後、次のように書かれている。

そののち三位の入道の女、歌奉りなどせらる。ふたばより世の交らひも埋もれて過ぎ給ひけむに、常に歌召されなどし給ふを、わかきひたるさまをあはつけしと思ひ給ふらむかし。されど、うちあるべきことならねば、かき消ちてやまむことをあたらしとおぼしめいたる、ことはりなり。

（その後、三位入道俊成の女が、歌を奉りなどなさった。幼少の頃から世に出ることもなく過ごしていらっしゃったので、このごろ常に院から歌を召されたりするのは、若女房めいたふるまいであり軽薄なことと思っておられるようだ。けれども、このように優れた歌人をそのままにしておくべきことではないので、院が彼女を埋もれさせておくには惜しいとお思いになったのは、道理である。）

この時点では、俊成卿女はまだ院から召された女房ではなく、女房名も記されておらず、歌だけを詠進する立場であったと見られる。家長はこのあたりでは一貫して、女性たちが消極的で歌壇に出詠するのを嫌がり、たじろいだと書いている。それはどうも家長の見方に過ぎないと思われるのだが（141ページ）、それはさておき、この記述からは、俊成卿女は幼少の頃から女房になるべく育てられたのではなさそうである。女房になる場合、早い時期から出仕することが多い。定家の娘（後の民部卿典侍《みんぶきょうのすけ》因子《いんし》）が、元久二年（一二〇五）後鳥羽院女房になった時、『源家長日記』は「此の小君のはらからの女房も参りて、常に候はる。いまだいはけなきとこそ承るに、それもすでに歌詠まるるとぞ承りしが、忘れ侍りし口惜しさよ」（定家の子為家の姉も女房として参って、常に祗候されている。まだ幼いとお聞きし、この方も既に歌をお詠みになるそうだが、その歌を忘れてしまったのが残念だ）と言う。このとき因子は十一歳であった。

こうしたことを勘案すると、俊成卿女は母や叔母たちのような女房となるべく幼時から教育されたのではないようだ。俊成夫妻の間に生まれた長女の第一女であり、父の不幸もあって、俊成夫妻に鍾愛されて大切に育てられた。女房として出仕することはせず、土御門家《つちみかどけ》という大臣家の御曹司と結婚して、一男一女をもうけたが、その歌才が時の帝王後鳥羽院の眼をひき、それ以後はしばしば命を受けて歌を奉るようになった。次に述べるが、後鳥羽院が強く招請し、夫通具が別の女性（按察局《あぜちのつぼね》）を妻に迎えたのを機に、御子左家《みこひだりけ》と土御門家の両方からの支援を受けながら、正式に後鳥羽院の女房となって院御所に出仕し、歌道に邁進《まいしん》する道を選んだとみられる。この時、すでに三十歳を過ぎていた。遅いスタートだったが、結局は、御子左家の女房たちの中ではただ一人、家門を代表する優れた女房歌人として活躍を続けたのである。

源通具の妻から女房歌人へ

源（土御門）通親の二男通具と結婚したのは、建久三年（一一九二）以前、およそ建久元年頃である。建久五年に女子が、正治二年（一二〇〇）に具定《ともさだ》が誕生した。建久七年の建久の政変の後、土御門家は九条家をしのぐ権勢を持ち、建久九年には土御門天皇が四歳で即位し、通具はその側近となったが、通親の一男通宗《みちむね》が急逝するというできごとがあった。翌年通親は内大臣となった。こうした中で、通具の位置もにわかに重くなったのである。

正治二年二月二十一日の早朝、俊成卿女の母、定家の同母姉にあたる八条院三条（五条尼上）が没した。この時通具は、ねんごろに世話をしている。
ちょうどこの正治二年の八月に『正治初度百首』が行われたが、通具も俊成卿女もまだそれには召されていない。なお、通具・俊成卿女が二人だけで五十番の歌合を行い、判を定家に依頼した『通具俊成卿女歌合』は、この九月に成立した可能性が高い（渡邉裕美子）。

翌建仁元年（一二〇一）三月、通親が『通親亭影供《えいぐ》歌合』を行い、後鳥羽院もおしのびで出席した。おそらく通親の勧めによって、俊成卿女は「新参《いままゐり》」という作者名で新参女房のごとくにして歌を出し、六首のうち四首に勝を得た。後鳥羽院は俊成卿女の歌才に驚いたであろう。

続いて八月十五夜『和歌所撰歌合』に出詠した。この時点では直接参加はせず、歌だけを詠進したと見られる。また夏頃の『院第三度百首』（『千五百番歌合』）に加えられた。これが翌年以降に歌合に仕立てられ加判された時には、三十人中第六位というすばらしい評価を得た。

さらに建仁元年九月の『仙洞句題五十首』に詠進し、その評価を決定的なものとしたのである。のちに『新古今集』編纂の時、後鳥羽院は、定家・家隆・俊成卿女の歌を各々部の巻頭に置くようにと指示、俊成卿女の歌はこの『仙洞句題五十首』の一首が選ばれて、恋二の巻頭に置かれた。俊成卿女の代

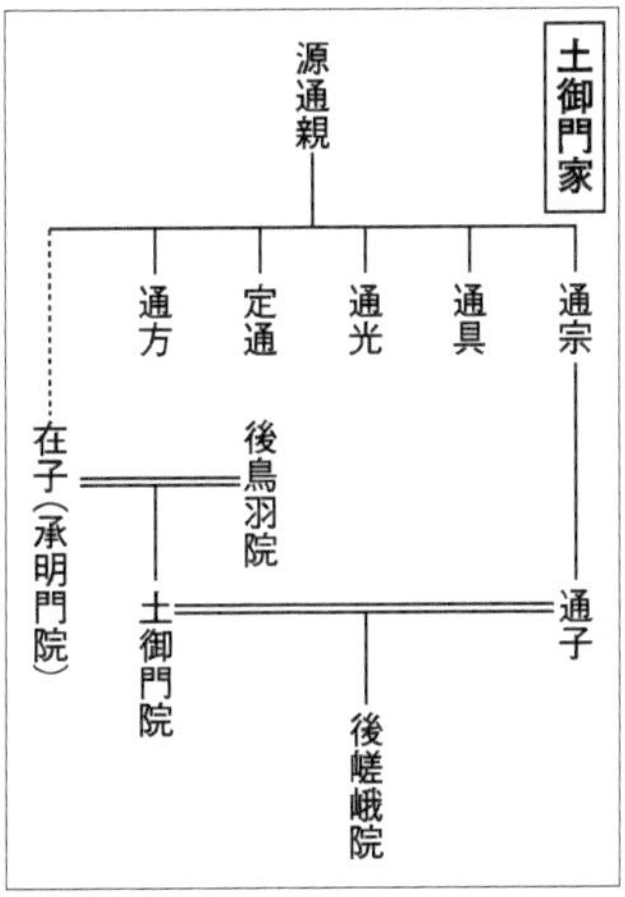

表歌の一つである。

五十首歌たてまつりしに、寄雲恋　　　　皇太后宮大夫俊成女

下燃えに思ひ消えなん煙だにあとなき雲のはてぞかなしき（一〇八一）

（私はあの人をひそかに恋い慕い、ついには恋い焦がれて死んでしまうであろう。そしてその私の遺骸を焼く火の煙さえも雲にまぎれ、空の果てで跡かたもなく消え、すべてが無となってしまうのだろう。そのような恋の果てが悲しい。）

この時点では、『明月記』に「宰相中将妻」とあるように、俊成卿女はまだ通具の正室であった。けれども後鳥羽院は、建仁元年の『院第三度百首』『仙洞句題五十首』などの俊成卿女の歌を見て、その天分に驚嘆したと想像される。後鳥羽院は、式子内親王という皇女すらも院歌壇に招き寄せ、さらに新進女房歌人たちを探し求めて次々に院歌壇に参加させていったのであり、このようなあふれるばかりの才能を持つ俊成卿女を歌壇外に放置することは考えられない。後鳥羽院は、俊成卿女を近くにおいて歌壇に直接参加させたいと思い、そのために院女房としたいと考え、出仕を命じたのではないか。従来は専ら俊成卿女の私生活に院女房となったことの理由が考えられてきたが、何よりも後鳥羽院の強い意志があったに違いないと思う。

ところで夫通具が新妻按察局と結婚した時期は、これまで正治元年（一一九九）秋冬頃と推

定されてきた。しかしこれは『明月記』正治二年正月三日条の読み誤りで、これは通具と按察局ではなく、宗頼《むねより》と卿二位《きょうにい》兼子《けんし》をさす。通具と按察局との結婚は、それより二年余り後の、建仁元年（一二〇一）冬〜翌二年初めごろだったと考えられる（『明月記』建仁元年十二月二十八日条）。『明月記』は俊成卿女について、後鳥羽院出仕以前は「妻」「上」「室家」、建仁二年七月十三日の正式な出仕以降は「押小路女房」「俊成卿女」と記しており、書き分けている。『明月記』建仁二年二月一日、俊成、定家、通具が会して清談した（『明月記』）。通具の結婚をふまえ、おそらく後鳥羽院の命もあり、俊成卿女が院の女房になることやその後のことが、この時に相談され、合意されたのではないか。

「歌芸」によって召された女房

建仁二年（一二〇二）七月十三日、俊成卿女は後鳥羽院の女房となって、院御所に初出仕した。『明月記』には「歌芸によって、院よりこれを召すことあり」とある。和歌をもって歌壇で活躍することを責務とする女房歌人として、後鳥羽院が俊成卿女を召したことが明らかなのである。『明月記』によれば、この初出仕はすべて通具が沙汰し、通親妹の女房高倉殿が世話し、通親の手配であらかじめ禁色《きんじき》も得ており、これは規定外の色の衣服をまとうことを特別に許された女房であることを意味し、大変名誉な上臈女房としての処遇であった。定家も俊成に命じられて俊成卿女の初出仕の日に参上しているが、すべてが手配ずみで、土御門家主導で進められていた。俊成卿女の出仕を土御門家が経済的に後援し、俊成も俊成卿女も通具もその点を了解していることが見て取れるが、定家はあまり賛成していない。

土御門家では、通親の子息の通具、通光などが院歌壇で活躍し始めているが、女性歌人はいない。通親は土御門家ゆかりの俊成卿女を、院歌壇を代表する女房歌人として役付けようとしたのであろう。御子左家の側から言っても、後鳥羽院の意志と土御門家の後援のもとに、自家の出自の女性を後鳥羽院歌壇に送り出すのは、願ってもないことであった。そして、大臣家の北の方という地位から離れて、院御所に祗候する上臈女房となり、専門歌人として宮廷和歌の世界に自分を賭けるという道は、俊成卿女自身の希望でもあったと考えられる。

俊成卿女の出仕について、たとえば「子を抱えて職のない女にとって、日々の生活費をどうするかという問題は避けがたく起ってくる。…内々には多少の自信もあったが、それまで公的な場では充分認められていたとはいいがたい和歌の創作技能をもって、今まで経験のない宮仕え生活をしようとしている」(新潮日本古典集成『無名草子』解説)などと書かれているが、こうした見方は現代的なもので、肯定できない。そもそも宮廷女房への給与は脆弱《ぜいじゃく》であったし、給与を得るために出仕するものではなかった(13ページ)。そして俊成卿女は、土御門家と御子左家の連携・後援のもとにすすめられた。俊成卿女の出仕は、後鳥羽院の召しのもと、自信と野心とをもって歌壇に漕ぎ出していったのである。

院女房となったのちも、後見人である通具との社会的関係は続いていて、俊成卿女は出家まで通具の後見を受けていた。元久元年（一二〇四）十一月の俊成の臨終には二人そろって訪れ（十一月二十七日条）、承元元年（一二〇七）俊成卿女の邸が火事で焼失した時には、通具は俊成卿女を助けて自分の別邸に住まわせている。二人の間に生まれた具定は、通具や土御門家に庇《ひ》護《ご》されていた。

そして歌人としては俊成卿女が通具を支えた。『千五百番歌合』で、またほかでも、俊成卿女が通具の代作をした可能性がある（森本元子）。それ以外に、俊成卿女の歌の表現を、のちに通具が摂取している歌も見出すことができる。『新古今集』の中では、通具と俊成卿女を四箇所で並べて配列するのは偶然ではない。定家・家隆を十二箇所で並列する例などと同様に、二人の強固な関係を周囲も知っていて、それを意識的にあらわしているような配列である。

幻想の「捨てられた妻の哀しみ」

通具と按察局の結婚が正治元年（一一九九）ではなく、建仁元年（一二〇一）末から翌年初め頃であることは、時期的にも注意すべきである。なぜなら、建仁元年『院第三度百首』（『千五百番歌合』）の歌などの多くの恋歌の読解に、通具との離別による哀《かな》しみをそのまま重ねる傾向があったからである。現在でもこの影響がみられる。俊成卿女の歌は哀切で艶な歌が多く、特に悲恋の歌に優れていること、そして院歌壇への登場の前に通具から離別されたと誤解されてきたことが、「捨てられた妻の悲しみ」を幻想させてしまった。しかし述べてきたように、時期的に後である上に、題詠の恋歌は現実生活とは切り離して読むべきものである。夫への思慕云々は問題ではないし、問題ともできない。

例を少しあげると、『新古今集』の「下燃えの…」など恋歌六首について「遠ざかりゆく通具のまぼろしの影に、一生懸命ですがりつこうとする俊成女の涙ぐましい面影を、これらの歌の底に泛べて見ることはできないだろうか」という言がある。また『千五百番歌合』の俊成卿女の恋歌について、通具への「懐旧悲嘆の情念が纏綿としている」と解釈する論もある。しかし前述のようにこの時は通具正室である。こうした見方について、「俊成卿女は、いわゆる夫に捨てられた哀れな女などではなかった」（森本元子）という反駁《はんばく》があり、夫への思慕という見方から離れてはいないものの、専門歌人としての俊成卿女像を描いた。

そもそも、当時の歌人たちの言説などで、俊成卿女の和歌について、通具との離別を関わらせて述べるものは全くないのである。『源家長日記』ですら何も述べず、同時代前後の歌論・説話や日記などを含めて見ても、俊成卿女と通具との結婚・離別などには関心を示さず、まして夫に捨てられた女のイメージなども全く投影されておらず、むしろ説話などでは、ひたむきに歌道に精進し、気骨ある人物像を描出している。当時における俊成卿女像をうかがわせる。

また鎌倉中期の私撰集『秋風抄』は、序文で俊成卿女を六歌仙の一人に擬し、「あはれなるやうにてまこと少なし。歌のさま強からぬは女のしわざなればなり。いはば李夫人さりて、九花の帳《とばり》、夜静かなるに、魂来たれども物いふことなかりしがごとし」と評している。前半は

『古今集』仮名序の小町評をかたどっているが、後半は白居易の「李夫人」をふまえたもので、妖艶で幻想的な雰囲気をあらわす。「まこと少なし」という叙述は、私生活とは全く関わらせることなく、俊成卿女の和歌に非現実性・虚構性を見て取っているのである。

後鳥羽院歌壇の花形

この後の俊成卿女の活躍はめざましい。既に『千五百番歌合』、『仙洞句題五十首』等で高い評価を得ていた。『千五百番歌合』の俊成卿女歌の分析から、同時代歌人からの影響としては、良経からは秀句や流行語などを、俊成からは雅正な調べや詩語を、定家からは本歌取りの方法を学んでおり、とりわけ俊成には全面的に傾倒して学んだという（渡邉裕美子）。

さらに大きく飛躍する場となったのは、建仁二年（一二〇二）九月の『水無瀬《みなせ》恋十五首歌合』である。当代歌人の中核的な歌人たち十人による恋題十五題、計七十五番の歌合であった。判者は俊成で、歌合の勝負の成績は、俊成卿女が第五位となり、俊成卿女の作はのちに『新古今集』に三首が採られた。いずれも今日俊成卿女の代表作と言われる秀歌で、そのうちの一首は、「通ひこし宿の道芝かれがれに跡なき霜のむすぼほれつつ」（200ページ）である。

元久二年（一二〇五）三月、『新古今集』が一応完成して竟宴《きょうえん》が行われたが、その後、承元三年（一二一〇）ごろまで激しい切継ぎが繰り返された。並行して、歌合等も数多く開催されている。その主要な歌合等の催しには、俊成卿女は必ずと言ってよいほど出詠している。

完成した『新古今集』に、俊成卿女の歌は計二十九首採られた。新古今時代の女性歌人としては式子内親王に続いて第二位、存生のうちでは最多である。そして先に述べたように、「下燃えに思ひ消えなん煙だに跡なき雲の果てぞかなしき」（一〇八一）は恋二の巻頭を飾り、「ふりにけり時雨は袖に秋かけていひしばかりを待つとせしまに」（一三三四）と、「通ひこし宿の道芝かれがれに跡なき霜のむすぼほれつつ」（一三三五）は、恋四の巻軸に連続して置かれた。そして秋下では、五一四から五一六まで、三首も連続して置かれている。俊成卿女がいかに当代の女房歌人として傑出した存在であったかが知られよう。

題しらず　　皇太后宮大夫俊成女
あだに散る露の枕にふしわびてうづら鳴くなりとこの山風（五一四）
千五百番歌合に
とふ人もあらし吹きそふ秋は来て木の葉にうづむ宿の道芝（五一五）
色変はる露をば袖におきまよひうら枯れて行く野辺の秋かな（五一六）

この五一五と一三三五については199ページから述べる。では以下で、『新古今集』入集歌を中心に、俊成卿女の歌を少し取り上げて見て行こう。

歌の彫琢

俊成卿女の歌は、本歌の世界を摂取・転換しつつ、美的イメージを持つ表現を乱れあわせて、縹渺とした雰囲気や哀艶な情調を形成したり、言葉の文法的機能を明確にせずにピリオドなく纏綿と詞を重ねてゆき、夢幻的な余情を揺曳《ようえい》させたりする。『新古今集』からあげよう。

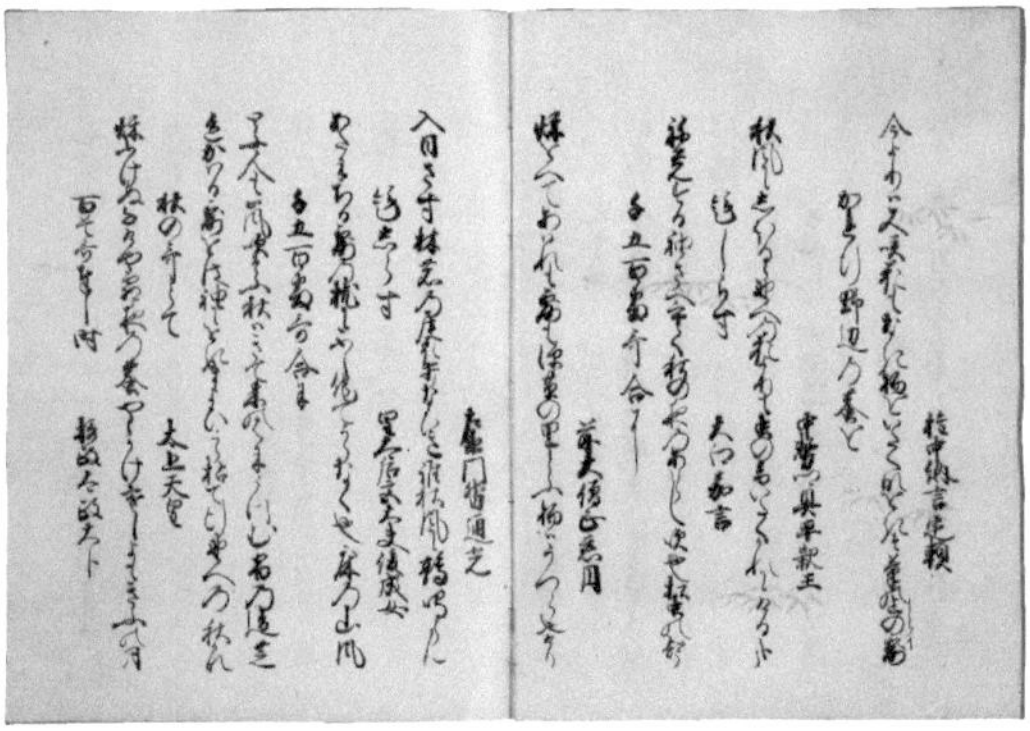
『新古今和歌集』秋下（早稲田大学図書館蔵）

（被忘恋の心を）　皇太后宮大夫俊成女

露払ふねざめは秋の昔にて見はてぬ夢に残る面影　（恋四・一三二六）

（哀しみのあまりあふれる涙の露を払ってねざめする私は、秋にあってもう飽きられてしまって、愛し合ったのは昔のことになり、今は見果てぬ夢に残る恋しい人の面影よ。）

建永元年（一二〇六）七月の和歌所当座歌合の詠であり、『新古今集』には後鳥羽院が撰び入れ、隠岐本でも残された。「夢路にも宿かす人のあらませばねざめに露は払はざらまし」（『後撰集』恋三・七七〇・よみ人知らず）から表現を摂取している。ここでは、表現は凝縮され、言葉は省略され、交錯しているため、このまま直訳するのはむずかしいが、俊成卿女の歌は多くがそうである。ここでは露けき秋、捨てられた女の悲哀を形象化する言葉を重層させ、妖艶で夢幻的である。

この歌は、「風かよふねざめの袖の花の香に薫る枕の春の夜の夢」（春下・一一二）と少し似ている。初二句の表現、三句切れ、体言止め、場面と詠歌主体（夢から目覚めた女）などが重なり、季節は春・秋で異なり、一一二は恋の要素はほのかである。一一二は『千五百番歌合』の歌で先に詠まれ、構造的にはまだシンプルだが、一三三六はより複雑になり、彫琢《ちょうたく》して詠まれた歌である。

物語に寄り添って

式子内親王の「玉の緒よ…」が『源氏物語』の柏木のような状況の恋歌であるとの論があることは先に述べた（70ページ）。題詠歌を詠むときに、中世歌人たちは、『古今集』をはじめとする王朝和歌だけではなく、『伊勢物語』『源氏物語』などの物語からも、本歌取り（特に物語の場合は、物語取り・本説取りとも言う）を行った。本歌取りは、前にも述べたように、表現的規制が強い古典和歌の美意識の枠内で、表現・感覚を枯れさせることなく、歌に深い叙情と奥行きをもたらすために行われた手法である。本歌取りの方法は歌人によってさまざまだが、単に言葉をまねび、摂取するということではない。物語から本歌取りする場合は、物語を深く理解し、物語の中に入り込み、あるいは遠くから見、時には主人公に成り代わり、別の内的世界を構築したり、場面を写し取って歌の背景に広げたり、歌に溶かし込んだり、物語の流れを縦に切るように吸収したりする。

俊成卿女は本歌取りを得意とし、『源氏物語』からも本歌取りを行っている。俊成卿女の『源氏物語』摂取の方法は、物語に深く沈潜し、特に人物や自然描写に織り込まれた心理的な表現を細やかに読み取って、その情調を和歌に纏綿《てんめん》することにあり、恋歌や雑歌的な歌を四季歌に生かすことが多いという（渡邉裕美子）。『新古今集』から例をあげよう。

千五百番歌合に

とふ人もあらし吹きそふ秋は来て木の葉にうづむ宿の道芝（秋下・五一五）

（もう私を訪れる人もあるまい。激しい山風が吹き加わる秋となって、私はあの人に飽きられ、すっかり落葉に埋もれてしまった家の道芝よ。）

「嵐」と「あらじ」、「秋」「飽き」が掛詞。「秋は来て」は、恋人は来ないことを暗示する。

これは『拾遺集』秋・二〇五の「とふ人も今はあらしの山風に人まつ虫の声ぞ悲しき」と、『源氏物語』「帚木《ははきぎ》」で夕顔《ゆうがお》が詠んだ「うちはらふ袖も露けき常夏にあらし吹きそふ秋も来にけり」の二首を本歌とする。『拾遺集』の初二句を摂取して人の訪れがない秋の寂寥をあらわす。

そして『源氏物語』で夕顔が頭中将本妻からの仕打ちを「あらし」、頭中将に飽きられた自分を「秋は来にけり」と比喩《ひゆ》的に詠じた歌を、現実の景に転換して、この二つを織りあわせ、忘れられた女がほのかに浮かぶような落葉の景とした。秋の歌だが、恋の趣が強い。

俊成卿女はこの後、『水無瀬恋十五首歌合』の「冬恋」題で、重ねて道芝の歌、「通ひこし宿の道芝かれがれに跡なき霜のむすぼほれつつ」(『新古今集』恋四・一三三五)を詠んだ。この歌では秋から冬に時間をすすめて、さらに恋的な要素を強めた。「枯れ」「離れ」は掛詞。恋人が通ってきた路《みち》の道芝は枯れ果て、恋人の訪れは絶えて、踏み分けた跡もない霜が白く結んで凍りつき、蕭条《しょうじょう》とした景の中に、霜のように心むすぼおれる女がいる。『狭衣物語』の、失踪した恋人飛鳥井姫君を思う狭衣の歌「尋ぬべき草の原さへ霜枯れてたれに問はまし道芝の露」が背景に漂う。恋人との断絶を、忘れられた女の立場に移しかえて詠み、断絶の悲しみを象徴する風景が表象される、見事な歌となった。

『無名草子』の作者像との乖離

さてここで、『無名草子』の作者が俊成卿女であるとされてきたことに触れておきたい。『無名草子』作者は不明だが、種々の徴証から、定家周辺の女房であり、建久九年(一一九八)正月から建仁二年(一二〇二年)の間の成立である。

『無名草子』は物語評論書と言われることが多いが、実は多様な内容を含む作品である。歴史物語や説話のように始まり、その序章には随筆的な部分もある。そして本編として、物語論、撰集論、最後に説話的な人物論（実在した女性の論）が語られて、唐突に終わる。『無名草子』という作品は、形式・構成、人物論・物語論の内容などから、宮廷社会の女性へ向けた教養書・教育的テクストであると考えられる。

『無名草子』の作者は、これまで俊成卿女ではないかという説が大勢を占めてきた。辞典類などにも「俊成卿女か」と書くものが多い。けれども私はそうではないと考えている。

その理由はまず、俊成卿女を作者と推定する理由が薄弱なことである。定家周辺では俊成卿女が優れた才能と批評眼をもつ歌人であったことが主な理由だが、定家の姉妹には教養ある女房が多数いる。作者はおそらく女房で、和歌も詠んだであろうが、俊成卿女のような歌壇で活躍する専門的歌人であることは必要条件ではない。むしろ『無名草子』の和歌の詠作方法や、『無名草子』作者の和歌史への視点を見ると、俊成卿女の歌とはかけ離れており、新古今時代の空気はなく、題詠の和歌や新風和歌についての言及もない。むしろ前時代の院政期和歌からの影響が色濃い。また『無名草子』は、女性の晩年のあり方に深い関心を示しているが、俊成卿女は三十代初めで、後鳥羽院歌壇に華々しく登場した頃であり、老いを見つめる姿勢からは隔たりがある。また、『無名草子』は天皇・上皇のあり方については無関心で、おそらく作者は女院・内親王の女房だったと考えられる。さらには、先に述べた俊成卿女の夫である源通具が新妻と結婚した時期や実態を見ると、『無名草子』が夫との不仲や離別後の無聊《ぶりょう》な毎日の心やりに書かれたという説（石田吉貞ほか）は成り立たない。『源氏物語』受容のあり方を見ても、俊成卿女の『源氏物語』取りの歌や、『源氏物語』注釈の学術的・考証的態度（216ページ）と、『無名草子』の『源氏物語』受容とはかけ離れている。『無名草子』作者は、定家周辺の女房の誰かである可能性は高い。しかし俊成卿女は彼女たちの中で、むしろ最も作者像から遠いであろう。俊成卿女が『無名草子』作者という説は、ここできっぱりと否定しておきたい。

出家と順徳天皇歌壇

『新古今集』が最終的に完成したのは承元三年（一二〇九）もしくは四年である。承元四年、後鳥羽院の鍾愛の子である順徳天皇が即位、建保元年（一二一三）から内裏歌壇がはじまった。

その建保元年二月七日、四十三歳の俊成卿女は、出家して天王寺に参籠《さんろう》した（『明月記』）。けれどもこれは遁世の出家ではなく、夫通具への別れと独立の宣言であった（森本元子）。中世においては、夫生存中の妻の自由出家は婚姻の解消を意味し、出家によって世俗女性を縛る制約から放たれ、自由な立場を手に入れた。俊成卿女の出家はまさにこれにあたるものであろう。通具との関係は、このときにこそ完全に解消されたのである。『明月記』の中でも、俊成卿女の出家後には通具との関わり合いは述べられていない。

順徳天皇のおそらく自撰の『紫禁和歌集《しきんわかしゅう》』二九六〜三〇一に、出家をめぐる贈答がある。

同比、俊成卿女、出家すとて申しける

君が代の春は千年と祈りおきてそむく道にも猶頼むかな

忘るなよ言の葉におく色もあらば苔の袖にも露の哀を

捨てはつるこの世ながらも故郷のしのぶの草にかかる露かな

返し

祈りおく言の葉よりぞ残りけるいかなる春の露のかたみも

思ひいでん昔をとはばこたへなんそむく道にも有明の月

この世をばさてもいかにと故郷のしのぶにたへぬ軒の白露

俊成卿女の一首目は順徳天皇の御代の長久を祈り、出家後も恵みをいただきたいと思います、と願う。二首目は、出家後も私をお忘れになりませんように、私はこれからも歌道に精進していくのでご覧になっていただけるでしょうか、と述べる。三首目は出家しても我が子を思うと涙にくれてしまいます、の意。順徳天皇の歌は、それぞれ俊成卿女の歌に答え（一・二首目は順序が逆）、出家しても、昔を思い出して歌をよこせば答えよう、絆《きずな》も切れることはない、それにしてもなぜ出家するのか、と親愛をこめて返歌している。

天皇と一女房とが三首もの贈答を行い、それを天皇自らが家集に載せたこと、そしてその内容は、十七歳の順徳天皇と俊成卿女との間の深い信頼関係と愛情とを物語っている。このことから、俊成卿女は順徳天皇の東宮《とうぐう》時代からの教育係の一人であったと推定されている（森本元子）。後鳥羽院は、かつて式子内親王を順徳天皇の准母《じゅんぼ》としようとしたが果たせなかった。和歌に秀でた俊成卿女を順徳天皇の側においたのは、やはり後鳥羽院であったに違いない。

順徳天皇の内裏歌壇は承久三年（一二二一）まで活発に展開した。『内裏名所百首』がその代表的な催しである。若き天皇とその近臣たち、新古今歌人たち、特に定家、家隆らは指導的立場で加わって活躍している。俊成卿女は出家後、順徳天皇の側近くに仕える身からは離れたが、歌人としては変わらずに活動した。このままこの世が続けば、おそらく譲位後の順徳院は勅撰集を編纂させたと思われる。しかしそれは、承久三年、承久の乱によって歌壇が瓦解《がかい》し、不可能となった。順徳院は父後鳥羽院を深く敬愛しており、承久の乱にも参与したため、佐渡に配流となった。まだ二十五歳であった。

嵯峨隠棲と『新勅撰集』

このあとしばらくして、俊成卿女は洛中を離れて、嵯峨に隠棲した。自分を引き立ててくれた後鳥羽院、そして東宮時代から親しく仕えた順徳院がいずれも配流されるという衝撃があった。そして、嘉禄三年（一二二七）には、妹と先夫通具とが相次いで他界した。嵯峨隠棲はこのあとであろうか。この年、俊成卿女は五十七歳位である。『明月記』には「嵯峨禅尼」「中院《ちゆういん》尼上」として時々見える。俊成卿女は、嵯峨に隠棲していても、定家が領導する中央歌壇の歌合・定数歌等には歌を詠進した。御子左家の後継者として定家の子為家が行った寛喜元年（一二二九）の『為家家百首』や、寛喜二年（一二三〇）の『洞院摂政家百首』などがある。あいかわらず円熟した女房歌人としての歌いぶりが見える。

題しらず　　侍従具定母

なれなれて秋にあふぎをおく露の色もうらめし寝屋の月影（『新勅撰集』恋四・九一四）

（あの人と逢瀬を重ねて馴《な》れ親しみ、夏が過ぎて、手馴らした扇をうち置く秋となった時、そのように私も飽きられて捨てられ、秋になって置く露の色も恨めしく涙を落としている。その涙の露には、私一人の閨《ねや》にさしこむ月の光が映じている。）

これはもとは『為家家百首』の一首だが、『洞院摂政家百首』にも含められ、『俊成卿女集』にも「衛門督殿への百首」として自ら入れており、自信作であったと見られる。なお『俊成卿女集』冒頭の「故殿」やこの「衛門督殿」は、古くは通具をさすと誤解されていたが（旧日本古典文学大系など）、前者は良経、後者は為家である。定家はこの歌を『新勅撰集』に採入した。「夏はつる扇と秋の白露といづれかまづは置かむとすらむ」（『新古今集』夏・二八三・忠岑《ただみね》）という夏の終わりの歌をふまえる。これは夏の扇と秋の白露を「置く」のはどちらが先かという機知的な歌だが、ここではその機知は消し去り、秋の恋歌とし、掛詞と喩《ゆ》とを巧緻に張り巡らせた。「なれなれて」は恋人同士が馴れ親しむ意と扇を使い馴らす意とを掛け、「飽きに逢ふ」「秋に扇を」も掛詞で、「置く露の」を導き、「露」は涙の比喩であり、「恨めし」には扇の「裏」が響く。また秋の扇は、前漢の成帝《せいてい》の寵姫班婕妤《ちょうきはんしょうよ》が寵愛を失い、我が身を秋の扇に喩えた『文選《もんぜん》』の故事をふまえる。まるで不要になった秋の扇のようにうち捨て去られた女の嘆き、その涙を、かつて逢瀬を過ごした閨にさし入る月の光が寂しく照らし出す。物語的で哀艶な女歌だが、自信に満ちた筆づかいが見えるようだ。

天福元年（一二三三）、俊成卿女は『俊成卿女集』を自撰した。式子内親王には『式子内親王集』があるが、それは後代の誰かが百首歌と勅撰集入集歌をまとめただけの他撰家集である し、宮内卿には家集は残っていない。しかし俊成卿女は、自分で撰歌して自撰家集を編纂した。これは定家の『新勅撰集』編纂にあわせて、その撰集資料として定家に提供したと見られている。ところが定家は、その俊成卿女の撰歌をあまり尊重しなかった。しかも『新勅撰集』に採ったのは合計でわずか八首である。『新古今集』では俊成卿女がはるかに凌駕《りょうが》していた殷富門院大輔が『新勅撰集』では十五首、二条院讃岐は十三首、八条院高倉は十三首、それよりも俊成卿女は少ないのだ。しかも定家は「俊成卿女」という名も消し去ってしまったのである。

「俊成卿女」という女房名

「皇太后宮大夫俊成卿女」（「俊成卿女」）という女房名は、大変特殊な女房名である。同時代の女房歌人である宮内卿、越前、大納言といった女房名は一般的なものであるが、それとは全く異なっている。「俊成卿女」は、家門意識に基づく誇りと自負をあらわす名であり、彼女のアイデンティティそのものであった。実際には孫女でありながら俊成の女《むすめ》となのることは、定家と共に俊成の後継者であることを示すような、特別な女房名なのである。俊成卿女は歌道家の御子左家の名を背負って、後鳥羽院歌壇で、そして続く順徳天皇歌壇でも、「俊成卿女」として数々の歌合に出詠した。

ところが、承久の乱後の歌合になると、寛喜《かんぎ》四年（一二三二）三月の『石清水若宮歌合《いわしみず》』では「俊成卿女」のままだが、寛喜四年三月の『日吉社撰歌合』では、突然「侍従 源 朝臣具定母《じじゅうみなもとのあそんともさだのはは》」と変わっている。続いて貞永《じょうえい》元年（一二三二）成立の『洞院摂政家百首』、および同年八月十五夜『名所月歌合』でも「三位侍従母」と記されている。さらには、定家撰『新勅撰集』においても、「俊成卿女」ではなく、「侍従具定母」という名となっている。

これが俊成卿女の意向であったとは思われない。おそらくこれは当時の歌壇の権威者であった定家の考えによるのだろう。『新勅撰集』には、当時の定家の主義や歌論に裏づけられた俊成卿女批判がある（森本元子）。それとともに、父俊成の後継者はほかならぬ自分だけだ、という定家の矜持と反発もあったのでないか。

けれども定家が没した後に、彼女は「俊成卿女」という名に戻った。嘉禎二年（一二三六）に具定が没したこともあるが、おそらく定家の子為家の配慮があったのではないか。また後嵯峨院歌壇は、後鳥羽院時代を憧憬《しょうけい》する性格をもっているゆえに、後鳥羽院歌壇で活躍した著名な女房歌人を、俊成卿女という当時の名で再び迎え入れることを良しとしたのかもしれない。後嵯峨院歌壇の歌合や百首、また私撰集で、すべて「俊成卿女」となっている。そして勅撰集においても、為家は、建長三年（一二五一）成立の『続後撰集』で、父の『新勅撰集』の例にならうことなく、「皇太后宮大夫俊成卿女」という名に戻した。勅撰集で「具定母」とするのは『新勅撰集』だけである。

定家と俊成卿女

俊成卿女と定家とは、かなり前から心理的な距離がある関係だったように思われる。そもそも俊成卿女が院御所に初出仕した時、定家は終始反対の態度であった。また例えば、自分が念願の左中将に昇進できた時、院女房となったばかりの俊成卿女が後鳥羽院に口添えしたことが功を奏したのだが、『明月記』には何も記していない。定家は、判者として歌合の判詞などで、俊成卿女の歌を誉めることはある。しかし『明月記』では特に親しみのこもった筆致は見られない。俊成卿女の出家に際しても、遠いので音信しなかったと言い、出家は遅すぎたという批判を述べるばかりである。嵯峨隠棲の頃、俊成卿女は定家の娘因子とは親しく交わっている。だが俊成卿女の住む中院《ちゅういん》のすぐ近くに山荘をもつ定家とは、特に親しい様子は見られない。

そして定家は『百人一首』に宮内卿も俊成卿女も入れなかった。宮内卿はともかくとして、俊成卿女を入れなかったのは、当時における彼女の女房歌人としての位置からみれば、とても不思議なことである。定家が『百人一首』に入れた右近《うこん》、祐子《ゆうし》内親王家紀伊《きい》、皇嘉門院別当《こうかもんいんのべっとう》は、それほど著名な歌人というわけではない。もちろん入れた和歌が定家好みの秀歌であったのだろうが、歌人として彼女たちと俊成卿女とを比べると、一般的な見方では大きな懸隔がある。

そして、俊成卿女から定家撰『新勅撰集』への批判が、『越部禅尼消息《こしべのぜんにしょうそこ》』の中で述べられる。

新勅撰はかくれごと候はず、中納言入道殿ならぬ人のして候はば、取りて見たくだにさぶらはざりし物にて候。さばかりめでたく候ふ御所たちの一人も入らせおはしまさず、その事となき院ばかり、御製とて候ふ事、目もくれたる心地こそし候ひしか。歌よく候ふらめど、御爪点合はれたる、出さんと思召しけるとて、入道殿の選り出させ給ふ、七十首とかやきこえし由、かたはらいたやとうち覚え候ひき。

（『新勅撰集』は率直に申せば、定家卿ではない人が撰進したものなら、手に取ってみることもしたくない集です。あれほどすばらしい歌を詠まれる上皇様たちが一人もお入りにならず、大したことのない院だけが御製として載せられているのは、目もくらむような気持ちがしました。集にある歌は良いのでしょうが、（後鳥羽院の歌などに道家らが）爪印をおつけになったのを、削除しようと思《おぼ》し召したのだと理解して、そのように定家卿が削除なさったのは結局七十首に及んだという噂で、なんと見苦しいことと思われました。）

撰者の定家が、幕府を慮《おもんぱか》る九条道家（良経の子）の意図を汲《く》んで、『新勅撰集』草稿本から、後鳥羽院、土御門院、順徳院の歌約七十首を切り出したことを、厳しく非難している。この『越部禅尼消息』はもとは為家撰『続後撰集』が完成した時、定家の子為家に対して私的に書かれた手紙なので、非常に率直な物言いになっているのだが、尊崇される存在の定家に対してこれほど率直な批判を述べるとは、これを読んだ当時の人々も驚いたことだろう。俊成卿女が深く後鳥羽院・順徳院を敬愛していること、そして純粋で妥協を許さない、まっすぐな人柄であったことがあらわれている。

晩年の孤独

定家の娘民部卿典侍因子は、天福元年（一二三三）、仕えていた藻璧門院《そうへきもんいん》の死に殉じて若くして出家し、宮廷女房から退いた。俊成卿女はその因子と数多くの和歌を贈答し合っている。その贈答歌は『民部卿典侍集』にあり、二人の間の細やかな情愛をうかがわせる。潔く筋を通す性格の因子は、俊成卿女と気が合ったのではないだろうか。

けれどもその一方で、俊成卿女には不幸が続いた。俊成卿女の娘は、天福元年（一二三三）に四十歳となっていたが、五月八日、難産によって急逝した。その弟の具定に定家は詳細を問い合わせるが、具定はまだ知らなかったと言う（『明月記』）。このころ具定は、異母弟具実《ともざね》の昇進には及ばないが、承明門院《しょうめいもんいん》などの年爵を受け、父通具と土御門家からの庇護を受けていた。父通具が没した時、具実と具定とは、父の財産の処分をめぐって相論（裁判での争い）をしているほどである。定家は『新勅撰集』に具定の歌を二首撰び入れている。ところが、この具定も、嘉禎二年（一二三六）三月五日、三十七歳という若さで逝去した。

この十年の間に、俊成卿女は、妹、旧夫、娘、息子を相次いで喪《うしな》ったのである。孤独と老いとが、俊成卿女を苦しめたのではないだろうか。

この頃、後鳥羽院は『時代不同歌合』を編纂し、そこに宮内卿の歌は入れたが、俊成卿女の歌は入れなかった。なぜなのかはわからない。源通具、源通光、西園寺公経も入っていないことから、幕府に近い土御門家と西園寺家の人々は除かれ、俊成卿女もその一人と見なされたとの推定もある（森本元子）。たしかに承久の乱後に九条家の歌壇で活躍している歌人たちはあまり入っておらず（もちろん定家は別格である）、すでに没した歌人たちが優遇されたのかもしれない。ただ隠岐本『新古今集』では、俊成卿女の歌二十九首のうち、削除されたのは三首だけであり、院から俊成卿女の和歌への評価は、依然として高かったことをうかがわせる。

後鳥羽院は、延応元年（一二三九）に隠岐で崩御した。そして、俊成卿女が親しく仕えた順徳院が仁治《にんじ》三年（一二四二）に佐渡で崩御した。その前年の仁治二年（一二四一）八月には、定家が没した。家族に加えて、敬愛した主君たちもみな世にいなくなった。このあと俊成卿女は、嵯峨よりもさらに遠い播磨《はりま》国の越部に下って、没するまでそこに隠棲したと見られる。

宝治《ほうじ》二年（一二四八）の『宝治百首』で、俊成卿女は次の歌を詠んだ。これは『続後撰集』春下・一四六に入る。『伊勢物語』第四段「月やあらぬ春や昔の春ならぬ我が身ひとつはもとの身にして」を本歌とする春の歌で、題詠だが、「我が身ひとつのあらぬ世に」には詠歌主体の孤独の念が色濃く詠じられている。

百首歌たてまつりし時、春月　　皇太后宮大夫俊成女

ながむれば我が身ひとつのあらぬ世に昔に似たる春の夜の月

（空を眺めると、昔と変わっていないかのように見える春の夜の月が輝いている。けれどもこの世は、私一人が残っていて、昔とまったく変わってしまった。）

越部隠棲

俊成卿女は越部に所領をもっていた。播磨国越部庄《こしべのしょう》は御子左家の主要な荘園の一つであり、揖保《いぼ》川西岸の細長い荘園である。俊成がそれを三分して、上保（上庄）を八条院三条（五条尼上）に、中保（中庄）を成家《なりいえ》に、下保（下庄）を定家に与え、上保は八条院三条の死後、俊成卿女に譲られた。この越部庄が地頭の妨害にあった時、彼女は時の執権である北条泰時《ほうじょうやすとき》に直訴し、泰時は直ちに地頭の非法をやめさせたという逸話がある（『十六夜《いざよい》日記』巻末裏書）。俊成卿女は、越部庄を領有するだけではなく、下向してそこを住処とした。

越部隠遁後にも、定家の子為家が率いる歌壇の主要な歌合や百首などに和歌を詠み送っている。定家の没後、思いがけず後堀河院・四条天皇の時代は終焉し、再び後鳥羽院の皇統にかえり、後鳥羽院の孫の後嵯峨院の時代となっていて、和歌を好む後嵯峨院の歌壇が華やかに幕を開けていた。俊成卿女は、宝治元年（一二四七）の『院御歌合』、宝治二年の『宝治百首』に詠進、さらに建長三年（一二五一）の『影供歌合』にも出詠、それは八十一歳の時である。また『万代集』はじめ次々に編まれる私撰集にも数多く採歌されており、中央歌壇から遠く離れて越部に隠遁する歌人でありながら、変わらずに敬われる女房歌人であり、大きな存在感を示している。その一方で俊成卿女は仏道にも専心し、阿弥陀《あみだ》四十八願を和歌に詠じたり、一品《いっぽん》経《きょう》を書写山に奉納したりしている。

藤原為家像（早稲田大学図書館蔵）

この頃、新古今歌人たちの殆どはもう世を去っていた。女房歌人の越前と下野は存生だが、殆どは世代が入れ替わり、むしろ後鳥羽院の新古今時代を遠く憧憬する世代となっていた。

「歌の魂」を持つ歌人

先にも引用したが、『越部禅尼消息』は、八十余歳の俊成卿女が越部から、『続後撰集』を完成させた為家（当時五十四歳）に書き送った消息（手紙）である。世間に対して歌論を述べるのが執筆目的ではないが、歌論書と言ってもよいような理路整然とした濃い内容を持っている。歴代の勅撰集を批評し、『新古今集』『新勅撰集』『続後撰集』を比較論評する。そして、為家撰『続後撰集』について詳しく述べて賞讃し、為家の編纂を称《たた》えている。このように和歌史と勅撰集史を自己の見識に基づいて堂々と論ずる筆致には、俊成卿女が自己の見識をもち、歌道家の誇りをもって生き抜いてきた姿勢がうかがわれる。その中にこのような一節がある。

もとより詞の花の色匂ひこそ、父には少し劣りておはしまし候へ、歌の魂はまさりておはしますと申しつることあらはれて、撰じ出でさせ給ひて候ふ勅撰、命生きて見候ひぬる、返す返すうれしくて候ふ。

（本来あなた様は、表現の唯美的な美しさは父上の定家卿より少しだけ劣っていらっしゃるけれども、作歌の精神・魂はまさっていらっしゃいますよと、かつてあなた様に申し上げましたが、それがその通りに顕現して、撰進なさった勅撰集を、命長らえて見ることができて、これほど嬉《うれ》しいことはございません。）

俊成卿女は、かつて為家に、父定家よりもあなたは「歌の魂はまさりておはします」と言ったのだった。それは為家への激励であると同時に、為家の本質を鋭く見抜く言葉であり、為家は没するまで、本来的な歌人の魂を持ち続けた。最晩年にはほとんど歌を詠まなかった定家と対照的に、為家は、日ごとに、最晩年に至るまで、愛娘為子《いし》を失った耐え難い悲しみの中でさえ、常に歌を詠み続けた。ここで俊成卿女が言う「歌の魂」は、為家への賛辞であると同時に、俊成卿女自身の詠歌に対する真摯《しんし》な姿勢と歌人魂をあらわしているようだ。

手紙全体の内容からも、俊成卿女と為家との関係が親しいものであったと想像できる。為家は俊成卿女を敬愛し、ずっと歌壇への歌の詠進を乞《こ》うていたのではないか。俊成卿女も為家の希望に応えて詠進していたのだろう。そうでなければ、都の郊外ならともかく、遠い越部の地から何度も宮廷歌壇に歌を詠み送ることはしないのではないか。そして為家は完成した『続後撰集』を送り、意見を求め、俊成卿女はそれに対して細やかな賞讃の言葉で報いた。

俊成卿女は、消息の最後で、歌の話をしたいから直接対面したいものだと為家に言っている。最後まで俊成卿女は、専門歌人として、歌道のことが頭から離れることはなかった。『越部禅尼消息』には、歌人たる自分が俊成以来の御子左家一統に属する自覚と、後鳥羽院皇統に出仕した自負という、二つの帰属意識が全体に底流し、それは歌人俊成卿女の存在意義をそのまま映すものであると指摘されている（中川博夫）。

『越部禅尼消息』は本来は個人の手紙として書かれたものだが、かなり流布していき読まれたと見られる。ところでこれ以前、歌道家の女性たちは、現存する範囲では、誰も歌論書を執筆していない。女性による歌論書というものが見出されないのである。この後に歌論書『夜の鶴』が為家の妻阿仏によって書かれるが、それには『越部禅尼消息』の存在が大きいだろう。『越部禅尼消息』が俊成卿女の最後の事蹟《じせき》であり、その末尾には自分の死が近いことを感じて往生を祈る歌二首が添えられている。その後まもなく、俊成卿女は越部で没したと見られる。越部庄があった、兵庫県たつの市新宮町市野保《いちのほ》にある越部八幡神社近くに、俊成卿女の墓・邸跡と伝えられる場所があり、祠《ほこら》には阿弥陀如来の石仏がある。「てんかさま」(てんかさん)と呼ばれて、市指定の史跡となっている。定家ゆかりの人という伝承が転訛《てんか》したのだろうか。

俊成卿女は、嵯峨や越部に隠棲した後にも、家族の相次ぐ死を経験した後にも、孤独と老いに耐えながら、都の歌壇に百首歌や歌合歌を詠進し、情報を入手し、勅撰集撰進の時には家集や詠草を撰者へ送り、完成した勅撰集を批評して撰者に書き送った。「歌の魂」を持ちつつ、自分が選択した道である歌道家女房歌人としての生き方を、最後まで全うした生涯であった。

『源氏物語』の注釈・研究

俊成卿女は歌人として著名だが、『源氏物語』の注釈・研究を行ったことはあまり知られていない。その注釈書自体は残っていないが、『原中最秘抄《げんちゆうさいひしよう》』『河海抄《かかいしよう》』『仙源抄《せんげんしよう》』などに、俊成卿女説としてしばしば引用されており、断片的だがその内容が知られる(森本元子)。それは非常に学術的・考証的な内容であり、女房歌人というよりも古典学者のような相貌《そうぼう》を見せている。鎌倉中期から後期には、学識豊かな女房歌人によってこうした『源氏物語』注釈や論義が行われた跡が散見されるが、俊成卿女の注釈・研究は、その中でも早いものである。『原中最秘抄』の例をあげよう。「若紫」にある「やう〳〵おきゐて見給ふにひいろの…」という部分について、「俊成卿女申侍しは、紅葉賀の中に、外祖母之服三ヶ月の後除服と云々、然間、にび色たるべし云々」と、俊成卿女の説を引用する。これは「見給ふ。鈍色《にびいろ》の…」なのか、「見給ふに、緋《ひ》色の…」なのかという議論だが、それについて、「紅葉賀」に外祖母の服喪は三ヶ月とあるので、これは「鈍色の」である、と俊成卿女が述べたと言う。現在もそのように解釈されている。『原中最秘抄』では、俊成卿女の所説のほかに、俊成、定家、為家など、多くの人々の説があげられているが、俊成卿女の説は『原中最秘抄』の中で最も多い。

俊成卿女の遺跡「てんかさま」

　このほか、俊成卿女説を述べる『源氏物語』古注釈の言説は多数あり、対象とする巻々も広く『源氏物語』全般に及んでいる。もちろんその全部が本当に俊成卿女の説かどうかはわからないのだが、その内容は、本文批評、難義語などの語句の解釈、故実、和歌の評価など多方面にわたる。そして俊成卿女の説が非常に重視されていることに、俊成卿女の後世における位置がうかがわれる。

歌道家女房歌人たちの道

前に触れたが、歌道家として院政期の歌壇を領導した六条藤家には、家を代表する女房歌人は見られない。もちろん歌壇には少なからぬ女房歌人がいるが、それは重代の歌人の娘ではあっても、歌道家とまでは言えない。御子左家が歌壇での地位を確立し、そこで俊成卿女が歌道家の女房歌人として歌壇に抜擢されて活躍していく。そしてこの後の御子左家では代々、家を代表する女房歌人となる女性を育て、歌壇に送り出していった。定家の娘である民部卿典侍因子、為家の娘である後嵯峨院大納言典侍為子、そのあともずっと続いていく。

御子左家と競うように、新古今歌壇の歌人たちも、自家の娘を女房歌人として歌壇に送り出そうとしたと見られる。藤原隆信《たかのぶ》の娘の順徳院兵衛内侍《じゅんとくいんのひょうえのないし》、藤原家隆の娘の土御門院小宰相《つちみかどいんのこざいしょう》、藤原信実《のぶざね》（隆信《たかのぶ》の子）の娘である藻壁門院少将《そうへきもんいんのしょうしょう》・後深草院弁内侍《べんのないし》・少将内侍《しょうしょうのないし》、後嵯峨院時代に御子左家と対抗した藤原光俊《みつとし》（真観《しんかん》）の娘である尚侍家中納言《ないしのかみけのちゅうなごん》・前摂政家民部卿《さきのせっしょうけのみんぶきょう》などがいる。

ところで平安時代においては、伊勢《いせ》と中務《なかつかさ》、伊勢大輔《いせのたいふ》と伯母《はくぼ》と安芸君《あきのきみ》のように、女房歌人の娘・孫娘がまた女房歌人となっていくという、母系による歌人の相承という現象がみられる。第一章で述べた一条朝に活躍した女房たちも、紫式部《むらさきしきぶ》・大弐《だいに》三位《さんみ》、和泉《いずみ》式部《しきぶ》・小《こ》式部《しきぶ》などのように、娘がまた女房歌人になっている。しかし鎌倉期になると〈母〉の相承は消えて、〈父〉の家に特化していく。これは中世的な〈家〉制度の成立と連動しているが、特に歌道家の場合、女房歌人は〈父〉の家の名を担いつつ、〈家〉を支える存在として歌壇で活躍することが求められた。俊成卿女はその嚆矢《こうし》としての存在であった。

そして歌合は、そうした女房歌人たちの歌壇での位置を端的に示している。歌合の一番左の作者に歌合の主催者・貴顕がなり、一番右に歌壇を代表する女房歌人がなることがある（135ページ）。その位置は御子左家の女房歌人に与えられることが多く、後鳥羽院時代には俊成卿女がその位置にあった。順徳天皇の時代後半には、隆信の娘兵衛内侍が俊成卿女に代わってその位置になっていく。隆信は定家の異父兄なので御子左家周辺の女房だが、これは御子左家嫡流にまだ女房歌人が育っていなかったこともあるだろう。承久の乱による歌壇の瓦解とともに兵衛内侍は消え、その後は俊成卿女、そして民部卿典侍へと移り変わる。歌合でこの位置を担うのは、御子左家を背負う女房歌人の誉《ほま》れであり、役割でもあった。

彼女たちの中には書写を行う者もいて、それは後世で文化的権威ともなった。例えば、今日伝わる古筆切の伝称筆者を見ると、女性は少ない中で、鎌倉期の女筆の伝称筆者は、御子左家の女性が圧倒的に多い。「坊門局」（俊成の娘・八条院坊門）、「越部局」（俊成卿女）、「民部卿局」（定家の娘・民部卿典侍）、「阿仏尼」（為家の妻）などである。御子左家以外では、「二条院讃岐」（頼政の娘）、「一位局《いちいのつぼね》」（飛鳥井《あすかい》雅親《まさちか》の娘）などもあるが、少ない。もちろんこれは伝称筆者なので、すべて事実ではないが、伝称筆者として与えられた名には権威性の反映がある。

『俊成九十賀記』仮名文の系統に属する東洋大学本ほかの奥書には、正徹が記したという「是は俊成卿女自記云々」という文言がある。その本自体は失われており、真偽は不明だが、どちらにせよ、御子左家のこの栄光の記を書写する女性に、俊成卿女が宛てられている。
また、中世源氏学において名前が残る女性は少ないが、先に述べたようにまず俊成卿女、そして阿仏尼の二人は、『紫明抄《しめいしょう》』『原中最秘抄』『仙言抄』『河海抄』ほか、多くの『源氏物語』注釈書にその所説や所為が見えているのである。これらすべてが事実とは言えないが、御子左家女房歌人が担う文化的役割と権威の投影がある。さらには、中世に夥《おびただ》しく作られた歌学書・歌論書の偽書の類にも、定家などと共に、俊成卿女の説や阿仏尼の説が見えたり、奥書に名が見えたりしている。偽書なので真実ではないが、その時代の価値観を純粋に映すものである。

俊成卿女は、上流貴族の妻の地位を離れて自ら院の女房に転身し、その女房名の通りに歌道家の歌人として詠歌し続けた。生涯の間に『新古今集』『新勅撰集』『続後撰集』の三つの勅撰集に入集し、その活躍は後鳥羽院、順徳院、後堀河院、後嵯峨院の時代を貫き、半世紀にわたっている。『続歌仙落書』をはじめ多くの歌論書が俊成卿女についてさまざまな論評を加えて敬愛をあらわし、多くの秀歌撰に採られている。歌道家の長い歴史の中でも、随一の女房歌人であると言えよう。

第四章　女性歌人たちの中世 ―躍動と漂流と―

一　「女歌」をめぐって ―さまざまな言説―

「女歌」とは何か

ここでまた「女歌」と言う言説にかえろう。

本書ではここまで、女歌＝女性を詠歌主体とする歌、男歌＝男性を詠歌主体とする歌、と定義して述べてきた。けれども実は、女歌という言葉は、院政期から長く近代・現代に至るまで使われていて、その意味や用法はさまざまである。ここでは近代・現代にまで及ぶことはできないが、古典和歌を対象とする範囲で、簡単に整理しておきたいと思う。

古典の文献では「女の歌」「女房の歌」「女人の歌」等と書かれることが多いが、本書では次のように記述する。

（本書で記述する時）

①作者が女性歌人の歌。　↓女性歌人の歌

②女性の立場で詠まれた歌。女性を詠歌主体とする歌。　↓女歌

③女性の歌の特徴（又はあるべき姿）とされた発想・表現を持つとされる歌。　↓「女歌」

『万葉集』『古今集』以降、題詠の時代が始まるまでは、作者が女性であれば詠歌主体も女性であるのが原則なので、①と②は重なる。ただし、代作による歌や、男性による②の女歌も時々見られるので、すべてとは言えない。王朝時代の①②の贈答歌は、男への反発や切り返しなどの発想によっており、そうした他者への反発と、否定的な契機を含んだ内省という二極の間に女歌の基盤があったとされている（鈴木日出男）。題詠の時代以降は、男性歌人による②の女歌が増加する（71ページ）。

ここで触れておきたいのは③であり、区別のために「女歌」とカギ括弧つきにしておこう。これは多くは①②を前提としている。つまり女性歌人が作者であり、詠歌主体も女性である歌について、それがある特質を帯びる（帯びるべきである）ことに言及する場合に使われる。

題詠の時代になってから、院政期以降の歌合の判詞に「女の歌」「女房の歌」という評語があらわれて、新古今時代に散見され、それ以降は多用されるようになり、歌論書にも見えるようになる。当初は①や②の意味で使われていたが、しだいに③の意味で使われるようになる。

③の「女歌」の言説は、新古今時代には多くは見られず、この時代の題詠の和歌において男女の性差によって作品を区別する意識はさほど色濃くはなかったと思われる。ただ萌芽《ほうが》はあり、たとえば『千五百番歌合』の二百十八番で、判者俊成《しゅんぜい》は、讃岐《さぬき》・俊成卿女の歌に対して、「ともに女人の歌はかやうにこそと、艶に見え侍り」と記し、艶《えん》な趣を女性歌人の歌の特質として位置づけ、評価する。この二首は恋歌ではなく、春の歌なのだが、いずれも『源氏物語』を背景として、物語的な場面構成をしている点が共通し、「女人の歌」をあるべき方向へ導こうとする俊成の意図が見えるという（渡邉裕美子）。

歌論書では、『歌仙落書』が二条院讃岐《にじょういんのさぬき》の恋歌四首をあげて、その評として「風体、艶なるを先として、いとほしきさまなり。女の歌、かくぞあらめと、あはれにも侍るかな」と評している。この四首は、すべて詠歌主体が女性の女歌②である。このようにしだいに「女歌」の特質として「艶」が称美され、一方では求められるようになっていく。

鎌倉中期に女房自身が書いた『阿仏《あぶつ》の文《ふみ》』（13ページ）には、このような記述がある。

ただ女の歌には、ことごとしき姿候はで、言葉たがはず、いとをしきさま、うらうらとありたく候。さればとて、艶ある姿にのみひきとられて、魂の候はぬもわろく候へば、さやうのことは猶なを古きを御らん候へ。いかにも歌をば好みて、集に入らせ給ひ候へ。

（女房の歌は、仰々しい姿ではなく、新奇ではなく普通の言葉遣いで、可憐《かれん》な様子で、うららかな感じの歌が良いのです。だからと言って、艶な姿に偏ってしまって、魂がこもっていないのも良くないので、このようなことはやはり古典の歌集などをよくご覧なさいませ。できるだけ歌を好んで詠み、勅撰集に入集なさいますように。）

先に述べたように、これは阿仏尼が娘に対して宮廷女房としての心得を説いたものである。ここでは勅撰集に入集するように努力せよという教訓へと続いているので、この「女の歌」とは、私的な恋歌ではなく、女房歌の役割、つまり宮廷でどのような歌を詠むべきかという教訓である。これは、男性によって「女歌」に求められた「艶」「姿よわく」などといった特質とぴったり重なる。阿仏尼は、宮廷女房歌人に求められる「女歌」の属性を深く内面化して、娘に教訓として伝えた。この頃には女房歌人に求められる「女歌」が明視でき、固定化してきていると見られる。

「よわく」という批評の源は、『古今集』仮名序の小町評「強からぬは女の歌なればなるべし」である。『古今集』仮名序ではややネガティブなニュアンスを含む論評であり、しかも批評語としての「女歌」は院政期前までは皆無であったが、鎌倉期以降の「女歌」の批評ではこの小町評が利用されて、強力な言説機能を発散し、歌論書・注釈などにおける「女歌」の記述に、多大な影響を及ぼした。「女歌」が弱さを持つものであるという言説は、前掲の「歌のさま強からぬは女のしわざなればなり」（『秋風抄』序文。194ページ）ほか、数多く見られる。

式子内親王の「女歌」

先に述べたように式子内親王は、男性が詠歌主体の男歌を多く詠んだ。しかしそのことは歌論書などで特に論じられることはないまま、室町期には式子内親王の歌をやはり「女歌」の基準で評価する視点が見られる。歌人正徹の『正徹物語』という歌論書にこのようにある。

恋の歌は、女房の歌に、しみ入りて面白きが多きなり。式子内親王の「生きてよも」「我のみ知りて」などの歌は、幽玄の歌どもなり。俊成の女の「見し面影も契りしも」、宮内卿が「聞くやいかに」などやうに、骨髄にとほりたる歌は、通具・摂政なども思ひ寄りがたくやあらん。

（恋の歌は、女性の歌に、心に染みて趣ある歌が多い。式子内親王の「生きてよも」「我のみ知りて」などの歌は、幽玄の歌々である。俊成卿女の「見し面影も契りしも」、宮内卿の「聞くやいかに」などのように、骨の髄に染みいるような歌は、源《みなもとのみちとも》通具・藤原良経《ふじわらのよしつね》なども思いつかないものであろう。）

ここでは恋の歌に「女歌」の特質を見る。そして式子内親王の「生きてよも明日まで人もつらからじこの夕暮をとはばとへかし」（『新古今集』恋四・一三二九）が真っ先にあげられている。

この歌は、何度か取り上げたように（77ページ、122ページ）、『新古今集』に式子の女歌二首として配列され、『時代不同歌合』に女歌として置かれ、さらには定家との恋を現実化する歌として、説話集でも喧伝《けんでん》された歌であった。たしかにこの歌は、恋人の訪れを待つ女の心理をうたい、女歌（詠歌主体が女性である歌）の表現的特徴を最も強く持っている。それを式子の代表歌として掲げて「女歌」として評価することに、鎌倉期よりも時代が下った室町期の価値観の反映を見ることができよう。

ところで、鎌倉末期に定家に仮託して書かれた偽書『愚秘抄《ぐひしよう》』に、類似の記事がある。この記事が『正徹物語』に影響を与えたと考えられている。

萱斎院、宜秋門院丹後、二条院讃岐、亡父卿女などぞ、女歌にはすぐれておぼえ侍る。此人々の思ひ入りてよめらん歌をば、有家、雅経、通具、家隆なども詠みぬきがたくや。
（式子内親王、宜秋門院丹後《ぎしゆうもんいんのたんご》、二条院讃岐、俊成卿女などが、女歌では優れていると思われる。この人々が深く思い入りて詠んだ歌を、有家《ありいえ》、雅経《まさつね》、通具、家隆《いえたか》などの優れた歌人たちも、詠み超えることはむずかしいであろう。）

ここで「女歌」に優れた歌人としてあげられるのはすべて女性歌人であり、彼女たちの「女歌」（おそらく恋歌をさす）を超えることはできまいとされているのは、すべて男性の歌人である。題詠歌について、鎌倉末期には実作者の性別が優れた恋歌を生み出す根拠としてあげられ、男性が排除されている。室町期の『兼載雑談《けんさいぞうだん》』にも、「恋歌を常によめば、言葉やわらかに心やさしくなるとなり。恋の歌は、女房の歌を本に見るべしとなり」とあって、恋歌は女房の歌を見るべきだという叙述が共通して見られる。

「男にかへまほしき」宮内卿

宮内卿《くないきょう》の恋歌については、「聞くやいかに…」（174ページ）が前掲『正徹物語』で取り上げられているくらいで、「女歌」の歌人の代表とはされていない。右にあげた『愚秘抄』の女性歌人たちの中にも宮内卿は含まれていない。宮内卿の恋歌には、「女歌」の代表作が「聞くやいかに…」くらいしかないゆえであろうか。

時代が下ると、「聞くやいかに…」について、江戸時代前期の国学者・歌人である契沖《けいちゅう》が、その著『河社《かわやしろ》』で、「此発句を世にめでたき事にいへど、人をことわりにいひつむるやうにて、女の歌にはことにいかにぞやあるなり。聞くや君といはば、まさらんやと申す人侍りし」と言う。男を理詰めでやりこめるようで、女の歌としてはいかがなものかと批判し、「聞くや君」というなら良いであろうという意見を紹介している。題詠の虚構の恋歌であっても、男に対する女の態度・言辞が控えめで丁寧な「女歌」が求められているのである。

契沖は『河社』の別の場所で、『新古今集』の皇嘉門院尾張《こうかもんいんのおわり》の歌、「なげかじな思へば人につらかりし此世ながらのむくいなりけり」（嘆くまい。思えば私は、かつて私を愛してくれる人につらくあたったのだ。私が今、あの人に捨てられるのは、来世ではなく現世での報いであったのだ）という歌について、「これは、女の歌に、我が身の咎《とが》を思ひかへせる、いとよし」と述べている。中世における「女歌」の規範からさらにすすんで、詠歌主体の女が自分の罪を自覚し、因果応報を感ずる態度が賞讃《しょうさん》されている。「女歌」の言説が、仏教的な応報観のもとで、教訓的に用いられるようになっており、ここにも大きな変貌《へんぼう》が見られる。

また契沖は、宮内卿の歌は男性歌人のようだと評しているのだが、恋歌ではなく自然詠に対して、このように述べている。

花さそふ比良の山風吹きにけりこぎゆく舟の跡見ゆるまで
竜田川嵐や峯によはるらん渡らぬ水も錦たえけり

宮内卿の此二首、本歌をとれるやう、意詞おなじほどに聞ゆるを、初の歌は心たくみに、詞いかめしくくして、田村丸の末などいひて、やつかひげおひたらん人に詠ませまほしうて、身におはずや。後の歌は、嵐や峯によはるらんと言へるがなつかしげにて、おびただしからず聞ゆるにや。すべて此宮内卿の歌は、をのこにかへまほしきが多かり。

色変へぬ竹の葉白く月冴えて積もらぬ雪をはらふ秋風

此たぐひを言ふなり。

（花さそふ比良の山風吹きにけりこぎゆく舟の跡見ゆるまで
竜田川嵐や峯《みね》によはるらん渡らぬ水も錦たえけり

宮内卿のこの二首は、本歌から摂取しているさま、意と詞は同じ位に聞こえるが、最初の歌は着想が巧みで、詞はいかめしく、田村麻呂の子孫などと言って八束髭《やつかひげ》をはやしているような男に詠まれたら良いような歌で、宮内卿にはふさわしくないように思われる。後の歌は、「嵐や峰によはるらん」と言う表現が優美で、大げさではなく聞こえるようだ。すべて宮内卿の歌は、男に代えたいような歌が多い。

色変へぬ竹の葉白く月冴《さ》えて積もらぬ雪をはらふ秋風

この類の歌を言うのである。）

「花さそふ」のように雄大で壮麗な風景の歌や、「色変へぬ」のように艶な風情を含まないシャープな叙景歌を取り上げて、こうした歌は男性が詠むべきものであり、宮内卿の歌は男性作者にふさわしい歌が多いと述べている。逆に「嵐や峯によはるらん」というような表現は、まさしく弱く柔らかく、良しとされる。

中世において「女歌」には艶で柔らかい風情が求められたが、それは恋歌や、恋的要素を含んだ歌に対してであった。江戸時代の契沖の説では、純粋な叙景歌・自然詠にまで「女歌」の規範が強化されていることを示す言説である。

「女歌」の俊成卿女

俊成卿女の歌は「女歌」の手本としてあげられることが多い。その一つをあげよう。鎌倉中期の『源承和歌口伝《げんしょうわかくでん》』に、俊成卿女の『続後撰集』の歌をあげ、評する部分がある。

題しらず

はかなしやたのめばこそは契りけめやがて別れもしらぬ命に

女の歌は是体に侍るべきにや。小町がふりによむべしとぞ申侍りし。阿房にも其様を教へ侍れど、廉《かど》のありとて、むつかしきとぞ語り侍りし。

これは為家《ためいえ》の子源承が著した歌論書だが、為家が何を「女歌」に求めたかを述べている。「女の歌はこの俊成卿女の歌のような風体であるべきだ。小野小町《おののこまち》の詠みぶりにならって詠むべきである。阿仏尼にも教えたが阿仏は才気が勝っており、このような歌を詠むのはむずかしい」と為家は語ったと言う。小町の詠みぶりとは、『古今集』仮名序「あはれなるやうにて強からず。いはば、よき女のなやめる所あるに似たり」をさし、男に対して切り返すのではなく、我が身や自分の恋のはかなさに目を向けてそれを哀艶に詠む趣の歌を「女歌」として評価し、引用されている俊成卿女の歌をその理想として掲げている。

宝治元年（一二四七）の後嵯峨院《ごさがいん》が行った『院御歌合』四十一番、「初秋風」で、判者為家は、左の太政大臣実氏《さねうじ》の歌を大変誉《ほ》めて実氏をたてつつも、右の俊成卿女の「秋としもなど荻《おぎ》の葉のむすびけん夕の風に露の契を」（八二）に対して、「秋としもなど荻の葉のとて、夕のかぜに露の契をむすびけむといへるも、女のうたとおぼえて優に侍れば、勝をゆるさるべくや」と述べて、勝とした。ここでも同様の評価が見られる。

このように俊成卿女の歌は、「女歌」の例としてあげられることが多いのだが、契沖は『河社』で、俊成卿女の「露はらふ寝覚めは秋の昔にて見果てぬ夢に残る面影」（197ページ）について「この歌、女の歌めかず」とも言っている。この契沖の論評に対して、本居宣長《もとおりのりなが》は『美濃の家づと』で反駁《はんばく》し、「此歌を契沖が、女の歌めかずといへるは、いと心得ず」と言う。

いずれにしても、鎌倉時代中期から江戸時代まで、さらには近現代まで、俊成卿女の歌の評価には、常に「女歌」という視線がまつわっているようだ。

「女歌」言説の変遷

先にも述べたように、題詠の和歌が鋭く交錯した新古今時代の歌合では、作者の男女により作品を区別して女性歌人の歌に「女歌」として艶な特質を求める意識は、まださほど見られない。後鳥羽院《ごとばいん》は強力な王権のもとに新古今時代を支配し、宮廷和歌を手中に収め、そこではプロフェッショナルな女房歌人を歌壇に必要な存在と考えて積極的に集めたが、女性歌人に「女歌」として特有の情調を求めたり評価することはなかったと見られ、女性による男歌も当然のこととして受容している。その歌論書『後鳥羽院御口伝』で式子内親王と宜秋門院丹後を論評する部分でも、そうした叙述は全くない。式子の男歌に刺激を受けてか、自分も女歌を集中的に詠んでいるほどである（78ページ）。けれども新古今時代の女性歌人の活躍を受けて、この後「女歌」の規範が整えられていく。つまり、後鳥羽院は歌壇をこれまでにない隆盛に導いたが、そこで女性歌人・女房歌人に専門歌人としての役割を与えてその活躍を導き出したことが、結果的に、その後の宮廷歌壇での女性歌人の必要性を強め、あわせて役割の付与と区別を強めた面があるのではないだろうか。そこでの役割・区別とは、女房というものが枠外的な限界性と超越性をもつことと、根は同じくする（137ページ）。

和歌史から見ると、勅撰集を軸とする宮廷歌壇そのものの性格が、為家が領導する鎌倉中期頃には、ちょうどある屈折点を迎えていた。鎌倉前期に後鳥羽院が宮廷歌壇を隆盛させて拡大させ、鎌倉中期から後期には、宮廷歌壇に当代の宮廷の権門・上流貴族たちの多くが吸収されていき、歌壇のメンバーと宮廷社会のメンバーとは同心円に近くなっていき、それゆえに宮廷歌壇の構造化・固定化がすすんでいく。そこに枠外的な存在として、歌詠む女房の幾人かと僧なども必要とされ、一定の役割を与えられて加わるという秩序が形作られる。宮廷あげて和歌に狂奔した新古今時代とは異なった性質の、宮廷社会全体を包含するような歌壇が形成され、勅撰集はその時の天皇の治世の文化的表徴となり、王権と不可離の形で、序列化と構造化が進んでいったのである。女房歌人と女房歌の役割も、そうした動きの中で改めて位置づけなおされたと言えよう。これが「女歌」に強く結びつくのである。

ごくおおまかに言えば、新古今時代に評語としての「女歌」の意識の萌芽があり、それはまだ女性歌人の歌への評価を「女歌」に封じ込めるものではなかったが、新古今時代の後、鎌倉中期ごろから特に「女歌」の規範がしだいに広がって強化されていき、室町期には女性歌人への評価を女歌（女性が詠歌主体の歌）による「女歌」に限定する言説が増え、さらに「女歌」は恋歌と直結される。江戸時代の契沖などでは、和歌の風体だけではなく、詠歌主体の女性のふるまいに対しても、また純粋な叙景歌・自然詠にまで「女歌」の規範が及んでいき、教訓の材ともなっていく。ここでは式子・宮内卿・俊成卿女の歌についての叙述のみを取り上げたが、江戸時代は他ジャンルや思想史とも絡み合って、多岐にわたる展開があると見られる。

時代の価値観を映し出しながら、個人や集団の意識を反映しながら、「女歌」の位置は変貌してゆく。女性歌人の歌、女歌、そして「女歌」にまつわる意識は、題詠歌と実詠歌の間を往還し、男歌との間を行き来し、再転したり濃淡を描きながら、時々の価値観を受けて、複雑に変遷していったのである。だがむしろそこには、それぞれの時代に戻して女性歌人とその歌を相対的に捉《とら》える視座がひらかれているのではないか。

二　変遷する世　—女院と女房歌人のゆくえ—

変転する宮廷

さて、新古今時代の後、和歌史の中の女性歌人たちは、どのように変化していったのか。鎌倉時代の和歌史の中で、後鳥羽院、後嵯峨院、伏見《ふしみ》院《いん》の時代は、三つの和歌隆盛の時である。後嵯峨院が治天の君として君臨した鎌倉中期は、王朝の風雅が最後に輝いた時代であり、文化全般が隆盛し、王朝盛儀が復興され、華やかで爛熟《らんじゆく》した文化が花開いた。後嵯峨院歌壇では間をおいて二つの勅撰集が編纂《へんさん》され、女房歌人の活躍もあり、内親王・女院の歌人もさほど多くはないが見られる。そして和歌以外でも、『弁内侍《べんのないし》日記』『中務内侍《なかつかさないし》日記』『とはずがたり』などの女房日記が執筆され、作者は不明だが多くの中世王朝物語が書かれ、『風葉和歌集』という物語歌集が編まれて、和歌も物語文化も隆盛を極めた。

ところが後嵯峨院の死後、天皇家は持明院統《じみよういんとう》と大覚寺《だいかくじ》統《とう》の二つに分裂して、鎌倉後期から南北朝にかけて、激しく対抗し合った。この抗争が宮廷歌壇と勅撰集の隆盛を促した面もあるが、結局は王権の弱体化へとつながっていく。当初は両統迭立の形で交代に皇位が継承されたが、後醍醐《ごだいご》天皇の挙兵や鎌倉幕府の滅亡などを経て、京には持明院統の光厳《こうごん》天皇以下の北朝、吉野には大覚寺統の後醍醐天皇以下の南朝がいて対峙《たいじ》し、公家《くげ》・武家ともにこの二つに分裂して、全国的な戦乱が続いた。明徳三年（一三九二）南北朝合一がなるまでの六十年間を、南北朝期と呼ぶが、この王権の分裂と戦乱によって、朝廷は弱体化して勢威が衰えていくこととなる。

京極派の自由と躍動

そうした中で、京極派による勅撰集である『玉葉集』と『風雅集』には、女性歌人たちの躍動が見られる。京極派とは、先にも触れたが（122ページ）、御子左《みこひだり》家の庶流で藤原為家の孫にあたる京極為兼《きょうごくためかね》が唱えた、「心のままに詞の匂ひゆく」歌、伝統に縛られない清新な歌風の和歌をすすめる流派である。当時においては異端であったが、持明院統の伏見院の庇護《ひご》を得て、為兼は撰者となり、『玉葉集』を撰進した。伏見院自身が優れた歌人であり、その中宮永福門院《えいふくもんいん》は、中世を代表する女性歌人の一人である。京極派の女流歌人の詠は質・量ともに突出しており、『玉葉集』では女流歌人が一六六名、初出は六六名に達している。この京極派は消長を経ながら約七十年続いた。

先に述べたように、鎌倉中期ごろには、宮廷歌壇の構造化・固定化がすすみ、歌壇を領導する歌道家当主を指導者とし、天皇・上皇以下、上流貴族や廷臣たちのほとんどが歌壇に連なり、女房歌人には一定の役割が与えられ、序列化され、種々の規制が強化されていった。そのため歌壇においては、后・内親王・女房たちが、平安期のように、自由な立場で詠歌することはしだいにむずかしくなっていたのである。

けれども京極派は、伏見院周辺の後宮女性や皇女、近臣を中心とした、閉鎖的で小さなグループであり、歌壇という程の規模はもたず、政治と和歌の両面で志を同じくする、内々の小集団であった。宮廷の歌人や貴族たちを包含して推進されたものではないから、晴の（公的な）会もほとんどない。だからこそ、女性たちが自由に詠歌を修練することが可能であったとみられる。規模だけではなく、理念も正統から離れた異端の流派であったからこそ、女性たちにとって、その中では自由な活動が可能であった。伏見院を中心に、為兼の指導のもと、身分の高下や男女にかかわらず、互いに詠歌を磨き合った。永福門院、伏見院の妹遊義門院《ゆうぎもんいん》、伏見院の皇女たち、周囲の女房たちは、懸命に修練を重ね、観照的で繊細な歌、あるいは内省的で陰翳《いんえい》に富む歌など、数多くの秀歌を詠出していった。

題詠の恋歌は、実際の場や相手を喪失したところで歌われ、つきつめれば、作者や詠歌主体が男性であれ女性であれ、恋による内的な心理を深く探り求め、恋を普遍化して表現する道へと至ることになる。京極派の恋の歌は、叙景を援用せず、そして男女にかかわらず、恋する人の心理を内省的に純粋に歌にあらわした歌が多い。「女歌」の規範が強化されていった時代の流れの中にあって、この京極派には、「女歌」に関する規制的な言説は見られないのである。

恋歌の中に　　　　　　　　永福門院

厭ひ惜しみ我のみ身をば憂ふれど恋ひなる果てを知る人もなし（『風雅集』恋五・一三六五）

（恋というものを、厭《いと》わしくも惜しくも思い、自分一人で我が身を思い嘆くけれど、こうして人を恋い慕うようになったその果てを、自分以外の誰かが知って理解してくれるわけではない。ただ自分が孤独にそれを見つめるのだ。）

伏見院の没後は、その子花園院《はなぞのいん》や孫の光厳院《こうごんいん》が京極派の中心となった。南北朝の変転の中、光厳院は自ら『風雅集』を撰び、京極派和歌の集大成を行ったが、観応三年（一三五二）の観応の擾乱《じょうらん》で京極派は壊滅した。その『風雅集』では、『玉葉集』よりもさらに感覚が鋭く研ぎ澄まされ、深く沈潜した美を表現している。永福門院はすでに没しているが集の代表歌人であり、ほかには伏見院皇女、花園院皇女たち、多くの女房たちが珠玉の和歌を残している。

　秋の御歌に　　　　　　　　永福門院
真萩ちる庭の秋風身にしみて夕日の影ぞ壁に消え行く（『風雅集』秋上・四七八）
（萩の花片《はなびら》が庭にほろほろと散り、その庭に吹く秋風が冷たく身にしみて、ふと気付くと、壁にさす夕日の光が次第に薄れて、壁に吸い込まれるように消えて行くよ。）

指導者としての永福門院

京極派の女性歌人の活動で注目されるのは、永福門院が頻繁に歌合を主催しており、その上、永福門院と為兼の姉為子がしばしば歌合の判者をつとめていることである。中世の宮廷歌壇では、女性が歌合の判者をつとめたり指導的役割を果たすことは殆どみられない（134ページ）。永福門院は、その高貴さや詩性などから、式子内親王に比せられることも多いが、式子内親王は、歌によって同時代歌人たちに大きな影響を与えたものの、歌合等に姿を見せることはなく、まして歌合を主催したり判者・指導者になるのはあり得ないことであった。けれども京極派は、そのグループが後宮・近臣主体の小さなものであったことに加えて、京極派には旧来の歌道家では考えられないことも許容する柔軟さがあり、さらに伏見院の広く自由な考え方が影響して、女性歌人や女院をも、判者・指導者として位置づけるということが自然に行われたのである。

内親王・女院という観点で見ると、式子内親王を大きな節目として、永福門院で再び大きな飛躍があったと見ることができる。南北朝期には、題詠の和歌を詠みこなす内親王・女院が幾人もあらわれている。中世勅撰集としては異質な集であるが、『玉葉集』と『風雅集』には、多くの内親王たち、女房たちが、清新で革新的な和歌に精魂傾けた足跡が残されている。中世の過渡期・動乱期に咲いた集である。

宮廷女性文学の衰亡

鎌倉期から、南北朝期、室町期と時代が下っていくにつれて、朝廷・公家勢力が弱体化するとともに、女性歌人ははっきりと減少していく。京極派の伏見院の時代と光厳院の時代にはこのように女性歌人の活躍が見られるが、それも一時であり、観応の擾乱で終焉《しゅうえん》を迎えた。それでも南朝の撰集である『新葉集』は二割が女性歌人の詠であり、北朝の勅撰集よりも女性の比率が高いが、南北朝合一ののち、室町期になると、女性歌人の数は急激に減少し、主要な歌人は見られないという状態に至るのである。逆に僧侶《そうりょ》歌人と武家歌人は増えて、朝廷・公家勢力自体が衰退する。女房日記文学すらも、南北朝の『竹向きが記』を最後に幕を下ろす。これも宮廷・後宮社会が衰退したことによるものであり、あわせてこの頃に婚姻制度が決定的に変化し、結婚した女性は夫の家に吸収され、社会的自立性を失ったことが大きい。

中世の宮廷女性たちの文化活動は、女房の位置に見られるように(133ページ)、常に王権と表裏一体の関係にあり、そこから離れることはむずかしい。後鳥羽院のように宮廷歌壇に女性を数多く登用して、公の場で活躍させたり、伏見院のように小さな詠歌グループの中に後宮の后妃や皇女・女房たちを包含して育てるというような、王権の側からの積極的な働きかけがあれば、女性たちの足跡は勅撰集などに大きく残ることになるが、そうでなければ、公の歴史・和歌史に残ることは困難である。

そして王権自体が衰えて漂流していった中世後半には、内親王たち・宮廷女房たちは活躍の場を失って、女房歌人は退潮し、宮廷女性の文学は衰亡し、長い間、公の表舞台からは姿を消してしまうのである。女性たちの再びの活躍は、次の江戸時代を待たねばならない。

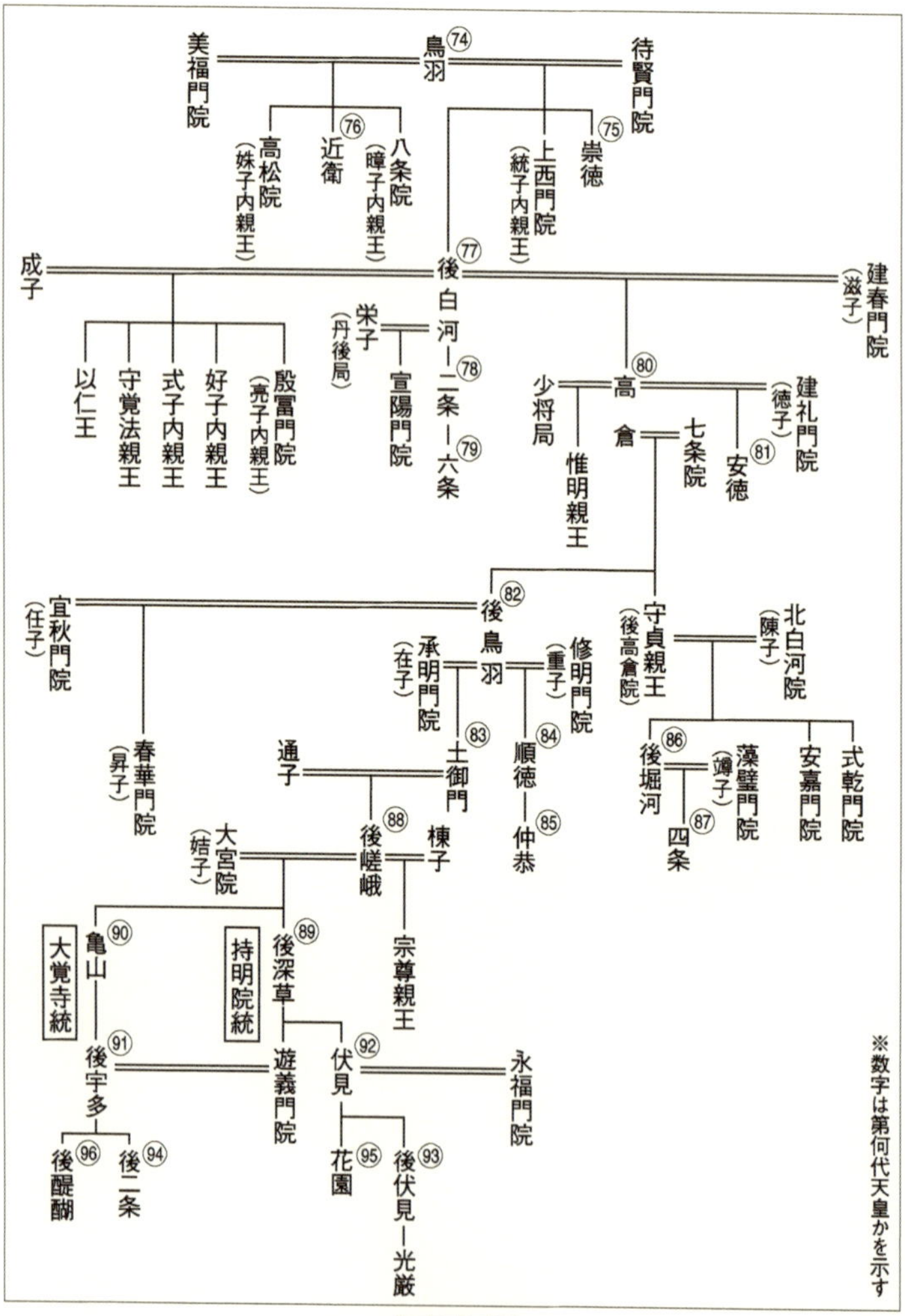

74 鳥羽
美福門院
待賢門院
高松院（姝子内親王）
76 近衛
八条院（暲子内親王）
上西門院（統子内親王）
75 崇徳
成子
77 後白河
建春門院（滋子）
以仁王
守覚法親王
式子内親王
好子内親王
殷富門院（亮子内親王）
栄子（丹後局）
宣陽門院
78 二条
79 六条
少将局
80 高倉
建礼門院（徳子）
七条院
惟明親王
81 安徳
宜秋門院（任子）
82 後鳥羽
守貞親王（後高倉院）
北白河院（陳子）
承明門院（在子）
修明門院（重子）
春華門院（昇子）
83 土御門
84 順徳
通子
86 後堀河
藻璧門院（竴子）
安嘉門院
式乾門院
88 後嵯峨
棟子
85 仲恭
87 四条
大宮院（姞子）
90 亀山
大覚寺統
持明院統
89 後深草
宗尊親王
91 後宇多
遊義門院
92 伏見
永福門院
96 後醍醐
94 後二条
95 花園
93 後伏見
光厳
※数字は第何代天皇かを示す

皇室略系図

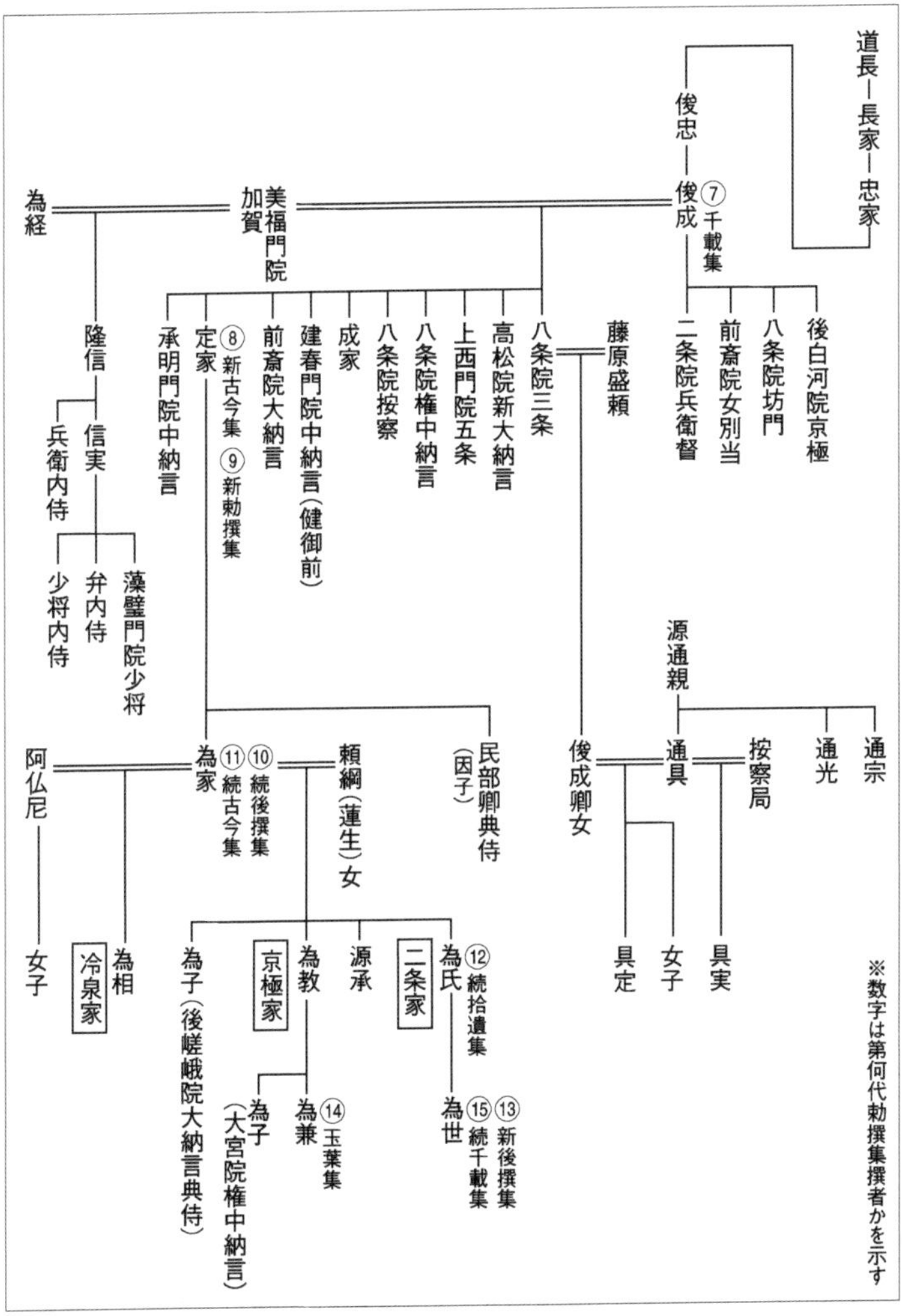
道長―長家―忠家
俊忠―俊成 ⑦千載集
美福門院加賀
為経
後白河院京極
八条院坊門
前斎院女別当
二条院兵衛督
藤原盛頼
八条院三条
高松院新大納言
上西門院五条
八条院権中納言
八条院按察
成家
建春門院中納言（健御前）
前斎院大納言
定家 ⑧新古今集 ⑨新勅撰集
承明門院中納言
隆信
信実
兵衛内侍
藻璧門院少将
弁内侍
少将内侍
源通親
通宗
通光
按察局
通具
俊成卿女
具実
女子
具定
民部卿典侍（因子）
頼綱（蓮生）女
為家 ⑩続後撰集 ⑪続古今集
阿仏尼
為相
冷泉家
女子
為氏 ⑫続拾遺集
二条家
源承
為教
京極家
為子（後嵯峨院大納言典侍）
為世 ⑬新後撰集 ⑮続千載集
為兼 ⑭玉葉集
為子（大宮院権中納言）
※数字は第何代勅撰集撰者かを示す

御子左家略系図

主要参考文献

Ⅰ　主なテキスト・注釈書

『新古今和歌集全注釈』一～六　久保田淳著　角川学芸出版　二〇一一～一二年
『新古今和歌集』田中裕・赤瀬信吾校注　新日本古典文学大系11　岩波書店　一九九二年
『新古今和歌集』峯村文人校注・訳　新編日本古典文学全集43　小学館　一九九五年
『新古今和歌集入門』上條彰次・片山享・佐藤恒雄著　有斐閣新書　一九七八年
『作者別年代順　新古今和歌集』藤平春男編　笠間書院　一九九三年
『千載和歌集』片野達郎・松野陽一校注　新日本古典文学大系10　岩波書店　一九九三年
『千載和歌集』上條彰次校注　和泉古典叢書8　和泉書院　一九九四年
『新勅撰和歌集』中川博夫著　和歌文学大系6　明治書院　二〇〇五年
『明月記』一～五　冷泉家時雨亭叢書　朝日新聞社　一九九三年～二〇〇三年
『明月記』一～三　国書刊行会　一九七〇年
『訓注明月記』一～八　稲村榮一著　松江今井書店　二〇〇二年
『源家長日記全註解』石田吉貞・佐津川修二著　有精堂出版　一九六八年
『源家長日記　校本・研究・総索引』源家長日記研究会著　風間書房　一九八五年
『源家長日記』藤田一尊著　中世日記紀行文学全評釈集成3　勉誠出版　二〇〇四年
『訳注　藤原定家全歌集』上下　久保田淳著　河出書房新社　一九八五～八六年
『式子内親王集／俊成卿女集／建礼門院右京大夫集／艶詞』石川泰水・谷知子著　和歌文学大系23　明治書院　二〇〇一年

『式子内親王集全釈』奥野陽子著　私家集全釈叢書28　風間書房　二〇〇一年
『式子内親王全歌注釈』小田剛著　研究叢書173　和泉書院　一九九五年
『式子内親王全歌集―改訂版―』錦仁編　桜楓社　一九八八年
『斎宮女御集注釈』平安文学輪読会著　塙書房　一九八一年
『御堂関白集全釈』平野由紀子著　私家集全釈叢書38　風間書房　二〇一二年
『伊勢物語』秋山虔校注　新日本古典文学大系17　岩波書店　一九九七年
『枕草子』渡辺実校注　新日本古典文学大系25　岩波書店　一九九一年
『とはずがたり　たまきはる』三角洋一校注　新日本古典文学大系50　岩波書店　一九九四年
『無名抄』久保田淳訳注　角川ソフィア文庫　角川書店　二〇一三年
『無名草子』久保木哲夫校注・訳　新編日本古典文学全集40　小学館　一九九九年
『越部禅尼消息』森本元子校注　中世の文学　歌論集（一）三弥井書店　一九七一年
『続歌仙落書』佐々木信綱編　日本歌学大系第二巻　風間書房　一九五六年
『源承和歌口伝注解』源承和歌口伝研究会著　風間書房　二〇〇四年
『百人一首』有吉保訳注　講談社学術文庫　講談社　一九八三年
『増鏡全訳注』（上）（中）井上宗雄訳注　講談社学術文庫　講談社　一九七九年・一九八三年
『古今著聞集』上　西尾光一・小林保治校注　新潮日本古典集成59　新潮社　一九八三年
『後鳥羽院御口伝』山本一校注　歌論歌学集成7　三弥井書店　二〇〇六年
『正徹物語』稲田利徳『さゝめごと』廣木一人校注　歌論歌学集成11　三弥井書店　二〇〇一年
『東野州聞書』深津睦夫『兼載雑談』安達敬子校注　歌論歌学集成12　三弥井書店　二〇〇三年
『詞林拾葉』杉田昌彦・鈴木健一・田中康二校注　歌論歌学集成15　三弥井書店　一九九九年

『雑々集』吉田幸一編　古典文庫第二八八冊　古典文庫　一九七一年
『河社』　日本随筆大成編集部編　日本随筆大成第二期13　吉川弘文館　一九七四年

Ⅱ　主な研究文献・研究論文

主要なものに限り、研究文献・論文の順で著者五十音順で掲出。副題は略した場合がある。

第一章

石田吉貞『藤原定家の研究』改訂版　文雅堂書店　一九六九年
岩佐美代子『宮廷女流文学読解考　総論　中古編』笠間叢書323　笠間書院　一九九九年
朧谷寿『藤原道長』　ミネルヴァ日本評伝選　ミネルヴァ書房　二〇〇七年
加藤静子『王朝歴史物語の方法と享受』　竹林舎　二〇一一年
加藤友康編『摂関政治と王朝文化』　日本の時代史6　吉川弘文館　二〇〇二年
加納重文『平安文学の環境　―後宮・俗信・地理―』　研究叢書378　和泉書院　二〇〇八年
須田春子『平安時代後宮及び女司の研究』　千代田書房　一九八二年
服藤早苗『平安王朝社会のジェンダー』　歴史科学叢書　校倉書房　二〇〇五年
保立道久『平安王朝』　岩波新書　岩波書店　一九九六年
目崎徳衛『貴族社会と古典文化』　吉川弘文館　一九九五年
山中裕『藤原道長』　人物叢書　新装版　吉川弘文館　二〇〇八年
山中裕『源氏物語の史的研究』　思文閣史学叢書　思文閣出版　一九九七年
吉川真司『律令官僚制の研究』　塙書房　一九九八年

＊

加藤友康「藤原道長」『王朝の変容と武者』古代の人物⑥　清文堂出版　二〇〇五年
近藤みゆき「『拾遺和歌集』の成立」『平安文学史論考』武蔵野書院　二〇〇九年
田渕句美子「『紫式部日記』消息部分再考」『国語と国文学』二〇〇八年一二月
古瀬奈津子「清少納言と紫式部―中宮の記録係―」『王朝の変容と武者』（前掲）

第二章

浅田徹『百首歌―祈りと象徴―』原典購読セミナー3　臨川書店　一九九九年
石田吉貞『新古今世界と中世文学』（上）北沢図書出版　一九七二年
糸賀きみ江『中世抒情の系譜』笠間叢書282　笠間書院　一九九五年
今村みゑ子『鴨長明とその周辺』研究叢書382　和泉書院　二〇〇八年
岩佐美代子『内親王ものがたり』岩波書店　二〇〇三年
小田剛『式子内親王―その生涯と和歌』新典社　二〇一二年
久富木原玲『源氏物語の変貌』おうふう　二〇〇八年
久保田淳「式子内親王の生と歌」『久保田淳著作選集』2　岩波書店　二〇〇四年
後藤祥子ほか編『はじめて学ぶ日本女性文学史【古典編】』ミネルヴァ書房　二〇〇三年
後藤祥子編『王朝文学と斎宮・斎院』平安文学と隣接諸学6　竹林舎　二〇〇九年
五味文彦『後鳥羽上皇』角川選書506　角川学芸出版　二〇一二年
佐藤恒雄『藤原為家研究』笠間書院　二〇〇八年
竹西寛子『式子内親王・永福門院』日本詩人選14　筑摩書房　一九七二年
田仲洋己『中世前期の歌書と歌人』和泉書院　二〇〇八年
寺本直彦『源氏物語受容史論考　正編』風間書房　一九八四年

所京子『斎王の歴史と文学』 国書刊行会 二〇〇〇年
中村文『後白河院時代歌人伝の研究』 笠間書院 二〇〇五年
錦仁『中世和歌の研究』 桜楓社 一九九一年
野村育世『家族史としての女院論』 歴史科学叢書 校倉書房 二〇〇六年
馬場あき子『式子内親王』 講談社文庫 講談社 一九七九年 ほか
樋口芳麻呂『平安・鎌倉時代秀歌撰の研究』 ひたく書房 一九八三年
平井啓子『式子内親王の歌風』 翰林書房 二〇〇六年
同 『式子内親王』 コレクション日本歌人選010 笠間書院 二〇一一年
藤平春男『新古今とその前後』『藤平春男著作集』2 笠間書院 一九九七年
本位田重美『古代和歌論考』 笠間叢書81 笠間書院 一九七七年
松野陽一『鳥帚 千載集時代和歌の研究』 風間書房 一九九五年
山崎桂子『正治百首の研究』 勉誠出版 二〇〇〇年
山田彩起子『中世前期女性院宮の研究』 思文閣出版 二〇一〇年
渡部泰明『和歌とは何か』 岩波新書 岩波書店 二〇〇九年

＊

石川泰水「式子内親王への視点」『國文學解釈と教材の研究』42-13 學燈社 一九九七年一一月
石川由布子「式子内親王の『新古今集』入集歌の特質」『立教大学日本文学』91 二〇〇三年一二月
上横手雅敬「式子内親王をめぐる呪詛と託宣」『古代文化』56-1 古代学協会 二〇〇四年一

月
奥野陽子「言葉集所収式子内親王周辺歌」『大阪工業大学紀要人文社会篇』56-2　二〇一一年
後藤祥子「女流による男歌―式子内親王歌への一視点―」『平安文学論集』風間書房　一九九二年　同（改稿版）『世界へひらく和歌』勉誠出版　二〇一二年
近藤潤一「式子内親王」『國文學解釈と教材の研究』26-5　學燈社　一九八一年四月
高柳祐子「歌人式子内親王の揺籃期をめぐって」『和歌文学研究』106　二〇一三年六月
同「晩年の式子内親王」『和歌文学研究』88　二〇〇四年六月
田渕句美子「百首歌を詠む内親王たち―式子内親王と月花門院―」（近刊）
同「後堀河院時代の王朝文化」『平安文学の古注釈と受容』二　武蔵野書院　二〇〇九年九月
寺島恒世「時代不同歌合の基本性格」『百人一首と秀歌撰』和歌文学論集9　風間書房　一九九四年
同「隠岐本新古今和歌集の削除歌」『和歌文学研究』94　二〇〇七年六月
中村文「式子内親王と「玉の緒よ」歌」『〈新しい作品論〉へ、〈新しい教材論〉へ』［古典編］2　右文書院　二〇〇三年
錦仁「式子内親王―破瀾の生涯と〈山家〉の歌―」『国文学解釈と鑑賞』64-5　至文堂　一九九九年五月
同「式子と定家―謡曲『定家』の成立異説」『國文學解釈と教材の研究』41-12　一九九六年一〇月
野村育世「王権の中の女性」『家族と女性』吉川弘文館　一九九二年

速水淳子「式子内親王A・B百首雑部の構成」『和歌文学研究』74　一九九七年六月
伴瀬明美「中世前期―天皇家の光と陰」『歴史のなかの皇女たち』　小学館　二〇〇二年
同　「『明月記』治承四五年記に見える「前斎宮」について」『明月記研究』4
一九九九年一一月
三宅晶子「金春禅竹の能小考」『国語と国文学』90-10　二〇一三年一〇月
三好千春「准母論からみる式子内親王」『女性史学』19　二〇〇九年
村井俊司「式子内親王の社会的位置」『中京国文学』12　一九九三年三月
同　「式子内親王の信仰とその周辺」『中京国文学』15　一九九六年三月
村瀬早子「『式子内親王集』A百首歌の四季部に見られる構成意識について」『語文』115
日本大学国文学会　二〇〇三年三月
渡辺健「式子内親王歌の恋死の発想について」『岡山大学大学院文化科学研究科紀要』5
一九九八年三月

第三章

有吉保『新古今和歌集の研究　基盤と構成』　三省堂　一九六八年
同　『新古今和歌集の研究　続篇』　笠間書院　一九九六年
石田吉貞『新古今世界と中世文学』（下）　北沢図書出版　一九七二年
逸見久美『新版評伝与謝野寛晶子　明治篇』八木書店　二〇〇七年
糸賀きみ江『中世の抒情』笠間書院　一九七九年
井上宗雄『平安後期歌人伝の研究　増補版』　笠間叢書100　笠間書院　一九八八年
入江春行『与謝野晶子とその時代』　新日本出版社　二〇〇三年

勝浦令子『女の信心―妻が出家した時代―』平凡社選書156　平凡社　一九九五年
神尾暢子『藤原俊成卿女』日本の作家19　新典社　二〇〇五年
近藤香『俊成卿女と宮内卿』コレクション日本歌人選050　笠間書院　二〇一二年
田仲洋己『中世前期の歌書と歌人』和泉書院　二〇〇八年
谷知子『中世和歌とその時代』笠間書院　二〇〇四年
谷山茂『新古今集とその歌人』谷山茂著作集5　角川書店　一九八三年
馬場あき子『女歌の系譜』朝日選書575　朝日新聞社　一九九七年
森本元子『俊成卿女の研究』桜楓社　一九七六年
同　『俊成卿女全歌集』武蔵野書院　一九六六年
同　『古典文学論考』新典社研究叢書29　新典社　一九八九年
山崎桂子『正治百首の研究』（前掲）
吉川真司『律令官僚制の研究』（前掲）
渡邉裕美子『新古今時代の表現方法』笠間書院　二〇一〇年

＊

岡村満里子「後鳥羽院宮内卿周辺」『国文』58　一九八三年一月
奥野陽子「若草の宮内卿―風を見る心―」『女と愛と文学』世界思想社　一九九三年
兼築信行「「女房」という出詠名（覚え書き）」『礫』一九九六年十月
久富木原玲「女流歌人―その挑戦」『和歌史を学ぶ人のために』世界思想社　二〇一一年
五味文彦「聖・媒・縁―女の力―」『日本女性生活史2中世』東京大学出版会　一九九〇年
新間進一「新古今と与謝野晶子」『国文学解釈と鑑賞』39-4　至文堂　一九七四年四月

田中初恵「宮内卿の和歌についての覚書」『和歌文学の伝統』角川書店　一九九七年
田渕句美子「俊成卿女伝記考証」『明月記研究』6　二〇〇一年一一月
同「『無名草子』の作者像」『国語と国文学』89-5　二〇一二年五月
同「『無名草子』の視座」『中世文学』57　二〇一二年六月
同「女房歌人の〈家〉意識」『日本文学』52-7　日本文学協会　二〇〇三年七月
同「御製と女房―歌合で貴人が「女房」と称すること―」『日本文学』51-6
　二〇〇二年六月
同「歌合の構造」『和歌を歴史から読む』笠間書院　二〇〇二年
田村柳壹「新古今時代の歌合」『屏風歌と歌合』和歌文学論集5　風間書房　一九九五年
中川博夫「越部禅尼消息論続貂」『中世文学の展開と仏教』おうふう　二〇〇〇年
錦仁「女流歌人群」『新古今集』和歌文学講座6　勉誠社　一九九四年
濱本倫子「俊成卿女の歌道意識」『大学院開設十周年記念論文集』ノートルダム清心女子大学
　二〇〇五年一一月
福田百合子「宮内卿」『中世の歌人Ⅱ』日本歌人講座4　弘文堂　一九六八年
森本元子「千五百番歌合と女流」〔一〕〔二〕〔三〕『相模女子大学紀要』40・41・43
　一九七七年・一九七八年・一九八〇年二月
同「俊成卿女」『中世・近世の歌人』和歌文学講座7　桜楓社　一九八四年
山口逵子「俊成女」『中世の歌人Ⅱ』日本歌人講座4（前掲）

第四章

阿木津英『二十世紀短歌と女の歌』學藝書林　二〇一一年

岩佐美代子『京極派歌人の研究』笠間書院　一九七四年
同　『永福門院　飛翔する南北朝女性歌人』古典ライブラリー9　笠間書院　二〇〇〇年
後藤祥子「女流による男歌─式子内親王歌への一視点」（前掲）
近藤みゆき『古代後期和歌文学の研究』風間書房　二〇〇五年
島津忠夫「女歌の論」『島津忠夫著作集12　現代短歌論』和泉書院　二〇〇七年
鈴木日出男『古代和歌史論』東京大学出版会　一九九〇年
田村柳壹『後鳥羽院とその周辺』笠間叢書317　笠間書院　一九九八年
渡邉裕美子『新古今時代の表現方法』（前掲）

＊

井上宗雄「新葉集の女流歌人」・「室町期の女流作家」
『日本女流文学史　古代中世編』同文書院　一九六九年
田渕句美子「伏見院と永福門院」『國文學解釈と教材の研究』42-13　一九九七年一一月
同　「鎌倉時代の歌壇と文芸」日本の時代史9『モンゴルの襲来』吉川弘文館　二〇〇三年
同　「宮廷歌壇における女性歌人」『世界へひらく和歌』勉誠出版　二〇一二年
福田百合子「中世の女歌」『中世文学』39　一九九四年六月
山崎真克「歌合の批評語としての「女の歌」」『古代中世文学』14　二〇〇〇年一二月

掲載図版一覧

系図作成　小林美和子

あとがき

前著『新古今集　後鳥羽院と定家の時代』（角川選書）を書き終えた時、心残りだったのは「第三章　女性歌人たちの活躍」の部分だった。前著は、後鳥羽院と定家を軸に、新古今時代とその後を包括的に見渡そうとしたものだから、十二章のうちの一章にそれほどの紙幅を割くことはできない。けれども、資料を調べ考えながら書き進める過程で、少なからぬ発見や気づきがあり、女性歌人たちを改めて捉え直したいと思った。その思いを奇貨として書いたのが本書であり、いわば姉妹編とも言えるものである。

中世前期にたまさかに現れて消えた新古今時代。その女性歌人に限って一書としたのは、そうした視点も重要だと思ったからである。それは、〈女性〉というカテゴリで捉えるのではなく、当時における内親王、あるいは女房歌人という立場・枠組みに注目しながら、その和歌活動を見直してみる視点である。そうした枠組みやそれに伴う規範は、内親王や女房に限らず、男女を問わず、あらゆる階層、あらゆる社会にわたって存在するであろう。その負荷は女性に限らないし、中世に限ったことでもないが、歴史や伝記を辿り直すことで、当時の意識や実態に近付くことができる。そして旧来のイメージから一旦離れることができる。中世の宮廷社会や宮廷歌壇において、内親王であること、女房であることが、何を意味していたのか。どのような構造と規制があり、何を乗り越えて飛翔していったのか。修練を重ね、歌において化身し、自らをどのような歌人と定位していったのか。それが当時や後世に、どのように評価されて位置づけられ変遷していったのか。本書で書くことができたのはこれらの一部に過ぎないけれども、少しでもその映像を曇りなく描けている部分があるならば幸せである。

式子内親王と女房歌人たちが選び取った道を、文献資料を用いて客観的に辿り直し、また和歌で選び取られた表現を、和歌資料を調査することで当時の感覚に戻して捉え直す、そうした作業と考察を繰り返しながら、後鳥羽院や定家、良経らとの濃密な文学的交歓を見、そして何よりも、女性歌人たちの純粋でひたむきな情熱と潔さを感じて、しばしば胸が熱くなる思いだった。

本書を書くにあたり、参考文献にあげた主要な文献・論文をはじめとする、多くの先学の研究書から学恩と刺激を受けた。深く感謝したい。そして、図版資料の掲載を許可して下さった諸機関と、二冊目の本の刊行を勧めてくれた角川学芸出版に、厚く御礼申し上げる。

二〇一四年一月

田渕句美子

田渕句美子（たぶち・くみこ）

1957 年、東京都生まれ。お茶の水女子大学卒、同大学院博士課程単位取得満期退学。博士（人文科学）。大阪国際女子大学、国文学研究資料館を経て、現在、早稲田大学教授。専門は中世の和歌、日記、歌人、女房に関する研究。著書に『中世初期歌人の研究』（笠間書院）、『阿仏尼』（吉川弘文館人物叢書）、『十六夜日記─物語の舞台を歩く』（山川出版社）、『新古今集　後鳥羽院と定家の時代』（角川選書）などがある。

角川選書 536

異端《いたん》の皇女《こうじょ》と女房歌人《にようぼうかじん》　式子内親王《しよくしないしんのう》たちの新古今集《しんこきんしゆう》

平成26年２月25日　初版発行
令和５年12月20日　再版発行

著　者／田渕句美子《たぶちくみこ》

発行者／山下直久

発　行／株式会社KADOKAWA
〒102-8177　東京都千代田区富士見2-13-3
電話 0570-002-301（ナビダイヤル）

印刷所／株式会社KADOKAWA

製本所／株式会社KADOKAWA

装　丁／片岡忠彦　　帯デザイン／Zapp!

ISBN 978-4-04-703536-2　C0395

◆◇◇

この書物を愛する人たちに

詩人科学者寺田寅彦は、銀座通りに林立する高層建築をたとえて「銀座アルプス」と呼んだ。

戦後日本の経済力は、どの都市にも「銀座アルプス」を造成した。

アルプスのなかに書店を求めて、立ち寄ると、高山植物が美しく花ひらくように、書物が飾られている。

印刷技術の発達もあって、書物は美しく化粧され、通りすがりの人々の眼をひきつけている。

しかし、流行を追っての刊行物は、どれも類型的で、個性がない。

歴史という時間の厚みのなかで、流動する時代のすがたや、不易な生命をみつめてきた先輩たちの発言がある。

また静かに明日を語ろうとする現代人の科白がある。これらも、銀座アルプスのお花畑のなかでは、雑草のようにまぎれ、人知れず開花するしかないのだろうか。

マス・セールの呼び声で、多量に売り出される書物群のなかにあって、選ばれた時代の英知の書は、ささやかな「座」を占めることは不可能なのだろうか。

マス・セールの時勢に逆行する少数な刊行物であっても、この書物は耳を傾ける人々には、飽くことなく語りつづけてくれるだろう。私はそういう書物をつぎつぎと発刊したい。

真に書物を愛する読者や、書店の人々の手で、こうした書物はどのように成育し、開花することだろうか。

私のひそかな祈りである。「一粒の麦もし死なずば」という言葉のように、こうした書物を、銀座アルプスのお花畑のなかで、一雑草であらしめたくない。

一九六八年九月一日

角川源義

戦国大名・伊勢宗瑞
黒田基樹

近年人物像が大きく書き換えられた伊勢宗瑞。北条氏研究の第一人者が、最新の研究成果をもとに、新しい政治権力となる戦国大名がいかにして構築されたのかを明らかにしつつ、その全体像を描く初の本格評伝。

624

978-4-04-703683-3

新版 古代史の基礎知識
編 吉村武彦

歴史の流れを重視し、考古学や歴史学の最新研究成果を取り入れ、古代史の理解に必要な重要事項を配置。新聞紙上をにぎわしたトピックをはじめ、歴史学界で話題の論争も積極的に取り上げて平易に解説する。

643

978-4-04-703672-7

シリーズ世界の思想
マルクス　資本論
佐々木隆治

経済の停滞、政治の空洞化……資本主義が大きな転換点を迎えている今、マルクスのテキストに立ち返りこの世界の仕組みを解き明かす。原文の抜粋と丁寧な解説で読む、画期的な『資本論』入門書。

1001

978-4-04-703628-4

シリーズ世界の思想
プラトン　ソクラテスの弁明
岸見一郎

古代ギリシア哲学の白眉ともいえる『ソクラテスの弁明』の全文を新訳とわかりやすい新解説で読み解く。誰よりも正義の人であったソクラテスが裁判で何を語ったかを伝えることで、彼の生き方を明らかにする。

1002

978-4-04-703636-9

密談の戦後史
塩田 潮

次期首相の座をめぐる裏工作から政界再編の秘密裏交渉まで、歴史の転換点で行われたのが密談である。憲法九条誕生から安倍晋三再擁立まで、政治を変える決定的な役割を担った密談を通して知られざる戦後史をたどる。

601

978-4-04-703619-2

今川氏滅亡
大石泰史

駿河、遠江、三河に君臨した大大名・今川氏は、なぜあれほど脆く崩れ去ったのか。国衆の離叛や「家中」弱体化の動向等を、最新研究から丹念に検証。桶狭間敗北や氏真に仮託されてきた亡国の実像を明らかにする。

604

978-4-04-703633-8

古典歳時記
吉海直人

日本人は自然に寄り添い、時季を楽しんできた。旬の食べ物、花や野鳥、気候や年中行事……暮らしに根ざすテーマを厳選し、時事的な話題・歴史的な出来事を入り口に、四季折々の言葉の語源と意味を解き明かす。

606

978-4-04-703657-4

エドゥアール・マネ
西洋絵画史の革命
三浦 篤

一九世紀の画家、マネ。伝統絵画のイメージを自由に再構成するその手法は、現代アートにも引き継がれる絵画史の革命だった。模倣と借用によって創造し、古典と前衛の対立を超えてしまう画家の魅力に迫る。

607

978-4-04-703581-2